宋心美◎著

谍海猎狼

北方联合出版传媒(集团)股份有限公司
万卷出版公司

图书在版编目（CIP）数据

谍海猎狼/宋美心著. —沈阳：万卷出版公司，2016.8
（2021.8重印）

ISBN 978-7-5470-4225-0

Ⅰ. ①谍… Ⅱ. ①宋… Ⅲ. ①长篇小说—中国—当代
Ⅳ. ①I247. 5

中国版本图书馆CIP数据核字（2016）第138387号

谍海猎狼

出版发行：北方联合出版传媒（集团）股份有限公司
万卷出版公司
（地址：沈阳市和平区十一纬路25号　邮编：110003）
联系电话：010-88019650
E-mail：fushichuanmei@mail.lnpge.com.cn
印 刷 者：三河市兴国印务有限公司
经 销 者：全国新华书店

幅面尺寸：170mm×240mm
字　　数：280千字　　　印　　张：16.25
出版时间：2016年8月第1版　　　印刷时间：2021年8月第2次印刷

责任编辑：张冬梅
封面设计：刘萍萍　　　责任校对：彭力胜
版式设计：刘萍萍　　　责任印制：高春雨

如有质量问题，请速与印务部联系　联系电话：010-88019750

ISBN 978-7-5470-4225-0
定　　价：38.00元

目录 CONTENTS

一九四五年八月。

曾是六朝圣地、十代名都的南京。

刑事警署的捕房。

黢黑的过道像一条巨蟒的喉咙，穿堂风嗖嗖地掠过，一两盏吊在丈八高的水泥柱顶上的路灯，一晃一晃地发出惊慌失措的光，映得顶棚斑驳的水渍痕迹鬼怪似的狰狞。

透过探视孔，两边装着铁门的号子里，晃动着一些木讷的人影，他们仿佛被监禁的滤纸滤去了记忆，野草儿般活着，听凭命运的风暴吹掠，木然地接纳秋霜和冬雪——这大多是国府刚从汪伪政权手上接管过来的犯人。

只有十八号牢房里有人焦躁地踱着步。这是一个瘦小的汉子，生着熊罴般的头颅，但腿却长而细，像鹤，仿佛功夫都在两条腿上。他像一头伶俐而凶猛的兽，沉重地喘着，不停地从墙的一头蹿向另一头，铁链拖在地上发出晃啷晃啷的响声，每当情感落脚在一个小小的感受里，他都在欲望之火里烧灼。

号子里比过道中亮堂，牢门上方五尺的地方居然还铺着一方阳光——那是因为对面墙上丈二高的地方有个一尺见方的小窗，尽管铁栅密而粗，但到底拦不住光亮。

外面有风，阳光映着不知什么的影子在墙上晃动，这种生气和过道内偶尔响起的牢子森然的脚步声形成对比，引人产生旖旎的幻想。

可惜阳光只照了一会儿，就不屑为渴望它的人再支持片刻，默默地沉了下去，只有从暖烘烘的一面墙上，才感受到阳光还在外面的世界上。他真奇怪，以前为何只知道沉浸在酒杯里和女人的大腿上，而没有花过时间去美美地享受阳光。

他的眼光盯上了窗角挂在铁栅栏上的蛛网。阳光的一点懒洋洋的残片中有只小虫在蛛网上挣扎——那是一只绿头苍蝇。他那眯缝的小眼中敛起了烁烁的凶光，燃起两点灰烬般暗红的渴望。

苍蝇嗡嗡了好一阵，仿佛得到了他目光的帮助，终于从蛛网中挣出，夹着翅膀掉在窗台上，“嘤嗡”一声鼓着肚子飞去。

他刚有了一点兴奋，立即感到加倍的落寞。他憋不住这落寞，便突然扯着嗓子荒腔走板地吼了一句京调：“我好比，浅水龙困在沙滩……”

惊得牢头癞痢阿三拖着一条焦黄的辫子颠颠地跑来，隔着探视孔呆看了半天，才嘘出口气，把颗蹿起来的心安好，讷讷地交代：“李老兄，你是挑粪的走后门——找死（屎）啊，长官听见，你没好果子吃倒罢了，害得我也灯草铺桥——难通融哩。”

老李一声吼：“老子是六十岁当娼——实在受不了啦！他妈的，一关十来天，不闻不问，这算什么 × 王法！”

一见老李憋得泛青的脸，阿三有点怕，忙不迭地安慰：“悠着点、悠着点，兄弟，谁让咱碰着个乱世呢，唉！”

老李发泄完，一屁股坐在草铺上，不耐烦地问：“快断黑啦，妈的，八仙楼的晚饭怎么还不见送来？莫非你又在撒粉头（装鬼）吃我的‘空子’？”

“哪会呢，老哥，”阿三连忙堆下一脸笑，“兄弟也在江湖上混过，你老哥上午才赏了兄弟五块‘大头’，兄弟哪会干这‘打水线仗火’（不负责，无信义）的事？”

老李这才鼻孔应声，母猪坐草般懒散地说：“哼，咱们是‘瞽眼瞎子看告示——点点墨墨在心头’，请你老弟去催催吧！”

“好，好。”阿三拿了人家的手软，连声答应着，讪讪地走开了。

这癞痢阿三，原是个吃喝嫖赌抽五毒俱全的地痞，荡尽家产后因本性尽人皆知，一无生计，亏得一个戴硬壳帽的浑水袍哥有几分仗义，把他荐到捕房当牢卒，不管主子姓汪姓蒋，他不过扒下灰皮换黑皮，扒下黑皮换绿皮，变色归变色，蜥蜴还是蜥蜴，靠着犯人作衣食父母，搜刮、受贿依旧，劣迹未敛半分。这李姓犯人出手阔绰，阿三本是一条知腥识味的猫儿，怎会不处处留点儿方便？只要防着他"草鞋鼻子作揖"（逃跑），凡事还不眼开眼闭？却不料这主儿打蛇随棍上，竟在这阎王殿侧吊嗓子唱大戏，要给监狱长听见，那自己还不知怎样挨涮呢。可阿三又怕断了财路，不敢板着猴脸埋怨，劝了几句，便只得给这位大爷催晚饭去了。

半晌，牢门锁响。门一开，随着阿三进来的还有一名堂倌，白洋布罩衫，戴着白帽子、白手套，映得流光一片清亮。

老李一见这堂倌，心剧烈地颤动起来，静脉中的血流在这颤动中欢快地流淌。

"老哥，原来是八仙楼蔡堂倌病了，换了一名新堂倌来，半天摸不着门头，挨着挨着就晚了，这不，我好不容易给您找着他，没误您的晚饭吧？"

阿三红着烂眼表功，又一手将堂倌手中的腰子篮接过，一面将里面的菜碟拿出来，一面小心地检查："老哥，我得看看，这是例行公事，没法子哟，嗨，这年头……"

瘦子老李坐在铺上，一条腿却直直绷绷，示威似的搁在两尺多高的凳面，睥睨着阿三，冷冷地道："查吧，查吧，不过我可要给你打个响片（警告），你他妈可别尽跟老子甩水袖、走碎步，玩那几根花花肠子。"并悄悄和堂倌挤眉弄眼。

"哪会呢，哪会呢。"阿三边敷衍着，一边认真地检查菜馔。四碟小菜：摊鸡蛋、酱干条、炒腰花、爆三鲜，他一一用筷子划拉过，没藏着什么；六个馒头，他也一一掰开，也没藏着什么；还有一只半斤装的扁玻璃酒瓶，装着蜡封的汾酒，透着琥珀色的明亮。他放心了。

"好了，好了，你走吧，明天早饭时来收拾碗筷。"阿三用手背擦了一下烂眼沿，向外赶着堂倌。

堂倌低头提篮子，白色的堂倌帽掉了下来，阿三这才看清他四十来岁，左鬓有一撮白发，被黑发簇着，很惹眼。

堂倌赶忙戴起帽子，提着篮子咧嘴一笑，露出满口焦黄的烟屎牙，向老李道："老哥，这酒可烈得很，量小的人吃不得。"

阿三不耐烦地向外搡他："走吧，走吧，他老哥海量，你何必狗颠屁价地多管闲事。"

将堂倌推出，阿三回手把门关上上锁时，老李已经拿起酒瓶，打开盖子，凑到鼻边嗅着。那酒香冲得他一双眯缝的眼中精光暴射。阿三被那光一逼，突然感到一股冷气漫过来，冰瀑似的漫过了自己的头顶，他不由得头一缩，无端地激灵灵打了个冷噤。

"很好，很好，你请坐。"

马局长刚吃过早点，懒驴上磨般的没精神。他仰坐在圈椅上，把两条短腿撂上桌面，对着桌前的鲁平扬了扬手，然后信手拿起鲁平搁在桌上的介绍信浏览起来。鲁平坐下了，嘴角噙着一丝冷冷的笑意，打量着这位新上司——愚蠢而又无所用心、傲慢而又装模作样。他简直奇怪蒋介石而汪精卫、汪精卫而蒋介石，怎么一直把这么一群窝囊废当宝贝捧着。

马局长才懒散地看了几行，"啪"，在他嘴唇上不住转动的牙签掉了下来，那种漫不经心的神态僵在了脸上。

"哈，原来是鲁公子，失敬失敬！"

桌上两条横着的胖腿不但不再抖动，而且立即消失，他站了起来，奇迹般地恢复了精力。

"太好了，来，潘警官，我来给你介绍一下你的新同事！"他满脸都堆着笑容，向拘谨地站在一边的潘祥说。

"鲁平，刚从英国回来。"鲁平赶紧站起来，向潘警官礼貌地点点头。

"潘祥。"潘警官利索地打了个立正，也很有风度地点了点头。

鲁平冷眼打量了一下潘祥，二十八九岁，中等个儿，肌肉紧凑，相貌平常，而他从容的气派，一方面可以处于喧闹中毫不起眼，一方面却自有孑然独立的意态。他不由得暗暗点头。

"潘警官，你可有好搭档了。你知道鲁老弟的来头吗？"马局长满脸神秘的满足，“哈，太了不起了。鲁高参的公子，英国剑桥高才生，还是默福利警长的高足。当然，默福利警长你也许没听说过，鲁高参你总知道吧？”

潘祥脸上不动声色，心里却很是吃惊。鲁高参鲁又燃，这南京城谁不知道？西南长官公署的高参，徐恩曾的表弟，现在坐镇南京的中央耳目。他，一个在军、警、特中打了十来年滚的老混混岂能不知道？默福利，英国当代的福尔摩斯，英国皇家刑侦界的魁首，他又怎么会没听说过？他不由得认真地打量眼前这个比自己高半头的年轻人。

二十四五岁，高挑的身材，很英俊。似乎清瘦得像个书生，但凝重而矫捷，内行一眼可以看出武功底子很厚实。只是那张脸，不知为什么有许多暗红的网络状的红丝，让人觉得它总躲在阴影里，水母般地漂浮着一股阴鸷之气，如果不是那双总带着一种玩世不恭的笑意的眼睛里流露出那股又冷又亮的光彩给予了些许中和，真有些让人触目惊心，而更难得的是这种中和，造成了一分洒脱飘逸而又凝重沉稳的神秘。

“局长过奖了，让潘兄见笑。兄弟也不过跟默福利警长打了几年下手，所学有限。回国正值抗战胜利，令人振奋。家父原拟把我推荐给上海警局的罗局长（罗君强，大汉奸周佛海的亲信，抗战胜利，周摇身一变为国民党京沪行动总指挥，罗任司法行政部长、周的秘书长兼警察局长），可我还是决定随父来此虎踞龙盘之地历练历练。冒昧之处，请局座海涵。”

“哪里哪里，敝局荣幸之至。”马局长顺水打着哈哈，“来，自家人不说两家话，喝一杯怎样？”

太阳已经升起很高了，晨风将透明的阳光吹进来，落在楠木柜上，柜中一格格各种色泽的酒，便一起发出诱人的光彩。

“你是喝过洋酒的人，怎么样？香槟？威士忌？鸡尾酒？匈牙利的番茄酒还是法国的白兰地？我这里应有尽有。”马局长不断更换着手中的酒瓶，好像拉洋片的艺人那样有韵有味地卖弄。

“外国酒味浓而不醇，后劲全无，我看还是来点贵州茅台吧！”鲁平静静地应道。

“兄弟，你是这个！”马局长一挑拇指，大声赞叹，“爽快，有见识，这茅台入口古意醇厚，后味出神入化，洋酒哪及其十一。”

“哪里哪里，局座才是此道中行家。”

几杯茅台下肚，就没有了这文绉绉、酸溜溜的场子，高谈阔论地褒贬起时局来。

鲁平单眉一挑，冷若寒霜地道：“山河几经沧桑，局座处变不惊，如今又重归青天白日之下，当可大展鸿图了。”

“展个屁。”提到前途，马局长一张被酒精烧红的脸牙疼似的皱着，眼角的肌肉折了起来，像晒干了的枣子，“老弟，你爹鲁高参和周老爷子（周佛海）、罗局长是老朋友，不瞒你说，咱们跟着周老爷子曲线救国，为了国家和民族，忍辱负重，八年抗战，名义上是日本人的属下，可暗中和他老蒋通了多少款曲？如今日本人倒了，我们为国军保住了南京、上海、杭州许多大码头，要不是我们，全他妈落到共产党的手中了。为党国立了多大的功劳？可听军统那边的朋友说，老蒋明里给老爷子加官进爵，暗地里却准备使绊子呢，谁不知道他妈的拔了萝卜地皮宽啦！唉，谁知什么时候，给咱们加上一顶汉奸卖国贼的帽子给做了。别看他妈抗战胜利，咱们可是前途莫测啊！”

潘祥听了很索寞，淡然道：“萍随水，水随风，萍枯水尽。幻即空，空即色，幻灭空灵。百年随时过，万事转头空，前途又有个屁用。”

“说的是，各人有各人的因，各人有各人的果，该有的总有，该无的必无，何必杞人忧天呢？”鲁平阴鸷的脸上又泛起了笑意，笑容里有说不出、道不尽的讥诮。

马局长一听两人的话，眼珠儿又凸了出来，才把脸儿拉长，想发作出来，忽被响起的电话铃声打断。

马局长眼珠儿归巢，心烦地拿起了电话：“……哦？有这种事？……怎么跑的？……什么？失踪？莫名其妙！你监狱长是怎么当的？”他的脸儿一拉几尺长，气得眼球儿往外蹦，“立刻查清了向我报告！”

“局座，什么事？”潘祥双唇离了酒杯，斜睨着局长问。

“一个犯人莫名其妙地失踪。真是一群饭桶！”马局长余怒未消，将剩下的半杯酒一滴不留地倒进了喉咙。

"什么犯人？"潘祥倏地站了起来。

"算了，算了，不是什么要犯，只是一个小混混。"

"怎么跑的？"潘祥叮了一句。

"唉，乱七八糟，乱七八糟，"马局长轻叹一声，"居然说是锁在单人号子里突然失踪，这不是白日见鬼？"

"哦？"像嗅到猎物的气息，潘祥的神经在耸动，他睃了鲁平一眼，鲁平仍在盯着右手轻轻转动的高脚杯，无动于衷地欣赏着琥珀色液面的漾动。

"鲁兄，有兴趣同我去看看吗？"

鲁平翻起眼皮瞅瞅潘祥表情冷峻的方脸，三十来岁的人额上已经刻上了很深的抬头纹，那本来该长些肥肉的两颊蕴藏着一股森冷的锐气。看来，他是名好警官。不知怎么鲁平有些欣赏他了。鲁平这才矜持地点了点头。

十八号牢房。

一张稻草地铺上，被儿卷着，被头脏得发亮。靠条凳的地方，显出凹下一块的坐痕。条凳上四个盘碟，光光的只有些油汤，地上扔着一双竹筷、半个吃剩的馒头。一只空酒瓶抛在远远的墙跟处。铁门很厚，墙很高，除了朝西的一边离地丈二处有一个装有栅栏的小窗外，整个牢房活像一口密封的棺材。

"酒菜哪来的？嗯？"潘祥两眼炯炯盯住了牢头阿三。

"这……"阿三攥着焦黄的小辫儿梢，开始结巴了，"他自己掏钱，我……我替他买的。"

"嗯！？"旁边的监狱长很上火，"你胆敢违反狱规？得了不少好处吧？"他眼露嫉妒的凶光，仿佛当婊子的看见同行拉客。

"没……没……只得了三块老头洋。"阿三的"我大清"的月亮门鸭屁股额头开始浮起油汗，但他仍没忘记对上司瞒下了两块。

"哼！"潘祥鼻中放出一股冷气，"你真不知狱长你的这些狱规只能装装样子吗？算了吧，还是请你先谈谈这个犯人的情况吧！"

"是。"监狱长涨红着一张北瓜脸，开始翻着案卷念起来，"李瓢儿，男，三十二岁，湖北人，无业游民。八月十日，也就是九天前，因殴打储备银行马骥良主任的公子马一鸣被拘捕，尚未判刑。”

“别看这李瓢儿瘦得黄瓜条儿似的，打起架来玩儿命的凶。”

“谁要你插嘴？”

阿三一见没了他的事儿，两片干瘪的嘴唇又痒痒儿似的唠上了。

“说下去！”潘祥瞪了典狱长一眼，鼓励着阿三。

阿三见潘警官唇边浮起赞许的笑容，就又放大胆子侃起来：“那天打架时我刚好路过，是在花街口动的手，还真大饱眼福呢。原来李瓢儿骑过的一个婊子跳槽，和马少爷黏乎上了，这李瓢儿醋坛子里泡过的酸菜似的，气得鸡巴歪了。划了那婊子的盘子（脸蛋）不算，还把马少爷三下五除二，扒下裤子一顿昏天黑地的臭揍，妈妈的，咂咂，那拳脚，那活儿！把个马少爷屁股蛋子打得黢青不算，连大腿骨都给踩折了。”阿三羡慕至极似的咂咂连声，舔着乌黑的干嘴唇绘声绘色。

在一旁半天未哼一声的鲁平突然冷冷地甩上一句：“典狱长，根据李瓢儿的罪行，你估计要判多久？”

典狱长支吾了一会儿：“这……还来不及审理。但打架斗殴的事，南京城哪天没个几十上百起？谁耐烦管这鸡毛蒜皮的小事？只是碍着马主任的面子，估摸要判个三五月吧？”

“噢。”鲁平鼻子应了一声，仍然一口一口地吸他的烟，不再开腔。

潘祥很有兴趣地瞟了他一眼，回头再问阿三昨晚的经过。

阿三难得有机会表现他的口才，于是又夹荤带素地细说了一遍。

潘祥慎重地再问一次：“那堂倌带来的酒菜你都检查了？”

“那还用说？菜儿我扒拉了个底朝天，馒头我一只只掰开了看，那瓶酒我还摇了摇，清亮透明的。我敢用脑袋担保，屁都没夹带一个！”他用力拍了一巴掌额上油亮晶晶的月亮门。

“你走时确实锁好了门？”

“王八蛋没锁！我还加了横杠呢。晚上我巡视了几次，今日早上门锁也纹丝未动，可这狗崽子硬是莫名其妙地没了！”

“怪事。”潘祥皱起了眉自语道，“本来逃了个小混混也没啥大不了的事，只是这个‘古怪’还真让人来瘾。”他抬头望望鲁平：“鲁兄，这也该很合你的胃口吧？”

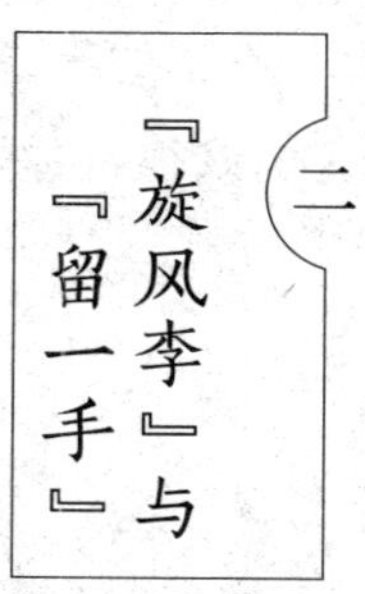

鲁平两眼正搜寻着地面，口里不时漫不经心地喷出一团团浓烟。他忽然自语似的冒出一句：“逃犯罪行很轻，他充其量不过在这儿蹲三五个月，却竟然会在还未判刑前就冒死越狱。”

“哦？你的意思……”潘祥的眼中渐渐闪出亮光，“那他一定有不能蹲几个月的理由啰？”

“对。”鲁平欣赏他的理解力，“外面一定有重要的事在等着他！”

说完，鲁平不再理会潘祥，目光继续在地面上一寸一寸搜寻，突然，他的目光不再移动了。

潘祥见他眼神有异，忙随着他的视线细看。那地上也没什么怪异之处，只是有一个浅浅的小窝，很圆，很平滑，窝边有一个犯人的脚印，似乎比其他脚印稍重一点——这是没有经验的眼睛看不出的。

“这有什么奇怪呢？”他有些失望，也有些迷惑，一边问鲁平，一边蹲下来用手挖了挖窝底，窝底还是同样的硬土。

可是鲁平仍是闷声不响，浮出一脸僵硬与冷漠，像是混凝土筑成的古堡，他的一双鹰隼般的目光却开始凝睇着高高的窗台。

窗台有两人多高，一尺见方地嵌在那儿，一片光亮更衬出一条条铁栅犹如兽口里紧咬的獠牙。窗外有风，吹起几张蛛网轻悠悠地飘飞。

鲁平眼中的阴鸷之气不见了，有流彩的亮光一闪：“阿三，你把那只酒瓶捡来。”

潘祥很惘然，想问，但没问，因为他知道，有一种人惜言如金，是不到火候不揭锅的，而鲁平恰恰就是这种人——也许，表情冷峻，沉默寡言，是这种人特有的姿态，是内部孕育的力量的一种简洁的外化吧。

鲁平接过酒瓶，一倒，瓶里一滴酒也没有，难道是李瓢儿把这瓶酒完全消化了，而这瓶酒也把李瓢儿完全消化了？

接着，鲁平又把瓶口放到了鼻端，然后深深地吸了一口气。他似乎嗅到了酒香，一种恬淡而满足的微笑开始覆盖在他脸上，仿佛一张阴鸷冷傲的假面具在这酒香中融解了，现出几分照人的光彩来。

“你听说过青城派吗？”冷丁他对潘祥问出这么一句毫不相干的话来。

“青城？”潘祥惊愕得一头雾水。

“对，武林中的一个门派。”

他见众人一个个泥塑木雕般鼓起了眼，便莞尔一笑，道：“青城派有一种古怪的轻功，发功时须先将丹田之气提起，运至脑颅百会穴，然后以一足前掌为轴，猛旋一周，借旋转之势提力，蹿向高处。这种提纵式很怪，也不易学，所以几乎失传。而此人正是此道的行家。”他一指地面的小窝和脚印，“你看，这就是他借一蹬之力留下的右脚印；这就是他旋转发功留下的左脚前掌印。”

“啊，”典狱长惊得发傻，“可……可他往哪儿纵？”

鲁平抬手一指：“小窗！你们看，那蛛网已被弄破。”

“可窗上有铁栅啦！”阿三叫了起来。

“栅下方已经被他弄断了两根，钻出去后，他又照原样扳直了，那正中两根的上面，不是有些弯曲过的痕迹吗？”

“老天爷，他又没锯没刀，能将铁条剪断，这铁指功太神啦！”阿三惊得舌头吐出足五寸，半天也缩不回去。

鲁平微微一笑，摇摇头：“天下还没这种功夫。他是用的这个。”他摇了摇酒瓶，“这里面装的不是酒，而是镪水。他用镪水腐蚀了铁栅的下端，由于窗台挡着，我们看不到，若不信，我弄一根下来你们瞧瞧。”

才说毕，他的左手抬了抬，眼前一道光华闪了一闪，窗口的铁栅很轻地脆响了一下，黝黑的铁栅中的一条，振了振，众人才看见离窗框上沿二寸许的地方，那根铁栅出现了一条雪亮的口子，月牙儿般嵌在斑驳的锈色中。

还未等众人回过神来，那道亮光又闪了闪——这回潘祥看清了，那是从鲁平左袖中飞出来又缩回去的一把刀。

“当啷”一声，一条铁栅掉在了地上。

“呀！”众人这才来得及从张开的口里吐出一声惊呼。

鲁平漠然地从地上拾起铁条，一言不发地伸到众人面前。那铁条，上端像被剪刀剪下，齐唰唰地泛着白亮的光彩，而下端，像炸焦了的麻花条，又黑又卷，早被镪水蚀得剩下个残骸。

“那……那是什么？”阿三一脸惊骇像是刻在了已经挪位的五官上。

“什么？”鲁平听不懂他的话。

“那……那道闪光。”阿三一双发红的烂眼就死死地盯着鲁平的袖子，连停在眼沿上的一只苍蝇都不知道赶。玲珑梭？蝎尾刀？燕子镖？飞剑？“嚓！”一道白光，取人首级于百步之外，他想起了清末读过的许多武侠小说，煞白了瘦脸，一只手还不由得护住缩短了半尺的后脖，两条腿也筛糠般颤动起来。

“你……你是魔刀鲁？”潘祥的声音也有些颤抖，脑里幻象般地浮现曾经耳闻的英国警方的怪杰魔刀鲁的传说，目光中不由得泛起由衷的惊喜和钦佩。

鲁平瞥了潘祥一眼，这一瞥成了愕然的长视。他竟然也知道魔刀鲁！鲁平愣神之后是不置可否的一笑，笑得很诡谲，笑得很迷茫，也笑得很苍凉。

啊，魔刀鲁，想不到这个名字传了这么远！他憎恨它，他蔑视它，但他却常常体察到这份冷酷的情感中隐藏着坚硬的温存，是的，他又珍视它，迷恋它，带着男性骄傲而荒凉的爱。每一个生命都有义务记录下自己的经历，可是，魔刀鲁呢？伦敦、剑桥、海滩、礁石、老师、朋友、血淋淋的尸体……这曾在漫长的理性生活中被遗忘了的许多秩序颠倒的感情数据啊，叫他该如何记在生命的账簿上呢？

“你——是吧？”潘祥仍然执着地期待回答。

鲁平一惊，那紊乱了的数以百计的思想密码立即又恢复了铁一般的程序。

“是的，我是魔刀鲁！”他把视线锁在了迷蒙的灰暗中。

“能和你合作，我真高兴。”潘祥的声音很诚挚。

“谢谢。”鲁平的声音很坦然。

“魔刀？太棒了，匪夷所思，匪夷所思。”典狱长一脸惊叹。“真绝，真他妈神啦！”阿三小指甲挑去一坨鸟粪似的白眼屎，用拇指一弹，满脑子剑侠飞仙嗖嗖地乱窜，自己也仿佛有了神通，那坨弹飞的眼屎也成了飞剑一般，一时得意忘形、手舞足蹈，“我知道，这是绝顶神功，绝顶神功！运丹田之气，收天地之精华，以气驭剑，扑哧，一道白光，百步之外取上将首级如探囊取物，嚓！……长官，您简直是武林的活神仙啦！”

“我可没你说的那么玄。”鲁平看着阿三满脸的敬畏之色，突然觉得他有几分“可爱”，唉，真是弯弯田就有弯弯路，有浑浑水才养这浑浑鱼，司法衙门里竟尽是这样的现世宝！

“那，能请出您的魔刀来让我们开开眼吗？”典狱长说得畏畏葸葸。

“喏，看吧！”鲁平左手一摊，掌中突然多了一把铲形小刀，四寸多长，弧形的刃口寸半宽，薄而亮，耀着凛然的光。刀身只有七分许，刀尾一个小眼里，穿着一根不知什么制成的很细的小索，一直连到袖管里。整把刀，有如皮匠的家什。简直难以令人相信，刚才削铁如泥的电光，就是这样一件不起眼的小玩意儿。

“好了，”鲁平悠闲地吐出口烟，说，“还是来谈谈那个李瓢儿吧！看来，这可不是一个简单人物。”

“鲁兄，听你先前一说，我想起一个人来，刚想说，给你这把魔刀岔了开去。”潘祥一脸肃色。

“谁？”

“旋风李！”

“啊！”一听这名字，典狱长和阿三不由得都呼出了声来。

“这‘旋风李’是什么人？”鲁平看似意态阑珊，心里却有些凝重。

潘祥肃然地介绍：“这个旋风李，原来是皖鄂一带的‘单子’，也就是独脚大盗，功夫很了得，听说他擅长杨氏太极，内功火候极深。以前只是独来独往，杀人越货。近来和一名关外来的‘单子’合了线。那家伙江湖上名叫‘留一手’，猜想可能是个独臂贼。此人更是一个贩毒、绑票、抢劫、偷盗、奸淫、杀人，无恶不作的惯匪。半月前，这两人联手，抄了钱参议的家，连伤十三命后匿去，据苦主报案，除大批金银首饰外，还抢去嘉庆御赐其先人的翡翠玲珑塔一座，价值万金。因这两人混迹市井，屠沽为伍，不易辨识，不露锋芒，加上日本人投降造成的混乱，到如今，此案毫无头绪，我估计这李瓢儿有可能就是旋风李！”

“嗯。”鲁平眸子爆出一闪光斑，“‘杨氏太极’主运于腰，以腰为轴，力发于背，用意不用力，上下相随，内外相合，以云手静中求动，以旋子动中求静，与青城旋风腿暗合。很可能他们打劫之后，尚未销赃，旋风李就因斗殴入狱……”

“对，他急于销赃，又怕牵发他案，所以不等审判，便越狱而去。”潘祥兴奋得打断了鲁平的话。

“不错。不过，他要是自己能跑，第一天就跑了。那送菜的堂倌，是助他越狱的主谋。如果他们果是‘单子’，那么，这堂倌很大可能就是‘留一手’。”鲁平继续推断。

“阿三，堂倌是哪家饭店的？”潘祥问。“以前都是八仙楼的蔡师傅送饭，”阿三眨巴了一下烂眼回答，“昨天那小子说蔡师傅病了，由他代送，这人我不认得。”

“他有什么特征？”“嗯……矮个子，圆脸，四十来岁，穿着白衣服，戴着白手套，对人挺客气，他还给我敬了一支烟呢，啊，对了，是‘老刀牌’的。另外，嗯，分头，左边头发里夹了一撮白毛，很打眼……还有，一笑起来满口烟屎牙。”阿三的记性倒不错。

“好，先去八仙楼，找蔡师傅问一问。”鲁平果断地作结。

“可这人不是独臂。”潘祥想起了这件事。

“江湖传言，不可全信，反正只有这一条线索，咱们剥一节吃一节喽。”

八仙楼立时找到了，可是蔡师傅却了无踪迹。据调查，昨天下午，有一名小堂倌到门口为客人买瓜子，曾看见一个矮个子扶着蔡师傅上了一辆马车，他感到奇怪，打工的时候，蔡师傅上哪去呀？不由得留了一点儿神，听那矮个子向车夫说了一句：“宁海路。”

所能了解到的情况就是这些。

他们来到了宁海路。

市面很萧条。店门、壁柱上贴着一些残缺的“庆祝抗战胜利”之类的标语在瑟缩着。秋风倦怠地锯着路边的树木和电线杆，单调而凄厉。一些爆竹的残骸，锯末般到处乱飞，提醒人们注意，它们就是这“胜利”的牺牲。白云苍狗，移形异位，不过是造化的障眼法。行人面上再没有了一丝喜色，只有那些刚脱下汪伪官衣换上国军制服弹冠相庆的人们，才车来马往、趾高气扬地在街上游弋。

一些浓妆艳抹的“野鸡”，从街头巷尾踅出，脂粉腌过的脸肌上挂着职业性的媚笑，嗲声嗲气地向路人搭讪。

潘祥和鲁平正在街侧一家小小的酒吧里枯坐。线索断了，那个白发烟屎牙的矮子在哪儿呢？他们一家家以“老刀牌”香烟为话题，向所有的烟铺、烟摊打听过，但一一落空，那家伙就像泥鳅儿般，只泛了青黑的背脊，就一甩尾巴潜进淤泥和浪花中，再难让人捕捉到身影。他们只有在这儿枯坐了。

潘祥瞟了瞟鲁平，他想从他的眼神中猜出，他有无在这绝望的湖泊里投下希望之饵的方法，但他只能看到，那眼神很幽亮，正在平视着自己，平静和深邃的眸子里，已经化去了先前阴冷的冰霜。

“你干这行干了很久吗？”鲁平拾起了一个意外的话题。

“十年了。”潘祥淡淡地回答，可是他内心竟像被人用一根木棍搅了一下，泛起的泡沫很苦涩也很苍凉。

“喜欢吗？”

“什么？”潘祥很茫然。

“这职业？”

“原来很喜欢。”一股很酸楚的东西像被一只手从心底挤了出来。

“现在呢？”

“现在嘛——”他被扔进了一堆毛里似的，心里堵得慌。

他的面前，一片迷茫。

十年前，他怀着浓厚的兴趣和执掌正义之剑的理想考进警官学校，接着他当了警官。但不久就发觉手头握的所谓正义之剑只不过是一柄木制的道具。尽管破了一些复杂的案子，但得利的似乎并非弱者，打击的也并非俱是强梁。面对的是一个不讲理的世道体制，一个区区警官又能有多大的神通？更可悲的是不几年，又从上而下莫名其妙地变成了伪军。在抛弃与选择、撕裂与再生、匍匐与高昂之间他徘徊着，一年年间，他感到自己愈渴望阳光，根就愈扎向漆黑的深处、扎向愚昧和罪恶、扎向迟钝和麻木。栖身于刀光剑影之下，即使谨言慎行、苟且偷生，还会随时招致不测，又怎敢显山露水呢？心灵辉煌的大厦已经坍塌，他将沿着一条风涛迷茫的河流随命漂泊……

抗战胜利了，他又莫名其妙地换上了国府的制服，他多么希望，在废墟上重建一个属于自己的也许简陋但却亮着正义的烛光的小屋。但眼前，胜利后的六朝古都，依然如故，那些当年屠城的日本战犯，像密封的罐头般被倍加保护，那些罪大恶极的卖国小丑，依然沐猴而冠。一种犹如冰水浸透骨髓的孤独感，常常驱使他逡巡街头，在踽踽中汩汩地宣泄着孤独和失落。甚嚣尘上的，不乏庸碌卑劣之徒；怀抱利器的，往往没于屠狗之市。他没有朋友和同道，他多么希望有一个无须顾忌谁的权势和脸色即可表达思想和意见的氛围，而这个神秘的鲁平，在短短的一天之中，就赢得了他的敬佩和好感，但信任呢？他不由得抬眼去迎接鲁平的目光。

鲁平吐出一口烟。

透过海草般轻轻漾开的蓝色烟雾，潘祥感到他蕴含复杂的目光像车窗前的刮雨刷子般在自己的脸上扫来扫去。

他想到鲁平复杂的背景，心中凛然了。职业的警惕使他按住了自己的心跳，冷然一笑道："怎么说呢？……佛经上云：'每个人只能拨亮属于自己的那盏灯，照亮自己脚下的那片土地。'我尽力而为吧。办了十年的案，也不知是在为善呢还是在作恶，心里总觉得被一个巨大的罗网网着，得不到解脱。唉！但愿眼前的案子我能代表着正义，我并不想有什么功劳，只要能做一点儿事，我的心也就安了。"

鲁平诚恳地点头赞许："很好。《老子》说'知其雄，守其雌；知其白，守其黑；知其荣，守其辱'。无贪无嗔，忠于职守，是以圣人后其身而身先，外其身而身存，所谓'复归于婴儿，其在斯人矣'。"

潘祥目光闪动，有些兴奋："说得对。你这话使我想起一个典故：禅宗四祖道倍，十四岁时，到三祖僧璨处求道，说：‘愿和尚慈悲，乞与解脱之法门。’三祖说：‘谁缚汝？’四祖茫然道：‘无人缚。’三祖哂道：‘何更求解脱乎？’这样，四祖便于言下大悟。现在听你这么一说，我也小有所悟了。”

“哈哈,我们怎么打起机锋来了？”鲁平很重地擤擤鼻子——他感情一激动，往往就有这么个习惯——那张本来阴沉得怕人的脸一下子变得十分粲然。

潘祥心头的阴霾淡去了，他突然觉得有了力量。人在黑暗绝望中，若有一点爱、一丝理解、一缕同情，也可以化为前方豆大的亮处，也许就能追着这一线光亮，拼了命去跋涉。他真想扒心亮肺，尽吐衷肠，在漫漫的一生中，在偌大的世界上，能够找到一个值得信赖的人，对着他的眼睛尽情倾诉。这是摆脱痛苦的一种好方式。然而，他忍住了。因为……

“二位先生，不要我陪你们喝一杯吗？”一股肉香冲进了潘祥的鼻子，立即，他觉得左肩靠上了软绵绵的垫子。

他愕然地侧过脸，看见一张涂抹得过分艳红的嘴唇，在扑着白粉的面庞的衬托下显得如同伤口般瘆人，而一对袒露出四分之三的大奶子早已羊肚儿似的白生生地搁上了他的肩头。

“去去去！”潘祥皱着眉头厌恶地一缩肩。

“哎呀，先生您还挺面嫩呢。我叫月月红，一回生二回熟嘛。”

女人媚眼儿十足，那声音如果不是嗲嗲得让人心里发毛，还真有点儿珠圆玉润的韵味。

“哈哈，”潘祥正待发火，鲁平笑了，笑得很浪，但脸上笑纹中却漫上了很浓的阴影，“来来来，小妞儿，一边坐下，我请你喝一杯！”

他拉开椅子，顺手拍了一下那女人硕大的屁股。

“唔……”女人用鼻子发出一个嗲言，挑起眼角将秋波向鲁平飞去，可那秋波才打湿鲁平的面颊，立即吓得缩了回去。只见鲁平笑脸上那一绺网状的红丝，像冰冻在阴冷的雾气里，让人从心底发怵。

“怎么？嫌兄弟长得不俊？我这张脸儿可漂亮着呢！”鲁平手晃了晃，二张簇新的百元大钞花花绿绿地发出诱人的光。

“鲁兄，你这是……”潘祥很疑惑，也很鄙夷。

“潘兄，逢场作戏嘛！”鲁平向他诡秘地眨巴着眼。

“先生，你很让我喜欢。”女人的眼中闪着光，纤纤玉手搭上了钞票。

“等等！”鲁平低喝一声。玉手一颤，停在了钞票上。

对着发怔的女人，鲁平莞尔一笑：“你是来做生意的吧？”

“人生在世，谁不在做生意？”女人有意让白生生的乳房在鲁平眼前又颤又晃。

“好，一分货色，一分价钱。”鲁平戏谑的声音突然放低了，很森冷很威严，“我刚才向烟摊打听一个人时，你在旁边很注意地听，我坐在这儿等了你老半天，现在该是你拿出货色来的时候了。”

“噫，你倒挺眼尖的，好吧，实话实说。”女人收回了手也收回了媚态，换上了一股坐茶馆海袍哥的腔调，“你不是要找一个满口烟屎牙，长一绺白发，抽‘老刀牌’的矮个子吗？我现在亮个膀子（亮个底）给你，这人我可知道得很清楚。你给个价吧！”

“当真？”鲁平不动声色。

“那还有假？前儿晚上老娘还伺候了他一晚哪，啐，那杂种整了老娘一宿，临了才给十块钱，亏得老娘功夫硬……”

女人一身浪劲又骚动起来，被鲁平一挥手打断。他将手中的钞票一折，戏谑地顺手插进了女人深深的乳沟，“好，这算定钱，说出来，我们找到了他，再给你二十块大洋。”

“啊！”女人兴奋地叫了一声，“老大出手清爽，成交了！这人就住在西马路利达大厦二楼 211 房间，等你们公事办完，今晚我来陪你，准保叫你……”女人媚眼如丝地贴上来。

“好啊，宝贝儿，快回去为我洗洗干净，回见！”鲁平拍着她的臀部彬彬有礼地说完，拉起潘祥往外疾走。

“哎，哎……”女人扭动腰肢追了两步没追上，这才停下来，从牙缝里挤出一些让人不甚了了的脏话。

可鲁平头也不回，洒脱地吹起一支古老的英国民歌，傲然走出了旋转的玻璃门。

“这客人上午十点左右就退了房间。”经理一边介绍，一边陪着潘、鲁二人走进了利达大厦 211 号房间的起居室。

雪白的墙壁像刚切开的豆腐，白得发青，纤尘不染。

弯着腰的女招待停下了整理沙发巾的双手，侧脸瞧着他们，美丽的大眼睛里露出迷惘和惊讶，似乎想开口问什么，但瞥见跟进来的经理，她闭住了嘴，点头笑了笑，起身款款向窗前的书桌走去，准备收拾零乱的桌面。

“先别动。”潘祥喝一声，止住了她，和鲁平并肩走向了书桌。书桌上一盆抽薹的水仙，长得十分娇润，一套仕女图的台历已经撕到了第二天，看来客人是个急性子。

靠墙的墨水瓶开着，一支蘸水钢笔乱扔在桌上，白色的玻璃烟缸里整整一缸烟蒂，旁边还横着两根才吸了几口就揿灭了的老刀牌香烟，果然是“老刀牌”。书桌旁的小圆桌上摆着两只高脚杯，半瓶老汾酒，酒瓶和号子里的那只一样。显然，正是这两个罪犯在这儿喝过。

潘祥拿出放大镜，仔细地审视，只在一只玻璃杯上发现了指纹，他很惊讶，抬头望着鲁平。

鲁平淡淡一笑：“不必奇怪，你忘了那烟屎牙是戴着白手套的？”潘祥恍然，他真钦佩鲁平的细心。

“啊……”突然，一声瘆人的尖叫，从里房中传来。

鲁平未等声落，人已如嗅到猎物的豹子，一掠蹿进了里屋。等到潘祥和经理反应过来，里面已经声息全无，他们立即惊慌地闯了进去。

里间是卧室。

女招待直挺挺地躺倒地上，一头枕在半跪着的鲁平怀里。阳光从拉开的窗帘外迟迟暮暮地浸进来，懒洋洋地停落在她娇小煞白的脸上，才受了惊吓似的泻下来，流入她海涛般波动的黑发里。

鲁平左臂勾住姑娘的头，任其发瀑泻在前胸，右手虎口张开，拇指抠住她鼻沟中的人中穴，食指点住她平滑的太阳穴，而两只眼睛却喷着漆黑的幽火，流星般环扫着整个房间：法式克罗镁衣架、梨木烟黄色立柜、沪式天鹅形盥洗架、苏式镶花梨木梳妆台、嵌着一幅赤精条条男女蛇般缠绕的春宫画镜框、一对藕荷色的单人沙发、酱紫色的川漆大壁橱。……大壁橱！鲁平的目光停住了，橱门拉开了近半尺，他的视线被它挡住。很显然，吓昏姑娘的怪物就藏在橱内！

潘祥手一动，枪已拔出，枪口微抬，对准了橱门。

姑娘动了一下，鲁平将她小心地推给了失魂落魄的经理，一跃而起，“啪”，迅速拉开了橱门。

“小心！”潘祥为他的鲁莽担心，一步跨到他的身边，枪口直指橱内。蓦地，他脸上的肌肉僵硬了，一种冰冷的恐怖箍住了心脏。随着经理的又一声惊叫，他握枪的手都不由得颤抖了起来。

橱内蜷着一个人，侧身屈腿坐着，可是脸却转过了一个不可思议的角度，正对着他们。那面孔微抬着，眼睛金鱼般凸得就要掉下来，充满了哀怜、恓惶，仿佛随时都有眼泪流出，而面肌却分布着下贱的笑意，那笑在陡然间固定着，固定得让人毛骨悚然。

鲁平走上前去，用手轻拍他的脸颊，那颗侧着的脑袋立刻木偶人般耷拉下来，露出了光秃的头顶，像抹过脖子的鸡子。

鲁平右手在他脖后捏了捏，用力擤了擤鼻子，微露惊色说：“颈椎骨不但断了，而且碎成了细块。是用掌沿劈的，这掌刀如铁，好纯的功力。”他沉吟了一下，疑惑地自语，“这怎么可能？”

经过全面仔细的检查，除了能肯定尸体是八仙楼的蔡师傅外，没有任何线索。

“这个烟屎牙，劫持了蔡师傅后，化装救出了旋风李，一同在这儿住了一晚，商量后，杀人灭口。”潘祥推测着，“既然敢杀人灭口，那一定远扬飏异地了。”

鲁平不做声，用手不断地擤着鼻子，发出哼哼唧唧的声响。

突然，他嘟囔了一句：“日历……明天的日历……对！潘兄，你去看看，日历上可留下了什么痕迹？”

“哦？”潘祥赶快走到外间，拿起台历细看，果然发现第二天的日历纸上有笔尖划过的痕迹。

细心辨认，可以看出“蒙城横滨酒家”几个字印。

“你是怎么知道的？”潘祥黝黑的脸上泛上红潮，兴奋地问。

“我推测的，”鲁平擤了一下鼻子，“他用了蘸水笔，一定写了一点什么，可桌上没纸，今天的日历又已撕去，台历也挪动了地方，我估摸他就是在台历上写了字，然后把写上了字的今天那张日历撕了。如果这样，钢笔尖很硬，就很可能在下一张纸上留下痕迹。潘兄，你认为这几个字是什么意思？”

潘祥沉吟了片刻：“很可能是烟屎牙告诉旋风李，下一步要去的地方。”

他见鲁平微微点了点头，便求助地说：“鲁兄，帮忙帮到底，能否同兄弟跑一趟蒙城？”

“当然。”鲁平答得很爽快，望着他，把香烟从嘴边悠闲地移开，“我愿意和潘兄合作。不过，我还要请示家严，你也先去请示一下马局长，回头我们再来商议，我相信，我们一定会合作得很好。”

“好，我先谢谢你了。”潘祥用信任的目光望着鲁平，“我愿意做你助手。”

潘祥要请示，鲁平更要请示。

他回到住处，便忙着拨开了电话。

“喂，麝香吗？我是百合……”

一个电话拨到鲁府，接电话的是雍容富态的鲁高参。他撩起杏黄色湘缎睡袍歪在沙发上，向儿子下达着指令：“好，很好！平儿，正要你去一趟蒙城。戴笠那小子背着我们徐局长搞了个什么计划，代号‘ＰＭ’，连果夫兄都不知内情。徐局长希望迅速摸清它的内容。据悉，老头子一批下来，戴笠就要交蒙城的专员伍漫天秘密执行。你这次去蒙城，还有一个便利条件。蒙城司令长官王立威，和我是世交，你可以得到他的信任和帮助，听说他的女儿长得很漂亮，哈哈，平儿，虽然你破了些相，但更具男子汉的剽悍之气，别灰心，想办法把那小妞弄过来，今后也多一个靠山，哈哈……不过，你的真实身份和意图，不可让他嗅到一点儿，懂吗？嗯，……你要小心，自己多多保重。”老头儿的声音一时威严，一时凌厉，但却时时透出舔犊之情。

“喂，月季吗？我是牡丹……”

鲁平又拨了一个电话。

接电话的是一个眼眶深陷、黄发润面的教士。他紧裹着黑道袍，将金色的耶稣像在额上贴了贴，端坐在《圣经》前向鲁平发着指令："ＯＫ，很好。据悉，蒙城前日军司令官浅见一郎少将和一个秘密的黑社会组织做了一笔交易，价值大得惊人。你一定要乘这次机会，摸清内情，并千方百计，把这笔财宝搞过来。英国女王会给你颁发嘉奖的，好好干，小伙子，上帝与你同在。"

鲁平再拨一个电话……

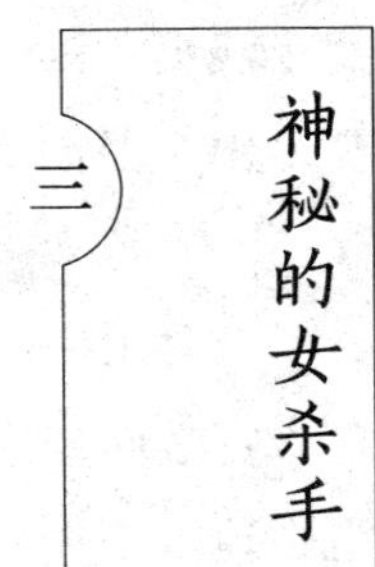

三 神秘的女杀手

蒙城。

这是一座很美丽的中等城市。

西面的凤凰山，柔和起伏，纤纤巧巧，透过秋日照在泥土上散发出来的水雾，倩影淡淡地泛出古意；北面的蟠龙岭，峰走龙蛇，嵯嵯峨峨，裸着灰青的筋骨逼着枯黄的日光，莹莹澄澄地显出一派雄浑。

蒙城就躺倒在这一柔一刚、一阴一阳的山峦间，有如躺在一幅硕大无比的太极图阴阳二鱼核心。顶着乾卦、对着坎卦、靠着离卦，在这天、地、水、火、雷、山、泽、风多种力量的旋涡中占卜着自己的命运。

这是造化使然。它东达开封、南通武汉、北拒太原、西扼延安，是国军、共军、日军、伪军的拉锯之所，为草莽英雄、忠义狂侠、刀客、悍匪亡命之地。

荆莽丛杂、鱼龙混流也造就了这一片沃土畸形的繁华。有斗拱飞檐的古建筑群、有中西合璧的华丽别墅，尖顶教堂是美式的、盒状洋楼是日式的、圆窗古屋是俄式的，秦红、姚黄、金粉、白玉、烟灰、蛋青，它们饰着各种颜色麇集着，有如老橡树下，一场透雨后冒出的各种菌子，美丽而怪诞。

如今，这座美丽的城市已被国军接管七天了。晋陕绥边区总部总司令邓宝珊的老部下三十五军二师少将师长王立威开进了这座要塞，成立了警备司令部，自任司令长官。整饬治安、颁发政令，已经控制了风云变幻中的混乱局面。但市民们盼出了一脸沧桑才盼来的胜利的喜悦也在逐渐云散。

日伪势力并未受到致命打击，城中日寇地下力量依然嚣张，连原日军城防司令浅见一郎少将，都不但没被当作战犯交与人民审判，还被接进了一流别墅赏月山庄保护了起来，在市民们看来，这确是蒙城的耻辱，史实的怨碑。

赏月山庄。

宽敞而豪华的客厅沙发中，原日军城防司令浅见一郎少将，现正西服革履，沮丧地端坐在沙发上，困兽般的目光环视着已经熟悉了的客厅：两扇落地玻璃窗被沉重的紫红色天鹅绒窗帘遮挡得严严实实，也是紫红色的地毯上，只有一张偌大的写字台和一张豪华的长沙发。如今的写字台上，没有文件、没有书报，也没有了军用地图，像原来满载着权力的船儿卸完了货，变得空空荡荡的了。

浅见阴狠忌刻的脸上堆满了失落的痴呆，然而，狡狯的心机仍在盘算着出路。他知道，自己已从占领者变成了阶下囚，从主宰者变成了砧上肉。

他站了起来，走到窗前，军人的步伐已有些踉跄。

他拉开了沉重的窗幔，窗外，残阳西沉，山林显得寥廓而空阔。秋意已经十分明显，绿荫黯淡，树叶微黄，开始凋落。寒风卷着屋脊上的尘土在悸动的枝梢上尖啸。战败、投降，这是每个日本军人的耻辱！他真想破口大骂，真不知内阁和大本营那些浑蛋是干什么的！他感到落叶般的无限的悲怆，在他阴暗的视野所能包罗的那些空间里，再也没有比孤独和绝望更清晰的了。

风掠过旷野，心和草木都在颤动，冷冽肃杀的秋暮在示威。他感到了生命受到的威胁，感到了铺天盖地而来的恐惧。意志瓦解了、信仰倾斜了、武士道精神也失去了原有的含义。他想剖腹自杀，像他要求那些知道内情的部下那样。但是，他不能。因为，这秘密，除了天狼帮主，就只有他自己一人知道了。他目前担心的倒不是自己守不守得住这个秘密，而只是担心天狼帮主在他失去自由的时候要什么花招。看来，只有设法和“黑雉”联系了，他虽然一直看不起这个日本浪人的地下黑道组织，但现在，除了他们，谁还能将这笔巨大的财富送回日本去呢?

房屋四周那么落寞，只有一队队幽灵似的卫兵在晃动。他知道，那是王立威为自己而设的。阶下囚！阶下囚！！虽然万幸，没落到共产党的手中，但他也知道，王立威这只笑面虎的叵测心机。哼！他还不是为了……想到这，他下意识地抓住了领带，一种无形的东西在心底骚动起来，紧接着一阵剧烈的痉挛，他感到疲惫、厌倦中升起一股面临挑战的残忍的欲望。

我一定要把它们带回去，战后的日本需要它们！他仿佛看到了东京的樱花、看到了富士山的雪峰、看到了枝子——那温柔而热辣的女人。他眼前燃起了一豆灯火，那是生命残烛的希望之火，那是人性复苏的爱恋之火。这火，点燃在即将展现的森然凌厉的暗夜里，竟然照见了那无数倒在屠刀下的中国人的尸骸，那些尸骸，一个个昂起了血淋淋的头颅，鼓起嘴吹出了复仇的冷风，冷风就要将他的希望之火吹灭！他知道，一旦熄灭了，就将永不会复明！

这时，暮色已合，他恐怖得头皮发麻，心中发紧，连忙退回来拉亮了吊灯，颓然倒在了长沙发上。灯光照亮了苍白狰狞的脸和一双绿莹莹的眼睛。

他从口袋里掏出了一张照片，那是一个美丽的少妇，穿着和服攀着盛开的樱花站着，嘴唇微张，像是在笑吟吟地召唤活泼的青春。啊，枝子，枝子！他生疏地呼唤着她的名字，她那么遥远，仿佛在一个只有晴天才能看得到的星座上。也许，他再也见不到他的枝子了。他心头一阵发冷，几乎能感到有一锋冷冽冽的刀片，在嗖嗖地刮着自己的灵魂。

“你是在叫我吗？将军阁下。”一个颤悠悠的声音从身后响起，飘忽而柔媚。啊！一种冰冷的恐怖霎时箍住了他的心。他一头冷汗地回首，天！他看见了一个骇人的幻影。一个女人！

一个在灯光下飘忽的女人！！

嫩黄色的衣裙，呈现优美的曲线，衬在紫红色的地毯上，满身都在发亮。七枝吊灯灿灿的，越发显得奶酪般的肌肤白得耀眼，水晶晶的眸子、鲜艳艳的红唇、金灿灿的项链、翠滴滴的耳坠。一个妖媚而冶荡的女人！

“你……你是谁？”浅见将军到底是位赳赳武夫，提着嗓子大喝一声，只是，他发觉自己的声音是那样的空旷、陌生。

“我就是我呀，喏，一个成熟的女人，一个可以让你销魂的女人！”她艳笑着，款款地越飘越近。她的声音十分好听，就像从一个遥远的星座飘来的音乐。

“站住！你……你想干什么？”他想退一步，但沙发绊住了他；他想拔枪，但枪早已交出去了，他条件反射地用手抓住了领带。

她眯起眼睛，迸出轻浮和几分放荡，双臂箍在前胸，托起自认为最迷人的一段曲线，柔情蜜意地瞅着浅见，很轻松地说："傻瓜，紧张什么，我是王司令派来的，他怕你闷坏了，想让你轻松轻松，来，来呀！"

她的声音带着磁性，有一种蛊惑人的魔力。说完，她的两臂放了下来，那嫩黄的衣衫竟自动地散了，宽松的衣襟立刻向左右滑开，露出极小的、紧紧贴住胸乳的猩红色胸衣，雪白的肌肤蹦跳出来，像拥挤出一堆发酵过的棉絮。"哦。"浅见果然轻松了，如同受一场虚惊后的野兽，软下了绷直的腰。他不觉有点感激起王立威来。不过，他心灵深处的另一根隐秘的弦又拉紧了。哼，美人计！想用个女特务来哄出我的东西，笑话！也把我看得太嫩了。"世事一场大梦，人生几度秋凉。"且和她逗逗乐子，看她到底有多大的神通！他盯着的眼睛从上而下地抚摸着她，女人！确实是一个真正的女人！他又想起了枝子，冷酷的心里重新涌起一阵柔情，一阵带有血腥味的野蛮的柔情。

女人黏了上来，钻进了浅见的怀里。

滑腻的颈脖、饱满的胸脯、血红的樱唇，使浅见心旌摇动，像狂澜中的小舟、像将倾的大厦，他感到目眩、燥热，再也把持不住，一把搂过女人使劲地吻起来，贪婪得像只舔鱼肚子的饿猫。

女人红唇贝齿间的舌头在微动，嘴里发出诱人心魂的呻吟，一双惺忪蒙眬的眼几乎要流出醉意来，而手却很灵巧地从下到上解开了浅见的衣扣，她的双手在他长满黑毛的胸前轻抚着，抚得浅见所有的脉络神经都颤悚起来。接着，右手贴在他左胸心房上，而左手却灵蛇般爬上了他的脖子。

待浅见猛地记起那条领带时，在他火热的心房上蠕动的清凉温软的纤手陡然变热，发出通电般的灼烫，像千万根烧红的钢针一起钉进他的心脏。他感到有融化的铁水从心脏流向全身，立即四肢麻木，整个身子如同被人塞进了火山口一样痛苦。

"你……你是天狼爪？！"他才惊骇地叫出这句话，立刻又感到喉头收紧了，脖子上那只柔弱的左手霎时变成了铁箍。空气通过被掐紧的喉咙，发出"嘘嘘"的声音，他的血管破裂似的跳动，仿佛所有的血液蓦然蒸发殆尽。一切都在旋转，强有力的离心力把所有的意念、幻景、欲望、情愫和知觉都甩得无影无踪。

他的一对眼珠从涨得发紫的脸上凸出来，在瞳孔将散未散之际，他模模糊糊地看见她点了点头，那刚才还妩媚蚀骨的美丽的面孔上充溢着恶毒的笑意和冰冷的杀气……

风早已歇了，一切又归于沉寂，夜静得像一块玻璃，只有窗外夜鸟偶尔的低转，使人感到夜的深邃和空寞……

警备司令王立威的官邸。

罗琳靠着客厅的阳台，凝然地睇望着花园。紧挨着阳台，长着很多树，浓阴遮断了他的视线。

隔着树林，从网球场间或传来王望梅欢快的笑声，银铃儿似的甜脆，一声声敲得他窒闷烦躁，心头时不时莫名地泛上丝丝的酸味。他头一次有了寥廓长空里孤雁畏寒的感觉。

他隐隐有一种心间的至宝将要失落的预感，这种预感的阴影从刚进城的那一天，就悄没声儿地蒙上了他的心头。那刚进城的一幕他记得很清楚，那让人兴奋也让人狐疑的一幕。

一支支竹竿挑着的鞭炮热烈地炸响，天女散花似的。“二踢脚”抛了上来又炸了开去，喜爆的碎屑、硝烟满街乱飞。到处是狂擂的鼓、猛敲的锣和“庆祝国军光复失地”等巨幅标语。整齐的步伐声中，一队队威风凛凛的国军在欢呼的人群中目不斜视地正步行进，贼亮的钢盔、闪光的刺刀。许许多多各界头面人物在路旁候着，领头的是商会会长刘庆仁和搀着他的年轻漂亮、不断搔首弄姿向国军官兵飞着媚眼的会长夫人兰芳。

师部的车队就是在这样隆重的欢迎仪式中开进蒙城。

第一辆吉普上首先下来的是王立威师长和他剽悍的义子上校参谋罗琳，第二辆车上下来的是重庆派来的专员伍漫天。

身穿藏青中山装的伍专员抢上一步，与王师长并肩走向欢迎的人群。

满脸堆笑的刘会长恭敬地与他们握手并将身边的士绅一一介绍给他们。

刘会长的欢迎词很动听：“欢迎，欢迎，鄙人与各界朋友欢迎王将军、伍专员与抗日的将士们。你们抗战八年，不容易啊，在日本鬼子的蹂躏下，我们盼望王师，似久旱之盼云霓……”

罗琳没耐烦听那些鸦噪般的寒暄，他沉浸在这神圣而动人的欢迎场面中，他的心更在还未下车的义妹王望梅身上，热望她快下来和自己共享这一份神圣。

“你快下来吧，梅妹！”

王望梅这才收起扑粉盒，扶着罗琳伸给她的手，从车上跳下来。

她，高高的身条，丰满而匀称。一套意大利泥红哔叽猎装裹在窈窕的身上很是洒脱。人说，男要秋高，女要气爽，果不其然，这一身装束，衬得她十分的飘逸而利落、妩媚而英挺。加上红润的脸上刚扑了一点淡淡的脂粉，配上充满笑意的大眼睛，更显得光彩照人。

一群记者挤过来，争先恐后地抢拍这帅府千金逼人的风采。

“哥，他们把咱们当英雄哩。”王望梅惊喜于眼前的盛况，一手下意识地挡了挡闪眼的镁光，小声在罗琳耳边嘀咕了一句，腮边梨花形的两只小酒窝中溢出醉意。

“望梅？是你！你还记得我吧？”有人喊了一句。

王望梅寻声望去，记者中挤出一个青年人，戴着一顶礼帽，身穿一件银灰色风衣，挎着一只带变焦距镜头的相机，满脸含着惊喜矜持的笑意，潇洒又英俊。

王望梅怔了怔，她水灵灵的眼中闪出了照人的光彩：“张立？老同学！哈哈哈，是你呀，真想不到，真想不到！”她爽朗地笑着，激动得不断搓着手心。

“哈哈，怎么样？人生何处不相逢嘛！佛曰‘渡过苦海，同登彼岸’，这不？抗战胜利，分别了多年的老同学又见面了。现在，请让我说——”张立很擅辞令，“欢迎你，抗战的女英雄。哈哈哈。”他热情地伸出了手来。

王望梅兴奋得双手握住他伸出来的手，死命摇着：“我算什么英雄。对了，张立，看来我们的高才生，铁血派诗人，干上记者啦？这下你的才干可以天马行空地施展啦。”

“哪里哪里？在晚报社混混……”

他们忘却了场所，忘却了身边的罗琳，叙旧话新，越谈越兴奋。

罗琳蓦地觉得灿烂的阳光中飞来了一片不祥的乌云。

七天来，罗琳心头的阴霾越来越浓。

警备司令部成立了，义父王立威兼任了警备司令，他兼任了警备队长，本想狠狠地惩治一下日本人，给同胞出上一口气，但义父竟然一改初衷，将日军司令官浅见待为上宾，不时申斥他不能过分刁难日本人，致使日本地下黑组织活动猖獗，冷了中国老百姓的心、壮了汉奸特务的胆。何况他爱之如生命也一直自以为对自己一往情深的义妹王望梅仿佛在离他越来越远，两颗心之间不再像童年时那样是一片阳光普照的草坪，似乎开始草莽丛生、沼泽四布，有雨季也有阴天。

难道岁月真的有一天会在生命的河道里布下浅滩、旋涡和湍流，把他们隔在两岸？他这颗被严酷的生活磨砥得无比粗粝的心，只因望梅那亲昵、热情的目光而酥软，在那目光中，他似乎感到在一股融融的暖流里有了水草般的轻荡。然而，如今那目光变了，虽然仍有那股亲昵，但热情消退了，有时甚至泛上冷漠的冰茬。除了她能给他温暖，还有谁呢？自己父母双亡，虽说抚养自己长大的义父待自己如同己出，但他只觉得他威严、可敬，他欠他还不清的恩义，他愿意为他立即付出生命，但却无法从他那儿感受到温暖的亲情。唯有青梅竹马的义妹，是他心头荒漠中的一口井。她难道真不知道他的心吗？还是姑娘大了心眼多，有意热一阵冷一阵地作弄爱着自己的人？窝囊，真窝囊，自己人称神枪罗，难道就打不中近在身边的一颗心？明天，明天自己一定要给她挑明，告诉她自己的隐衷。在爱的博大疆土上，应该没有隐衷的阴影，若还有的话，那不是爱快要凋零，就是爱之履尚未征服最后一冠雪峰，爱之力尚未透过最后几支冰凌，他决心融化这最后的几支，哪怕为此耗尽心血。胜人者武、胜己者勇，一定要战胜自己心理上的怯弱！他决心一下，突然觉得自己有了力量。那个张立算什么，尽管他这些天来成天缠着望梅，充其量不过是个装出一副满腹经纶的舞文弄墨的书生。

正当罗琳想入非非时，王望梅兴致勃勃闯了进来：“渴死了，渴死了，哥，有什么好喝的没有？”

罗琳回过头，见王望梅巧笑嫣然，盈眼波横，几丝黑发汗涔涔地贴在鬓角，娇憨可掬地向自己嚷嚷，内心立刻被一种怜爱的温情漫过。

“你呀，只知道疯玩，喏，横滨橙汁。”

他拿起两只高脚玻璃杯，倒满两杯橙汁，递过一杯给她，自己正想去端另一杯，谁知王望梅接过一杯，亲昵地道：“哥，你真好。”又把另一杯也端过来，回手一扬，“嘿，张立，快来，琳哥请咱们喝橙汁啰！”

罗琳顺着王望梅盈盈的眉眼望去，张立已走了过来。整洁的白衫衣，笔挺的呢西裤，右手臂上搭着银灰色风衣，左手潇洒地轻挥着两只网球拍，彬彬有礼地向自己点着头：“谢谢罗大哥了。”

“哎呀，谢什么，你这个书呆子，一股酸味，快喝！”王望梅瞪了他一眼。

张立忙放下球拍，接过橙汁，尴尬地瞟了罗琳一眼，大口地喝了起来。

罗琳愣愣地看着王望梅。

她微微启开红唇，衔住高脚杯，却又不急于喝，只脉脉地盯着张立看。透过玻璃，可以清楚地看见她整齐洁白的牙和嫩红的舌头。

张立一口气喝完，朝王望梅挤了挤眼道：“哪有什么一股酸味呀，甜得很呢。”

“死鬼，我是说你一股酸味，谁说橙汁来着？”王望梅娇嗔着。

“哦，你是说我呀？”张立装着一副恍然大悟的样子，“我们男子汉，可不会像你们小姑娘，鸡毛蒜皮都去用酸呀醋呀泡着，罗兄，你说是吧？”他意味深长地看了罗琳一眼，诚恳地笑道。

“当然！”罗琳漠然一笑。

“哥，你还帮着他，看他坏的，我不来，我不来。”王望梅不知道真有一颗心在发酸，仍然向罗琳撒娇、向张立撒赖地闹着。

“哈哈哈，我是大男人，当然帮着他。”罗琳朗声大笑起来，笑声中有一丝不易觉察的苦涩和苍凉。

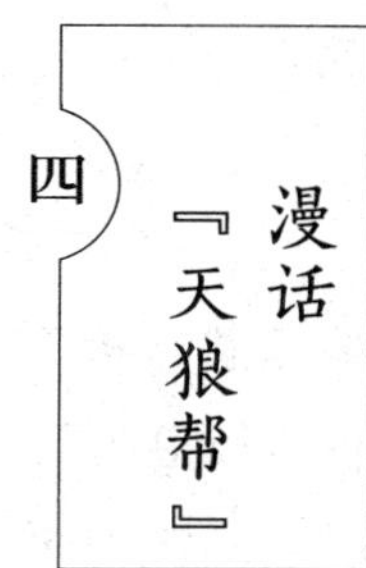

“你们在闹什么？”一个平板而威严的声音传来。

大家立刻肃然了。

“司令！”罗琳一个标准的立正。

“琳儿，刚才接到电话，浅见一郎被人暗杀了。”

“什么？警戒那么严密，竟然……”罗琳大吃一惊，“什么人下的手？”

王司令沮丧地摇了摇苍白的头，“不知道，说是干得很干净。”他扶了一下披在肩上的军呢大衣，“琳儿，同我去看看现场。”

“是。”罗琳犹豫了一下，说，“不过，这样一个战犯，不杀之不足以平民愤、雪国耻，我看不必大做文章了。”“是倒是，但这中间……”王司令瞥了张立一眼，煞住了话头。

“老伯，能不能让我也……”张立趋前一步，刚想提出要求，就被王司令打断了。“不行！”王司令厌烦地挥了挥手，像要赶走一只苍蝇，“你们这班记者，总是无孔不入！”

他忽然想到刚才由于紧张的疏忽，连忙叮嘱张立：“张先生，这件事可不许你给我捅出去，否则……”

张立答非所问地自语道：“浅见一郎这一死，可惜唯一的一条线索就被人掐断了。”

“你说什么？什么线索？”王司令心中一凛，眼中陡然射出刺刀般的冷光。

“难道老伯没风闻浅见一郎做的一笔生意吗？”张立佯装毫无觉察，天真地反问。

“哦？……你听谁说的？”王司令又惊又疑，脸上有点变色。

“老伯不是说过吗？我们新闻记者是无孔不入的。至于消息来源嘛，请老伯见恕，我只能‘无可奉告’，这可是我们这一行的职业道德。不过，老伯，你可知道浅见一郎是和什么人做的这笔生意，生意的内容又是什么？”

“这……难道张先生知道？”

王司令眼中的冷光变成了热光，他只探悉浅见一郎买下了一个黑道组织一大笔珍宝，但这个黑道组织叫什么？生意的具体内容又如何？他确实一无所知。他原想从浅见身上把它挖出来，可是软软硬硬都施过了，浅见那个老混蛋一推六二五，咬定是子虚乌有的事，正当他准备采取进一步的措施时，浅见被人暗杀了。他已经完全陷入了绝望，想不到，这个张立……

“知道一些，但不很详细。”张立说得很肯定。

“知道一些什么？”王司令一把抓住了张立的肩。

张立微笑着把王司令的手轻轻推开：“老伯，别急，我想先和您订一个君子协定。”

“哦？好，你先说说看。”王司令感到自己的失态，立即镇定了下来。

“我想去现场看看。”

“嗯？”王司令狐疑地逼视他，“你有什么目的？”

“满足一个记者的好奇心而已。另外，我想就这个案子和您合作，希望我们今后能互通情报。我保证，有关此案的事，目前决不向外泄露一个字。只是等案子结束了，到可以披露的时候，请老伯让我独占这一案的报道权，怎样？”

“这……”王司令犹豫着。

“爹，他不过想扬扬名，你就答应他吧。”王望梅在旁边帮着腔。

“好吧！”司令像下了决心，脸上露出了笑容，向张立伸出了手。

两人的手握在一起，摇了一摇，四目相交，都充满了既像赏识又像鄙夷的神情。

张立这个心有城府、干练狡狯的青年人在想些什么呢？

王立威这个精通兵家韬略、老于世故的老将军又在想些什么呢？

罗琳不知揣摩出了几成，眼中掠过一抹莫测的笑意。

现场很平常。

大厅中一切饰物摆设如故，毫无线索可寻。

浅见一郎坐在长沙发上，前襟披开几寸，露出猪脊梁般的一缕黑毛。领带调了头，紧束着他的脖子，把一颗熊罴般的头颅，拉得耷向左后方，眼球前突，似乎随时准备掉下来。淤黑的厚唇微张着，看得见半吐的紫色舌头，像痔疮病人肛门中一截欲出未出的带血的直肠。

“勒死的？”张立喉头动了一下，显然咽下了一口想吐未吐的唾液。

“绝对！这是领带给他带来的好处！喏，凶手抓的是这头。”

罗琳恶心得不愿看尸体的脸，指着拖在脑后皱巴巴的领带说。

“嗯，错不了，凶手揪住他的领带，勒断了他的脖子，你们看，领带都拉裂了。”

王司令指了一下领带，便开始端详浅见的脸，他端详得很仔细，仿佛在研究一盘名菜中间放了些什么作料。

“琳儿，搜搜他，仔细些！”他没端详出什么结果，很有些惋惜，好像希望从尸体身上找出一本菜谱来。

罗琳厌恶地搜查着尸体的衣兜，自然连菜单也没有找到一张。他摆了摆头，刚想站起来，“咦？这是什么？”原来衣襟又滑开了几寸，一个奇特的景观映入他的眼帘，惊得他一叫之后又趴了过去细看。

左胸，心脏部位，露出一只小巧的手掌印，印中所有的黑毛，全都焦卷着，连皮肤也呈焦黑色，就像用掌形烙铁烙过。

“老天爷！这是什么功夫？”张立惊得叫了起来。

“江湖上只有所谓绵掌、金刚掌、黑砂掌、红砂掌、大手印之类，那也不过是内家气功师将丹田之气运至经络，穿经走穴，聚集掌心，伤人筋骨或者内脏，绝不会……”武术行家王司令也惊得沉吟不止，突然他叫了起来，“难道真有传说中的什么火焰刀？”

“绝不可能！”罗琳断然道，“那都是还珠楼主之类的无聊文人胡诌出来的，人的内在潜力有一个极限，绝对不能像雷公电母那样发出如此大的能量。”

“天……天……”张立似乎想起了什么，结巴了片刻，突然大叫了起来，“莫非这就是‘天狼爪’？”

“什么？”王司令没有听懂。

“张兄，你原先答应的条件似乎应当兑现了。”罗琳蹙起了眉，他不希望张立再卖关子。

“啊，对，张先生，凡是你知道的，可要全部说出来！”王司令怕他打下埋伏。

“绝对！”张立恢复了镇定，掏出指甲钳一面修着指甲，一面款款地说出一番惊世骇俗的话来。

“我的消息来源很杂，不一定完全正确。据说，和浅见一郎做生意的是一个强大的地下黑道组织，名叫‘天狼帮’。这个黑帮原由雍正年间开封府一名姓傅的道士所创，他自称是二十八宿西方白虎七宿中的第一星宿奎木狼转世，总堂设在开封‘仰天观’，下设六个分坛，按白虎七宿余下星座娄、胃、昴、毕、觜、参命名，信奉纯阳真人、降龙罗汉，无非是打着外行慈善、内养太和，即修气炼性、养气炼命的名义行反清复明之实，和江南八侠互通声气。后来雍正利用年羹尧之才力，翦灭江南八侠后，该教也就转入地下，几经朝廷剿杀，教徒十去其九，早已奄奄一息，到得一二十年前，不知什么人拾其牙慧，又在暗中恢复此帮，总坛大约就在蒙城。此帮便成了一个走私、贩毒、蓄娼、劫道、暗杀五毒俱全的魔窟。帮众浪迹市井，无人能识。据说，帮主自号天狼魁，下有天狼胆、天狼肝、天狼心、天狼眼、天狼爪、天狼鞭六煞星，传说其中天狼爪杀人不见血，一爪燎心。这浅见心口的爪痕，使我陡然想起这个传说，或许凶手便是这六煞星之一的天狼爪。”

“啊，他娘的真邪门！”听得王司令心中凛然，但他仍未忘记那笔生意的内容，“张先生，你可知道这笔生意到底是买卖什么吗？”

“这项买卖是一大批珍宝文物，其中大部分据说就是十七年前被盗的麟、兰二古墓中的殉品。”

“你……你是说十七年前被盗的明代麟王和兰妃两座古墓中的殉品？”罗琳像被人当胸狠击了一拳，趺退一步，脸色陡地变得煞白，牙齿碰得“咯咯”地响，声音颤抖得怕人。

“你……你怎么了？”王司令又惊又疑，关切地扶着罗琳。

“啊，没什么，突然一阵恶心。”罗琳感激地推开义父的手，深深吸了一口气，“不碍事，现在好多了。”

“哦？罗兄，莫非是因为嗅到了血腥味？要不要躺躺？”张立似乎弦外有音。

“不必，你请继续说下去。”罗琳又恢复了铁似的镇定。

张立狐疑地看了他一眼，两手一摊说：“完了，我所知道的就这些，不知罗兄还想听什么？”

“谁是天狼魁？”罗琳一字一顿地问。

“啊，罗兄，刚才我不是说了，此帮帮众混迹市井，不要说帮主，就是帮众都无人能识，罗兄问我，我又问谁？”

“你这些情况是哪里得来的？”罗琳气喘咻咻地盯着张立的两眼问。

“不过是我们搞新闻的惯去之所，茶楼酒肆，道听途说而已，不可全信也不可不信。”张立不亢不卑，回答得十分圆滑。

“你知道这批殉物中有些什么？”王司令推开罗琳，平心静气地问。

“这我倒了解到一点。你们听说过世间有过十颗无价之宝的珍珠吗？”张立又卖了一个关子，见两人一声不作，便接着往下说开去，“这十颗珍珠名叫避火、避水、避风、溢寒、生暖、定颜、避邪、麒麟、合欢、夜明。据说历代皇帝遍搜民间，从来没有谁得全过。明宪宗穷其一生，得到了其中四颗：生暖、避邪、避风、溢寒。有人奏知宪宗，其异母弟弟麟王私藏麒麟珠一枚，麟王爱妃兰妃，私藏合欢珠一枚，宪宗一次在宴间用话暗示麟王交出这两颗宝珠，麟王装醉，矢口否认，宪宗大怒，又不好明索，就连续派出大内高手到麟王府或暗中偷盗，或装神弄鬼，把个麟王吓得肉跳心惊，只得行韬晦之计，长期生病，明宪宗一怒之下，将他们夫妻赶出京城，谪至西北边塞。幸于不久，宪宗驾崩，考宗继位，不明其中缘由，麟王夫妻才从恓恓惶惶中解脱出来，安度了一个晚年。据传言，这批殉品中除其他奇珍异宝之外，首推此两珠。”

张立说得惊心，王司令听得动魄，只有罗琳如老僧入定般地发愣。

“太玄了。”王司令神驰魄往，根本未注意到罗琳的变异，将脑袋向张立凑了凑，极有兴致地道，“记得民国初年，我听说过北京故宫的《八骏图》大窃案，

那《八骏图》是元朝赵子昂精绘的工笔画，上绘八匹神骏，英姿神韵如天马显形，被视为神品国宝。可在一天深夜，飞贼踏雨而来，将画心剜去，一时成为极大的悬案。后来又传说那画上盖着高宗乾隆爷的御印，并有数句题诗，暗示着他的宠臣和珅私藏的十颗宝珠的去向，也正是你说的这十颗。听说，后来这幅被盗之画流落民间，不知引起多少江湖血腥呢，至今画也没了下落，珠也殊无踪影，怎么你又说明朝的古墓中有这两颗价值连城的宝珠呢？”

张立接道：“这种传说，我也听过。据说那和珅富可敌国，乾隆爷死时，怕他将来因这十颗宝珠受害，用诗暗示他交出来，可是和珅装聋作哑。继位的嘉庆爷可没乾隆那么好说话，随便找了个借口抄了他的家。故有‘和珅倒、嘉庆饱’之说，但并没抄到什么十颗宝珠。总之，此一说也，彼一说也，姑且存疑吧。如果王司令找到这批殉物，可要给我这个小记者一个大白于天下的机会哟！”

王司令好像没有听出张立话中揶揄的口气，点点头道：“这个当然！”

“领带！”罗琳突然大叫一声，把两人吓了一跳。

“罗兄有何发现？”张立看了罗琳一眼，立有所悟，“对，裂缝！”

“司令，你看，”罗琳指着领带的裂缝说，“用力拉领带，不可能将领带线缝拉开，这领带里藏着东西，被人取走了！”

“什么东西？”王司令也有些省悟。

“八成是成交的藏宝图之类。从手印看来，如果下手的是‘天狼爪’，那么一定是因日本人投降太过突然，天狼帮并未得到许诺的价钱，又怕这图之类的东西落入别人之手，所以派天狼爪夺回去了。”罗琳眼角的纹路集合起来，这是思考的痕迹。看来，暗杀已绝非一般中国人的复仇，这事件本身只不过是露出海面的冰山的一角。他知道，虽然前途莫测，但这场硬仗是非打不可的，因为老天有眼，让他找了十七年，终于找到了这条野狼的踪迹。想到这里，他的眼睛电弧般燃着了，亮得像一柄搅动山河划过昏夜的长剑。

“很合理，也很准确，看来罗兄不但是神枪，而且是神眼了。”张立也为他的推断所折服，钦佩地拍了一下他的肩膀。

“天上、地下，我一定要找到天狼帮！不灭此帮，誓不为人！”罗琳咬牙切齿地发誓，他两眼向天，收起了目中的剑光，变得深幽空荡，目光似乎已经融进了空洞神秘的空间，在和一些看不见的幽灵搏击。

张立瞟他一眼，立即被他瞳仁中放出的蛇皮般恶毒的冷芒吓着了，不由得激灵灵打了一个寒战。

“这又是什么？”王司令被另一个什么东西吸引住了，他健步向门口走了几步，拾起了一个硬硬的、红红的锥形物件，好像很小的一只麂儿蹄。

罗琳接过来看了半晌，头脑有如鸡蛋裂缝，混沌初开：“这是高跟鞋鞋跟上嵌过的一块干泥巴，哈！‘天狼爪’是个女人！”他为此发现而兴奋，“张兄，你在本地待得久，你看看，本城哪里有这种血红血红的土？”

张立审视了一会儿，眼中出现亮光：“嘿嘿，要说这土，可还有个典故呢。也不知何朝何代，有一个狂生，在城东缺月崖附近的龙林寺前面香火码头闲逛，见一耄耋之年的占卦先生被人们围着，众人或求签或占卦，或看相或测字，人人敬畏畏地来，兴冲冲地去。这狂生闷极无聊，挤了进去。见这占卦先生招子上大言不惭地写着一联：‘签签附鬼神，有问必答；卦卦定生死，无语不验。’不由得恼了三分，就借着几分酒劲要开了横。一顿他的签筒说：‘你这老汉，冲壳子（吹牛）？’占卦先生心平静气地说：‘老夫得自龙虎山真传，扶乩、占课、画符、治病，从未有失，何谓冲壳子？’狂生见他越说越玄，气往上升，便有意找茬说：‘你这上面说签签附鬼神，有问必答是不是？好，今天我要说一个上联，你签中如能给我蹦出一个下联，我给你磕三头，如果蹦不出下联来，可不要怪我黄了你的生意。’老先生笑吟吟地说：‘好，好，请说上联。’狂生沉吟一下，伸手摸到了腰间细颈白瓷酒瓶，便随口说道：‘羊脂白玉瓶。’说完后，只见先生口中念念有词，将签筒摇上几摇，‘叮当’一阵响，‘啪’，筒中跳出了一根竹签。狂生忙伸手捡起，只见上面写着‘问城南老董’几个字，这是什么下联？狂生哈哈大笑，砸了占卦先生的摊子扬长而去。占卦先生摇头叹道：‘凡夫俗子，悟性不足，悟性不足！’后来，过了一段时光，有一回，那狂生到城南灵光街闲逛，偶然注意到此街地面一律血红，十分奇怪，恰好身边有一位老者担水经过，就拉住他请教说：‘老丈，请问这地上怎么一片血红红的，这是什么土？’担水老者回答：‘这是猪血赤泥土。’说完，挑着水桶要走，狂生心头一激灵，想起上回自己出的上联‘羊脂白玉瓶’来，与这老者回答的‘猪血赤泥土’恰好可以作对，不由得赶了上去，拉住老者问道：‘请问老人家贵姓？’老者答道：‘敝姓董。’直听得狂生冷汗淋淋，原来签中的‘问城南老董’应在这儿啊。”

张立说得娓娓动听，把个王司令听呆了。

“你说了这老半天，敢情这土是城南灵光街上的？”罗琳却显得十分不耐烦了。

“绝对！你以为还有第二个地方会有这种怪土吗？当年那……”张立似乎还未侃足，余兴未尽地又要说开去，被罗琳一挥手打断了。

“好了，好了，请问张兄，这灵光街有些什么热闹的去处和豪门大户？”

“这热闹场所嘛……”张立薄薄的嘴唇抿了一下，眼珠儿机灵地转了两转，“嗯，首先要算横滨酒家。横滨酒家是日本人来后改的新店名，原来叫作‘老董楼’，楼主董盛昌，自称是那位豆腐客‘城南老董’的后裔，二十年前开的店，也许由于这个掌故吧，不几年就大发了。日本人来后，这店改为中西合璧的大酒家，阔老贵妇出入其间，拉皮条的、海袍哥的，三教九流的神通人物也麇集于此。另外，要说到富户嘛，这第一要算商会会长刘庆仁了。不过，这个刘庆仁倒很有几分骨气，日本人刚来时，他硬是拗着不挂日本国旗，结果被小鬼子关了两个月大狱，她夫人兰芳到处托人花去不少冤枉钱才把他保释出来，据说那一次他们家伤了不小的元气。放出来时人瘦了一圈，腰倒挺了几寸，逢人就骂小日本鬼儿子，要不因为他在商界很有号召力，小鬼子早要了他的脑袋。第二嘛，就要算药王栈了。这是一家大中药铺，店主姓常，叫常有德，又号常活佛，占卦、看相带卖药，自称就是当年那位算卦的活神仙的嫡系子孙、衣钵传人，无论是相面、摸骨、治病、扶乩都无有不灵。”张立就像本城的土地爷，侃起来如数家珍。

“嗯，还看不出，你倒像一个地保，以后还得多依赖你了。”王司令有点儿赏识他了。

张立一笑：“哪里哪里，干上了新闻这一行，就必须鼻子尖、耳朵长，成天泡在茶楼酒肆中，凡事多长几个心眼才能捞到点儿新鲜材料，日子一长，掌故也就听得多了。”

“好吧，琳儿，你明天也和张先生去横滨酒家泡泡，看看能不能泡出是哪座庙的菩萨在显圣作怪。”王司令居然也传染上了点儿蹩脚的幽默感。

“是。”

罗琳答应一声，浓眉紧锁，将视线缓慢地移向窗外。

窗外彤云暗淡，树影摇曳，连逡巡的风也像在酝酿着什么密谋，罗琳深沉而凌厉的目光也显得特别地幽暗起来。

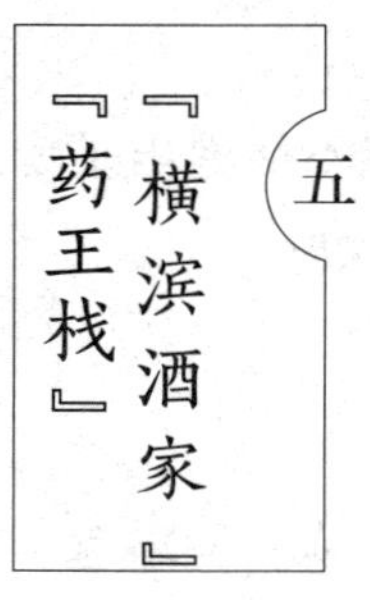

横滨酒家坐落在红泥铺地的灵光大街中段，二层楼中西合璧的建筑格局。

绛红的大柱、米黄的墙壁。酒楼结构复杂，不但有水磨石地面、规模宏大的宴客厅，而且有很多可容莺莺燕燕仓促苟合的“雅座”，甚至男女混杂的浴池。柔若无骨的东洋歌伎、媚眼如丝的江南暗娼、碧眼金发的西洋粉头像五光十色的长虫在热带丛林中游动一样自由地出入其间，招来怀着各种目的的各类人物麇集一堂。不管世道如何旌旗变幻，此处永远热闹依旧、温柔如故、长盛不衰。

此刻酒宴大厅中就是一派莺歌燕舞的景象。

萨克斯管吹出一片绿荫、洋琴打出一派光亮、长号又立刻使它们亢奋。舞池的一角除了有一名女歌星在喝醉了酒似的捧着乳房哼哼外，还有几对男女隐于暗绿的吊灯下，颠倒人生般翩翩地搂着摆动，而大厅里却觥筹交错、热闹非凡。

女招待或着白色短裙，系白蝴蝶结，粉蝶儿般在人间穿梭，灵巧而轻捷；或着大红大绿的和服，拖着木屐，捯着细碎的步子在挨桌游动，温婉而柔媚。

贵妇们珠光宝气，向英俊的先生飞眼；绅士们长袍马褂，对名媛大献殷勤。不时有身份暧昧的艳装妇人在布施色相，将纤纤玉手随意地伸向所有男人的唇边或肩上。

罗琳、张立和王望梅坐在一桌。

王望梅大约受到骚动人心的爵士音乐和雪茄与鼻烟混杂气息的刺激，十分的兴奋，不断地挥着菜单叫来鸡尾酒和香槟。

张立一边与王望梅说笑着一边频频注意罗琳的眼神。

罗琳却两眼电筒般全厅扫视，如狩猎似的打量着一个又一个女人。

有一个女人吸引了他的视线，不只是因为她出众的冷艳和恬静，而是凭直觉感到了她逼人的英气和机灵。

"这个姑娘叫吕静怡，是本城戏班的台柱子，红角，艺名杏花女，武功不错。"张立很机警，立刻凑过头来在罗琳耳边小声地介绍。

听说她武功不错，罗琳更注意地打量着她：她大约二十来岁，穿着开衩很高的黑旗袍，襟前别着一朵洁白的杏花——也不知此时此地，她如何能弄到这江南的宠物——雍容娴静地坐着。唇边抿着一只装了香槟的玻璃杯，不喝也不放下，神态警觉而冷漠，两眼如深不见底而又结着薄冰的潭水，撩人焦渴又令人寒心。

她的目光也如罗琳一样，静悄悄地扫视着全厅。

她的视线停住了。在她视线的引导下，罗琳注意到一个偏僻的角落，坐着两个不同一般的男人。

其中一个青年人，神态懒散而随意，脸上朦朦胧胧的有些花纹，阴沉沉地让人觉得仿佛隔着雾幔，看不真切。一双眼惺忪地半闭着，但罗琳能感到他细长的眼线中射出的光芒犀利得刺人。

另一个年龄稍大些，胸肩很宽，腰挺得笔直，威武地睃巡全场，有如一只硕大的猎鹰。

他当然不认识，这两人是南京来的警官，潘祥和鲁平。

鲁平从眯缝的眼中射出来的视线和那年轻女人的相撞了，他突然像被电弧击中，全身一颤，他陡然感到全身毛孔张开，仿佛一阵旋风把心吹悬又跌落，更吹得全身神经琴弦般地绷紧，弹出动魄惊心的曲调来。

"真见鬼。"他很响地擤了一下鼻子，口中嘟囔了一句，连忙把视线挪开。

"她是谁？"潘祥敏感地小声问。

"不认识，"鲁平右手痉挛地抓住衣胸，"是个美妞。别管她，注意盯着大门。"

旋转的棕色厅门不停地转动，又进来两个引人注目的人。

右边一位茶色西服、绛色斜纹领带，衬着一张白皙的脸，年轻英俊，只是下垂的眼角带出一股乖戾之气。

左边是一位珠光宝气的妇人，脸上戴着网状的面纱，身材妩媚诱人。

两人边走边谈，似乎亲热得很。

四十多岁便一脸发福的老板董盛昌这时撇开众人的纠缠，殷勤地迎上去十分熟稔地寒暄："哎呀，我们的诗坛泰斗，还有您，刘夫人芳驾亲临，真是敝店的荣幸，我老董恭候多时了，虽不能三里铺毡、五里结彩地迎风接驾，但雅座早为二位准备好了酒菜。请、请、请。"

"董老板，我可是您的常客哟，迎风接驾不敢当，只求您锅台上下点劲儿。"刘夫人声如黄莺，又脆又嫩。

"没说的，没说的。"董老板一边接过刘夫人的挑花大氅，一边吹溜着应酬。

大氅拿掉，众人眼前又是一亮。

只见她里面穿着一套中西结合的荷绿色旗袍，领口开得很低，露出一小半雪糕儿似的酥胸。她一面用带着肉色手套的右手将金晃晃的项链坠子塞进奶沟，一面用左手拎着的坤包轻佻地拍了拍董老板："有什么好吃的，可别跟我打埋伏。"

"那还用说吗？天上飞的，地下跑的，水里游的，"董老板放小声音下作地调笑起来，"凡是我老董身上有的，从来不敢向你打埋伏，只要大妹子你想吃，绝对让你吃个够。嘻嘻。"

"少贫嘴。"刘夫人俏脸一下子拉长了，眼睛四周溜了一圈，和董老板小声嘀咕了几句，然后引着那位小白脸儿的"诗坛泰斗"坐进了左边屏风半遮半敞的雅座。

"那小白脸，名叫邱吟诗，是本城首屈一指的色情诗人，专写下流诗、睡窑姐儿。那戴面纱的漂亮妇人，是商会刘会长的风流老婆，叫兰芳，啊，对了，你们进城那天大概见过。"张立又贴着罗琳的耳边介绍。

罗琳没做声，两眼在吕静怡和刘夫人身上打起了流星。

舞曲在不断调换，杯盏在不停撞击。

鲁平握着一只杯石像般坐着，一坐不知坐了多久。

突然，潘祥碰了他一下，他一凝神，微闭的双目倏地睁了开来。门口鱼贯般进来三个人。

一个瘦而猥琐，正是旋风李；一个矮而墩实，白手套，烟屎牙，分明就是旋风李的那名伙伴，很可能就是“留一手”；还有一个身穿蓝缎子便服的壮汉。

他们悄悄儿拣了一张旁边的桌子坐下，烟屎牙和蓝缎子壮汉对坐，旋风李打横。

不一会儿，酒菜上足，盏过杯干，三人面上都有了几分酒色。

烟屎牙先发话：“怎么样？老兄，我们别甩什么水袖筒了，您老大干脆亮个膀子出个价，如何？”

蓝缎子不吭声，把一只大手五指摊开伸在桌上。

烟屎牙双眉一竖：“哈，你们趁浑水打虾筢，太狠了吧？没这个数，”他将手翻了两翻，“我们兄弟断不会出手的。”

蓝缎子终于开口了：“不瞒刘老大说，兄弟只是借招牌卖酒，大主张不敢做，正主儿发过话，最多给这个数，”他拇指一跷，“您开口太大，往低压一压吧！”

“不行不行，我不知尊驾的正主儿是哪位龙哥虎弟，但兄弟的数已经够低了。”烟屎牙发现不远处雅座中有一个戴面纱的袒胸露背的贵妇人在盯着自己看，骚劲儿上来了，一指她的胸脯子调笑道：“不能再低了，再低他娘的莲花盘儿就走板了，还是老大你再抬一抬吧！”

刘夫人仿佛没听见，脸儿仍然向着这边。

“老大有金口玉牙，兄弟有一定之规，您不瞧那娘们的袍衩儿？”蓝缎子一指上首吕静怡的大腿，那黑亮亮的旗袍开衩很高，露出雪白粉嫩的一截皮肉，他狠狠地咽了一泡口水，才接着道，“再抬高些，嘻嘻，那就要观音现世了！”

“哈哈哈哈！”烟屎牙和旋风李听后，四目相交，忍俊不禁，一起盯着姑娘白生生的大腿猥亵地哈哈大笑起来。

吕姑娘正俏脸含霜地坐在那儿沉思，突然发现两个粗汉指着自己的大腿淫笑，惊慌得脸儿一红，将腿收起后，粉面含威，翠眉挑煞，冷哂一声：“狂徒！”两指一弹，一只酒杯电光般飞出，“啪”，正中烟屎牙额心，鲜血和着玻璃碴儿洒了他一脸。

烟屎牙一声痛呼，跳了起来，野性大发，一个虎跳，猛向姑娘扑去。

变生腋间，鲁平大惊失色，要想阻止，已来不及，仓促间叫了一声：“姑娘小心！”

吕姑娘扫了鲁平一眼，其间，烟屎牙掌风嗖嗖，一只虎爪抓向姑娘奶胸。

“哎呀！”众人竟齐发惊呼。

“下流！”

姑娘怒喝的同时，一招献桃式破手，已将虎爪带开，前手下抹，后手斫进。

“好！”鲁平不由得为其应变之快喝彩，心中更是忐忐忑忑地狂跳起来，啊，梅花拳路数，果然是她！

烟屎牙一招失手，身子一矮，右腿上抬，一招撩阴脚踢向姑娘下阴。

“太无耻！”鲁平就想出手，潘祥一把拉住他：“别暴露，翡翠玲珑塔还未到手。”

姑娘身子好快，一个滚膀式压腿，人已经闪开。

“轰隆”，桌子被踢翻，客人纷纷两旁退避，两人面前空出了一块场子。

“住手！”董老板闻声赶来要予阻止。

“别过去，董老板，你一边儿看去。”刘夫人伸手一拦，轻声说了句并很诡谲地向他眨眼努嘴儿。

董老板很听话，果然一声不响站在一边看起热闹来。

“这家伙不要脸，我毙了他！”王望梅一脸怒色，拽出了小小的袖珍手枪。

“别忙，”罗琳抓住了她的手，“梅妹，这姑娘很神秘，身手也不错，别是我们要找的正主儿，等她露一露，只要她使出‘天狼爪’……”他眼中凶光一闪，不再说下去了。

这时，两人已经交上了手。

烟屎牙使的是正宗龙形八卦掌，正卦为八，每卦又变而为八，六十四卦为变卦，掌式为蛇、单、顺、双、扣、序、合、回八种，其动作皆用行步，毫无停顿，进行中皆以变化击人，掌使至最得意处，八卦合一，化为龙形，绝似龙蛇飞舞，行藏之态，虎虎似有风云从之，十分厉害。

而姑娘使的是岭南梅花拳路数。

岭南梅花拳，献桃式、滚膀式，辅以翻车手与辘捶，刚柔并济，长短互换，加之又融进武当八卦掌，倒走阴阳，塌、扣、提、顶、裹、垂、缩，起跃翻落分明，其精要拳套八段锦前部源于少林金刚拳，坚韧力劲，后半部则走佛家拳路数，兼有精、神、气，可刚可柔，正是龙形八卦掌的克星。

烟屎牙哪里抵敌得住？不一会儿，额上已经见汗。

只见姑娘，黑旗袍裹着一双白腿儿，如穿柳的飞燕，时而左右献桃，时而引针腰斩，步步杀着，咄咄逼人，看得鲁平暗喜，将一颗提到嗓子眼儿的心儿又放落了回去。但为了预防万一，他仍然暗暗提起了左手。

烟屎牙左手似乎很不灵便，一直垂着，只见他避开姑娘一记飞絮掌，下垂的左手突然抬了起来，不用掌而用拳，极其生硬地使出一招最平常最蹩脚的招式“黑虎偷心”，打向姑娘前胸。

姑娘一哂，不闪不避，右手伸出二指，以穿花掌之式，一招二龙戏珠，插向对手双目。她已算计好，对手一臂，自己一臂加一指，何况自己又左胸后侧半尺，在对方拳头离自己左胸半尺以上时，自己的两指已点瞎了他的双眼。她料定对手一定会使铁板桥侧下，以避开自己的二龙戏珠，那时只要左脚一挑，就要挑他一个懒驴滚坡。

哪知烟屎牙对插来的手指不闻不问，仍然原式不变，直通通地打来。

姑娘一愣，心中不忍，那两根手指已经屈起，准备退身。

却不料，咔嗒一声响，烟屎牙左臂暴长近尺，姑娘突觉如遭锤击，肩骨“嘎巴”作响，如折如碎，不由痛得娇呼一声，跌退五步，粉脸白如素纸，一丝鲜血顺口角蠕出。

与此同时，有白光一闪，击在烟屎牙左臂上，发出“铿”的一声响，如金铁夜鸣。

原来鲁平危急间放出了袖刀，竟无功效，姑娘仍然在猝不及防下被一拳击伤，他也脸色泛白地发起怔来。

烟屎牙也吃了一惊，一看左臂，只见衣袖开了一道寸许小口，他向四周瞪了一眼，正要开口骂街，却见一个发怒的姑娘舞着手枪朝自己叫骂：“你个老流氓，姑奶奶毙了你！”有一个西服男子和一个穿银灰色风衣的男子死命拦住她。

他还想发横，身边蓝缎子壮汉拉了他一把，小声说：“快走！那泼妇是王司令的女儿，那名西装客是警备队的队长。今晚七点，带货来，城东黄羊坡货栈，十万成交。”说完，泥鳅般地溜走了。

“走！”烟屎牙这才一拉旋风李，不管王望梅的叫骂，径自向门外走去。潘祥小声问鲁平：“他们要溜，是否立即逮捕？”

鲁平小声道：“看样子东西没在身上，你跟着他们，我去跟踪那神秘的姑娘，一点钟后你打电话回旅馆。”

潘祥点点头，不声响地尾随旋风李两人而去。

张立问罗琳：“怎么办？”

罗琳道：“吕静怡和刘夫人都值得怀疑，可她们是坐山虎，跑不了，现在你跟着那两汉子，看他们住在哪里，我先送梅妹回去。”

张立也就一声不响，尾随旋风李二人而去。

吕姑娘走出了酒家。

外面不知何时下起了雾状的霏霏小雨。

她抬头看，看灰蒙蒙的天空，莹莹澄澄的眸子在温润的长睫毛下闪亮，亮得很忧郁，也亮得很酸楚。左肩上一阵阵疼痛，牵动着所有的神经，她感到一股灼热的甜液涌了上来，张口吐了吐，是红红的血。

她低着头，扶着墙，喘着，瘦削的双肩微颤着，颤得披下来的寂寞的黑发也海浪儿似的波动。那身影，单薄得无论如何也让人无法联想到刚才那个喑哑叱咤的女杰。她突然产生了将头依在一个强而有力的胸膛上的愿望。

江湖上很多孤单的女子，春衿夏被、秋寝冬眠间，都生起过这寂寞的需求，而她此刻，这希望陡然间袭上心来，猛烈得让她发怵。

她眼前又泛起了一张英俊而带着稚气的刚毅的面容，还有那许许多多又晴朗又晦暗的岁岁月月。时光的流逝只是止痛药，却无法医愈心头的旧创。

“你伤得不轻，姑娘。让我送你一程好吗？”她心头一哆嗦，这声音好熟悉又好陌生，醇厚而刚毅，切近的温柔又渗着遥远的冷漠。她盈盈地抬起了头，似梦似幻。

灰蒙中一个高挑的身影，面孔很模糊，好像隔着阴间阳世的一道缥缈水。

她定了定神，调整着眼球的焦距，这回看清了，是那张很阴沉的布满网状暗纹的脸。她把腰挺了挺，淡然地说："谢谢，不要紧，前面有一家药店。"

“是吗？那太好了，快去吧，我扶你一把。”鲁平想上前去搀她。

“不必！”姑娘生硬地挡住了他的手，两眼冷飕飕地看着他。

“姑娘，别逞强了，我虽然不能算是行家，也练过几天功夫，看得出那一拳的分量，江湖儿女，何必那么世俗呢？姑娘，难道你是信不过我？”鲁平说得很恳切。

她不做声，盯着鲁平的双眼看了一会儿，一阵难堪的沉默后，她正色道："眸正而心不邪，好吧，我相信你。"

秋日阴雨天，苍凉寂寥，走在板结的红泥土的街面，犹如走在极地的冰土层，刨开历史的冻土，是否能揭开神秘的谜底？

“我不想问你的姓名和来历，但我得谢谢你刚才助我的那一刀。”姑娘在鲁平的搀扶下，默默地走了一段路，突然抬头说道。

“哪里……”鲁平想搪塞。

“你的刀玩得的确快，快到了出神入化的程度，但瞒得了别人，却瞒不过我的眼睛。”姑娘的口吻十分自信。

“姑娘好眼力，但那一刀毫无功效。”鲁平只得承认。

“是啊，那畜生的一拳很邪门，不知怎么的手臂暴长五寸，难道真有传说中所谓的通臂拳？我实在是纳闷得很。”

“老实说，我是练过武的，根本不相信什么筋骨暴长之类的邪说，但事实如此，实在让人奇怪。不过，那家伙手臂上包了铁皮倒是真的，我刀口有铁屑。”

“哦？这样说来，我明白了，怪不得他戴着手套动手，他何止是手臂上包了铁皮，干脆那就是一只铁的假手。凭我的内功，感觉到这一拳的力量根本不是血肉之躯所能发出的。”姑娘豁然了，也兴奋起来。

“你是说，他手臂的伸长，是机括使然？”鲁平两眼放亮。

“嗯！”姑娘肯定地点头。

“假臂，姓刘……”鲁平几乎叫了起来，“果然是他，刘一手！”

怪不得蔡师傅的颈骨给一掌斫得稀碎，原来那是一只铁手！

“谁？你说什么‘留一手’？”姑娘侧过脸，两眼长长地眨成一条幽润的黑缝，

睫毛颤颤地问。

“哦，……一个熟人。”鲁平对着幽幽邃邃的眼睛，有些发慌，言不达意地支吾。

“哦？熟人？嗯？”她发出一声带冷笑的鼻音，显然不信，眼中露出鄙夷的神色，孤傲而清定。

鲁平心中擂鼓一般跳起来。多少年了，从来没有这样跳过。他不敢正视她，将目光转向雾雨寒重的街檐，有寒风和着瓦楞土刮来，吹得雾雨一阵灰扬，迷茫了他的双眼。

“好吧，”他叹了一口气，“我实话告诉你，我叫鲁平，是南京来的警探，跟踪的两个巨匪，正是和你交手的人和他的同伴，此人就叫刘一手。”

“哦，你倒诚实，希望你能抓住他们。”她微微一笑。天光的微芒衬得她的笑十分的灿亮。

“好，到药店了，谢谢你，警探先生，现在，你请便吧。”

鲁平抬眼望去，前不远有一所大宅，飞檐兽吻，门前有一块缺了一角的上马石，檐下悬着一块黑底金字匾，上书“药王栈”仨字。

他哂然一笑：“听说这药王栈的掌柜不但会医伤治病，而且能断卦算命，号称‘常活佛’‘常半仙’。我倒也想见识见识。”

“是吗？那鲁先生请。”“姑娘请。”

这位常活佛常有德长得十分猥琐，五十多岁，蓝布长袍，枣黄缎子马褂，吊着金链条的胡梳、牙签、挖耳外加琥珀坠的“小三件”。他一边在炭火上煨药，一边与吕姑娘看病。伸出两根萝卜干似的指头号了号脉，缩回去，用长长指甲的拇指捻了一下左撇的黄胡须，淡淡地说：“伤得不轻。但只要我一贴药，保管气血两顺、肿消瘀化、风体安泰、心气平和。不过，姑娘，老朽要进几句忠言：好勇斗狠，有伤天和，得罪于天无所祈。老朽精通《柳庄》《麻衣》之术，我看姑娘左眉眉心有小红痣一颗，这叫眉里藏珍，乃聪明有主、富贵有根之福相，不可自误，不可自误！”

此时，鲁平正趁他云山雾罩之机，打量着这药王栈：黑漆柜台、黑漆药橱，幽暗阴森，板壁上挂着一些附庸风雅的水墨花鸟山水，无款无式，技法拙劣。

有几面沽名钓誉的奖旗之类，胡夸海口，文句粗俗，不由得暗自好笑，忽听小红痣一语，心中一热，回首端详姑娘，那灿然的一点艳红，小如米粒，端端地嵌在左眉眉心。啊，他真想用手去摸摸它……

“哦？老先生很懂相痣？”姑娘语显好奇，沉吟犹豫了好一会儿，又接着说，“不瞒您说，老先生，我这儿长了一颗痣，有黄豆大，不知主吉主凶？”姑娘用指头点了一点自己左胸高耸的乳房。

“是吗？那痣什么颜色？”老头兴趣来了，双眼糖刷子一般在她的两乳间刷来刷去，似乎恨不得扒了她的衣裳，看看有福长在那神秘去处的宝贝。

“紫色。”姑娘脸一红，羞赧地说。

“哎呀！”常有德一拍桌子，“妙，妙，可惜老朽没有眼福，不能亲眼瞻仰，那叫‘紫龙盘窝’，富贵一生啦！”

鲁平默默地听着，不知在想些什么。

“哦？这么说，长这种痣的人很少啰？”姑娘似乎富贵到手，兴致勃勃追问下去。

“当然，太少了！”

“哈，这蒙城也许只有我一人有这种福分了！”姑娘高兴得笑起来，笑得很失态。

“那倒无独有偶，商会刘会长就长着这么一颗，你看他三朝不倒，财源茂盛，都是因为这颗痣……”他突然发现姑娘笑容陡止，脸色大变，一副十分关注的样子，赶快转口，“不过，这也是道听途说，我也没有亲见，算不得真的，算不得真的！”鲁平似乎有所悟，岔开话题：“听说老先生得过龙虎山真传，卦相灵验得很，能不能给我推算推算？”

“不敢不敢，先祖卦卦定生死，无语不验。老朽家传衣钵，不敢说能断阴阳，也只是诌一个十之八九罢了。”老头也不知是自夸还是自谦了几句，问道，“先生是要求签、看相，还是演卦、扶乩？”

“就推个八字算个命吧！”

“请先生排出生辰八字。”

“民国十年三月初六子时生。”鲁平报出生辰，斜眼瞄了姑娘一眼，只见姑娘脸色大变，娇颜化为白纸，白纸又簌簌地抖动起来，两手紧紧地抓住髋部的旗袍边开始轻微地痉挛，他心中一阵懊悔与不忍。

“啊，民国十年，为辛酉；三月，为壬辰；初六是丙午日……”常有德口中喃喃，手指捏捏，“问什么？”

“问个前程。”鲁平声音惶惧不安。

“噢。”常半仙起身往小神案上的宣德炉中添了几块沉香，盘膝坐在蒲团上，手指掐算，口中念念有词，闭目参详半晌，突然猛一睁眼，失声惊呼，“啊呀，此命大凶！先生您已经喝过黄泉路上孟婆的迷魂茶了，死中逃生，二世为人，而前程更是凶险万分、凶险万分！”

“怎么？”姑娘也吓得惊呼起来，似乎鲁平的生死已经牵着了她的命运。

“别担心，姑娘。”鲁平歉意地安慰了她一句，回视常半仙，“请老神仙指点迷津。”

“这，仙机难测呀仙机难测。”他装模作样地在蜃楼中再增些诡异，又闭目参详，嘴里哼哼，屈指掐掐，故弄玄机，端着架子，踱着方步，好半天才缓缓启示，“有一条路可作救生宝筏，就是急速离开蒙城，远离是非之地。这可是玉祖的圣谕及老祖降坛暗示的玄机，也是老朽赠给你的劝世的歌词、避劫的真言。”

“哦？”鲁平很响地擤了擤鼻子，好像要笑出声来，“多谢老神仙指点。”

他是谁？他是谁？姑娘脸色煞白，如做梦似的恐惧而又希望地凝睇着鲁平。

煨药的炭火醒醒恐恐地漾动着，映得他那布满红丝的脸上像有无数蚯蚓在水草般的轻荡中蠕动。那脸，仿佛是一张面具，除了沧桑的凝肃，没有一丝表情。

她眼前又浮起了一张英俊、诚挚又带几分童稚的脸，一双热情四射的大眼睛，仿佛在调皮地说：“杏妹，算你赢了，来呀，我让你捏一下鼻子。”她伸出手来，用力地在他线条挺秀的鼻梁上捏了一下。“啊，啊，好，啊，啊。”他很响地擤着鼻子，像是灌了他一鼻孔的水。天，这是怎么了？她醒悟了，镇定了。不是他，不是他！他没有这么高大，也没有这么张肃杀落寞如假面具的脸。

“姑娘，这是药，拿回去煎服。”

她听见药王很响地说，这才慌忙掏钱，要付诊费。

“这位先生已经付过了。”药王常半仙一边笑嘻嘻地说，一边把药塞到她手里。

“那……多谢了。”她忽然脸一红，腼腆地对鲁平说。

“不必，姑娘，保重了！再见。”鲁平一拱手，转身大步走出药店去。

姑娘怔了好一刻，“哎……哎……”竟然一面叫着一面追出来。“怎么了？姑娘。”鲁平停了下来，缓缓地回过身来，眼中似乎希望什么、又恐惧什么。

“今天多亏你了，鲁先生。我叫吕静怡，家就住在附近，你能上我家去坐一会儿吗？我……我有点儿事想问问你。”“这……好吧！”鲁平回答得十分艰难。

雨雾停了，灰蒙的天空又透出几许亮光，转过大街，有一条古朴、静谧的小巷，一道古朴、清新的竹篱。

六 往事凄迷

推开一人高的竹篱门，鲁平的眼前一片灿亮。

啊，好多的花，好香的花！

翠菊、万寿菊、虞美人、千日红、夜来香、金丝海棠、仙客来、紫罗兰、紫丁香、一品红、洋葵、锦葵、五色珍珠、风流草……真是应有尽有。

其中最多的是牡丹，形状有楼子、冠子、平头、绣球、莲台、碗形、盘形；花瓣有莲花瓣、旋瓣、丝瓣、卷筒瓣、裂瓣、尖长瓣；颜色有紫、黄、白、绿、雪青、茶红、淡红、朱砂红、梅红、胭脂、粉红、姚黄、白玉……最奇的竟然有他只在洛阳见过一次的三株银盏金龙和一株青龙卧墨池。

“天哪，太美了！你难道是牡丹仙子？”鲁平惊得眉梢挑鬓，双目圆睁，叹赞不绝。

吕静怡嫣然一笑，脸上的冰霜全给这一笑融净了：“我哪有资格做牡丹仙子？牡丹仙子另有人在，花姑，花姑，来客人啦！”

“花姑？你妈妈不在？”鲁平突然问。

“噫，你知道我妈？”吕静怡又是一惊。

“啊，不，我随便问问。”鲁平似有些神色恍惚。

“谁啊？又是邱少爷来啦？”随着一声应答，屋里走出来一位三十七八的中年妇女，腰腿轻健、干净利索。

“什么邱少爷，花姑你以后少提那个下流坯。”吕静怡脸现不悦，然后一指鲁平说，“这位是鲁先生，今天他给了我很多帮助。”

“啊，是鲁先生呀，看我这老眼昏花的，快请进，快请进！”花姑热情地笑着，一笑起来，还很有几分风韵。

走进客厅，鲁平觉得眼前又是一亮。

红木桌椅，纤尘不染，更可爱的是靠墙长桌上摆满了古意盎然的盆景。每一盆下都挂着牌儿，写着名目。有耸云叠翠，有老梅着意，有五子登科，有福州茶趣，有雀梅闹春……景异花殊，苍润丰富，素雅合度，画意清逸。

“好手艺，好手艺！”鲁平不由得极力称赞起来。

正献上茶来的花姑自谦了一句，机警地盘起海底来：“哪里，乡下手艺，难上雅人法眼。呵，不知先生打哪来，吃的哪碗饭？”

“打圣光街来，哪碗饭给吃就吃哪碗饭呗，哦，嘿……哈哈哈。”

鲁平故意答非所问，打着哈哈。

“先生真会说笑话，嘿嘿嘿。”花姑陪着笑了几声。

“花姑，我受了点伤，你去帮我熬贴药好吗？”吕静怡有意岔开，把药递给她。

花姑吃了一惊：“受伤？伤在哪里？我看看。”

吕静怡嫣然一笑：“不要紧的，一点内伤，已看过大夫了，你尽管忙去吧，我和鲁先生还有话说呢。”她给花姑递了个眼色。

“好，好，你们坐，你们坐。”花姑接过药包，搭讪着进了厨房。

看看花姑出去，吕静怡说：“花姑是名花匠，世代在这儿莳弄花儿，手艺不错，盆景是我自己胡乱制的，我喜欢盆景，怎样？还过得去吧？”

“太好了！不过，”鲁平话锋一转，“你干吗跟着这个花姑，你妈呢？”

“你？……”吕静怡顿了一下，没说下去，伤心地垂下头，“她死了！就在那个人走的第二天。”她泪眼半抬，含蓄地盯了他一眼。

“走……那个人？谁？”鲁平似乎不解，可他牙床边的肉在一下一下地抽动。

“那个和你同年同月同日生的人！”吕静怡红红的眼咄咄逼人。

“怎么？还有这样一个人？”鲁平不敢看她，眼睛转向盆景，轻声说，“她……你妈妈……是怎样死的？”

“那个人走后，来抓他的人，用刺刀捅死了我妈妈。”吕静怡幽怨地盯着他，眼泪一滴滴落下来。

"啊。"鲁平长长地叹息一声，像来自古井的回音，"有你这样的好女儿，你妈妈一定是一个了不起的人。好人不长寿，祸害活千年，这世道就是这样。"他说得很轻，像自语，又像祈祷。

"好，不说她了。"吕静怡顿了顿，一抹泪珠，转换话题，"鲁先生，我看你对盆景很内行，如果你有兴趣的话，我想带你看一件杰作。"

"杰作？"鲁平的声音变得很怪，"兴趣当然有的。"

杰作在她闺房中。

她的闺房，简朴而素雅。

墙头挂着一把剑、一张琵琶，桌上一摞线装书和笔筒、砚台，有一张锦笺斜放桌面，似乎写了斑斑字迹，一张葱白色的床单罩着窄窄的单人床，床头一个小柜，柜上摆着一盆开着十来朵洁白杏花的小杏树，还有盆扁圆瓦陶盛的盆景，盆里是一株相思。这盆相思制作精巧，根舒枝展，结顶自然，姿态挺劲，枝干线条很有古劲的韵律感。

"请看,这盆相思,可否称为杰作？"吕静怡指着它问,声音中充满某种期待。

"唔，不错，姿态健茂苍郁，根盘奇雅。枝干密而不塞，意境自然亲切，富有地方乡土气息。但手法过于稚嫩。你看树冠稍欠变化，枝梢过于自然，尚欠雕琢，根盘少空疏，配石皴纹呆板，加之用盆不当，如配浅长陶盆，会更协调些，所以，称之为杰作颇欠妥当。"鲁平指指点点，仿佛老师面对学生尚不成熟的习作。

"你！……你知道它是谁制的？"吕静怡很激动，声音发着颤音。见鲁平茫然地摇摇头，她无比怨艾凄凉地凝望着他的脸，一字一顿地轻声说，"就是那个和你同年同月同日生的人。"

"啊。"鲁平胸膛重重地起伏了一下，无声地嘘出了口长气，默不作声，缓缓走到桌边。

他拿起了那张锦笺，见锦笺上录的是清代奇才词人纳兰容若的两首回文词：

菩萨蛮（一）

雾窗寒对遥天暮，暮天遥对寒窗雾。

花落正啼鸦，鸦啼正落花。
袖罗垂影瘦，瘦影垂罗袖。
风剪一丝红，红丝一剪风。

菩萨蛮（二）

客中愁损催寒夕，夕寒催损愁中客。
门掩月黄昏，昏黄月掩门。
翠衾孤拥醉，醉拥孤衾翠。
醒莫更多情，情多更莫醒。

哦！一盆相思，二首怨词，像秋风那样伤人，他感到整个胸膛都灌满了冷冽的秋风，一种无形的肃杀的悲怆在心底骚动，迟缓又迅猛，一下更比一下重地划破内心的沉寂，像一只手在浑身上下触摸搅动，冰冷而又温暖，那潜藏魂灵深处的情愫和忧愁在思想的野火之下浓聚，凝成零乱的结晶。他忽然感到自己离过去的生活那么遥远了，远得似乎已经陌生。岁岁月月在扫荡一切，一切都坍塌而化为乌有，只剩下自己，这一部异常苦涩而沉重的历史。

他沉重地抬起头，正视着那双他无法躲闪的笔直的目光。

“你到底是谁？”她厉声诘问，脸上铺满了冷森的冰霜，眼里却蕴满了泪水。

“我是鲁平。”

这双眼最终也没有把他心灵深处的积雪融化，并不是他不愿意那眼融化心头的积雪，而是他怕过厚的积雪把那双眼睛冻伤。

“你……你不是！你是周文杰！你是七年前离我而去的那个人！”吕静怡忍不住了，她颤声呼出了这个名字，像喧腾着呼唤新的时光。

鲁平很响地擤了一下鼻子：“吕姑娘，你太多情了，我是鲁平，家父鲁又燃正在南京当着大官呢！”他的口吻充满了令人生厌的玩世不恭。

“啊！”吕静怡像遭了雷击一样，但她仍然不信，“你是周文杰！你知道只有他才知道的事，连擤鼻子的习惯都是他的！”她几乎哭了出来，声音中满是悲绝的愤怒。

“吕姑娘，实话告诉你吧，周文杰是我的同学，也是我最好的朋友。他曾经把所有的往事都告诉了我，那生辰八字也是他的。我们一直在英国同师学艺，可是，三年前，有一次，他掉下海边的悬崖，摔死在礁石上了。”

他的话十分残酷，无论对吕静怡还是对自己。他仿佛又看到了那悬崖可怕的一刹，看见了师兄那血肉模糊的尸体，如今，他的内心，也是一片血肉模糊了。

吕静怡只觉得天昏地暗，软软地便要萎顿在地。

“吕小姐。”鲁平一把扶住她，轻轻地开导说，“忘掉他吧，人不能总生活在过去的时光里。我知道你很爱他，女人软弱的命运正在于她过于重视爱情，把它视为生命，而男人只把它摆在一个恰当的位置。世上，除了爱，还有很多事要做。我知道，你是一个江湖侠女，不应该这样软弱。”

吕静怡终于沉静了下来，但显得很疲倦。她推开了鲁平的手：“谢谢你，鲁先生。请原谅我的鲁莽和失态。我希望你能把文杰的一切情况都告诉我。”

他心中又一阵楚怆，似滂沱大雨洒在余烬上，满胸是灼热的湿透。

他眼光转向了她，充溢着爱怜与不忍，但他又抬了一下左腕，亮出手表，然后将双眉锁起来：“这……以后吧。我现在还有急事，吕小姐你也要好好休息了。告辞。”

说完，他拿起礼帽掸了掸，向吕静怡点点头。

“也好，不过，以后我到哪里去找你呢？”

“这样吧，今后我有时间，一定来看你。好了，再见。”

鲁平走了，也带走了她的希望。

失望是希望的死敌，可是人们却愚顽地在光阴的大湖中堆积着希望的砂器，希冀命运之神时而闪过的微芒能在流泛的苦难里组成光华之流，补偿一次又一次失望所留下的憾恨与黑暗。

她仍然在绝望的湖泊中投下希望的鱼饵，使饥饿的鱼群搅起了泥污和浪花。

他真不是文杰？为什么连擤鼻子习惯也一样？难道习惯也会在朋友中传染吗？

“嘻嘻，文杰哥，你没有我投得准。”十二岁的吕静怡用石子瞄着松树上画的一个圆圈。

“胡说，姑姑说我一天比一天长进了，我投得准着呢！”十五岁的周文杰小眼睛不服地瞪着。

“妈那是娇你呢，没羞。”

“姑姑才娇你呢，不信，比一比。”

“比就比！赢家夹输家的鼻子，不许赖皮！”

“谁赖皮？咱老爷儿们能输给你丫头片子？来，一人投五下。”

“五下就五下。”

小石子儿弹丸似的飞，松树皮儿“笃、笃、笃”地响。

“啊，啊，我赢啰，我赢啰，哥，我可要夹你的鼻子了！”

“唔……夹就夹！”周文杰英雄似的昂起了鼻子。

小静怡装出恶狠狠的样子，抓住他的鼻子捏。

“呼噜呼噜……”周文杰很响地用手擤着被夹过的鼻子。

小静怡吓了一跳，忙怯怯地问：“哥，疼吗？”

“疼？可痒着呢。唔，真舒服，杏妹，再给哥来一下。”

“唔，你坏……你坏……”吕静怡两只小粉拳擂鼓似的轻击着周文杰的胸脯。

……啊，那块深山大泽中的乐园，啊，那份无忧无虑，自由自在！

她怎么忘得了，七年前那个下午。那是三八年吧，妈妈得到消息，十几条枪立即就要来抓文杰，只得让他赶快逃命。十八岁的周文杰，仓促间就要与哺养了自己三年的“姑姑”和与自己共同生活了三年的“妹妹”分别，亡命他乡。多少离情别绪，多少凄苦无奈。

“杏妹，我这盆相思，就留给你了，不知道什么时候，我们还能见面。”

“文杰哥，你要回来，你一定要回来！”

十五岁的吕静怡泣不成声，从自己的颈上摘下长命锁，挂在她杰哥的脖子上，“你把这锁儿带上，它会保佑你平安的。哥，不要忘了我和妈妈。”

“杏妹，别哭，来，再捏一下哥的鼻子。唔唔唔唔。”周文杰为了逗她乐起来，有意很响地擤着鼻子。

她把手伸过去，那鼻子是清凉光滑的，她没有捏，只用指尖挑起了英挺的鼻梁两边滚下的两滴泪珠。

他走了，沿着逶逶迤迤的林中小路，沿着莽莽苍苍的空谷山梁。“杰哥，你要回来，我等着你！”凄凉的喊声在山间传得很远很远，可他再也没有回来。

就在他走后的第二天，妈妈被来抓他的匪兵杀了。

当藏在灌木丛中的吕静怡回到那烧成废墟的林间小屋时，妈妈肚上插着刺刀，已只剩下一口气了。她的身边倒着七具匪兵的尸体，这个据传为江南八侠吕四娘的后裔隐侠，没有辱没她的祖先。

“去……蒙城……投我的师妹……花匠祝小莺……”她只来得及告诉吕静怡一句话便去了，一抔黄土将她们隔到了两个世界。她永远守着她的荒山翠林，而小静怡却来到了蒙城，找到了祝小莺，也就是花姑。

不久，在交际甚广的花姑举荐下，她进了戏班，才几年，凭着她娴熟的武功根基，美艳的身段长相，清脆的嗓音歌喉，就一跃而成了红得发紫的名角。

艺术的滤纸隔开了生活的丑恶，使混浊的感情时而析出纯净的晶体，但滤得掉她心间的情与仇吗？

时光的流水如今一旦打开闸门，便疾泻飞掠，犹如咕噜噜灌进喉咙的烧酒，烧着了她多年蓄积的痛苦，她感到木然的苍凉与悲郁了。

“静怡，你怎么啦？来，快吃药！”

花姑甜甜润润的嗓音在耳边响起。她轻轻地绕过椅子，把药碗送到了她的面前，轻轻抚着她，一脸的慈爱与关切。

“啊，”吕静怡收回了思绪的缰绳，“没什么，只是有点累。”她把药接过来，抿了一口，很苦涩，便又轻轻放在了桌上。

“孩子，你们的话我在隔壁都听见了。这个姓鲁的很神秘，他的父亲鲁又燃是中统特务头子，有关你的身世，千万不要再暴露，记住，不龇牙的狗最咬人，你可要当心！”

“花姑，你怎么能……”吕静怡蹙了蹙眉头，有些不满，但欲言又止。

“好了，好了，我也是为你好！”花姑亲昵地抚着她的黑发，“快喝吧，医好伤还有大事要做呢！”

身上的伤能医好，心上的伤呢？

吕静怡不想负了她的好意，端起药碗，撮起好看的小嘴吹了吹，刚要喝，突然想起一件重要的事来。

“花姑，告诉你，你的消息很准确，我今天已经证实了！”说这话时，刚才还那么忧郁的美丽的凤眼立即被冰雪淹没，泛上了骇人的杀气……

鲁平回到客栈，潘祥正找他找得满头大汗。

潘祥告诉他，两贼宿在豪华的九洲大厦231房。他听到他们商议，晚上七点要赶到城东黄羊坡货栈去与买主交涉。

鲁平一看表，已经六点二十三分了。

他目露焦灼之色：“来不及祭五脏庙了。咱们快走。”

“是不是先和当地警署打个招呼？”潘祥有些踌躇。

“不必，我们已经抓住了线头，对付得了，万一有难处再打招呼不迟。告诉你，我已证实，那位烟屎牙就是刘一手，他的那只左臂是假肢，装有机簧。另外，要注意，先不要急于拘捕他们，我们可继续查清买主的情况，顺藤摸瓜，很可能大头还在后头呢。”潘祥听了很兴奋，他们立即向城东赶去。

七 黑吃黑

黄羊坡。

黄土蔓草间，有一座椽檩腐朽、蛛网封尘的货栈，这货栈早已废弃不用了。

鲁平和潘祥摸进破裂的栈门时，七点只差八分。

鲁平一按潘祥，矮下腰，警惕地伏在一堆废木箱后，极目望去，里面黑黢黢的，视线锁在一片阴森荒漠中。

一阵腐木败草的霉气扑来，令人窒息。静，静得只有一两只蛰伏的昆虫在寒风叹息中偶尔呻吟几声，还显示着奄奄一息的生命的存在。显然，他们赶在了前面。

俩人正嘘出一口气，远处已响起嘈嘈杂杂的低语声，几支手电筒的光柱交叉晃动，晃得萋草枯枝鬼幻似的隐现。

“他们来了！”潘祥有些紧张。

“这地方不行，上梁！”

鲁平一拍潘祥，示意他蹲下。

他踩在潘祥的肩上，趁潘祥挺腰立起，脚一蹬潘祥上耸的双肩，蹿了起来，双手已搭住横梁，收腹踢腿，“唰”，脚背早勾住了横梁的另一边。接着手一松，人倒挂下来，轻喝一声：“跳！”

潘祥会意，向上一纵，蹿起三尺高，握住了鲁平的双手。鲁平腕间发力，用了一个甩字诀，将潘祥提起，甩到大梁之上。

“扑蓬蓬……”一阵乱响，飞起几只夜蝙蝠，满空间乱射，抖落的灰尘眯住人眼。事出不意，潘祥一惊，脚已踏虚。

“哎呀！”重心一失，人偏倒跌出梁外。潘祥心才一悬，耳听得一声低喝：“小心。”后领似被铁爪抓住，拎回梁上。潘祥心跳脸热，嘟囔一声：“好险！”

“嘘，噤声。”鲁平一边轻声警告他，一边把他按趴在大梁上。“咣当！”一声，破门被推倒，手电筒光机枪似的乱扫，七八条黑影拥进，散开，步履轻健，显然都是练家子。

半晌，他们发现对方还没到，就又聚了拢来，七嘴八舌地吹开了法螺。

“那俩龙背上的（匪）龟儿子，是哪条道的？”

“是俩‘单子’。”

“‘单子’？他妈的大庙不收、小庙不留的野狐禅也敢来和咱们天狼帮耍横？我看他是毛坑上搭铺——离屎（死）不远了。”

“黑三！咱们的帮规你忘了？怎么乱亮字号？”一个犀利霸道的声音喝住了他，分明是个领头的。

“黑三”显然吓着了，声音充满了恐惧：“该死，兄弟说漏了嘴，孔香主您老请包涵。”

“唔，下次小心了，谨防隔墙有耳……伙计，你们也别小瞧人家。他一口咬定十万，要没两下子，也不敢手上抓根鸡巴，硬充六指头。”孔香主训斥着手下。

“孔老说的是，”马上有人应和，“没有三分三，不敢上西天。听说那矮子，功夫自号得自江南八侠的甘凤池，闯过少林、朝过武当、斗过峨眉、交过青城，很有几手绝活。今儿在四龙头那儿使的通臂拳，‘呼’，奶奶的胳膊一长上尺，简直是他妈武侠小说上的绝技，老子当时脸都吓黄了。”说话的显然是那位蓝缎客。

“吴麻子你孙子别替人家吹，就你那胆儿，老子‘闪电手’可不尿他什么通臂拳！”

“都别咋呼了！”孔香主喝一声，“时间到了，你们都散开躲着，让我和闪电手来应付。头儿交代了，非常时期，不要找那么多的过节，咱们先文后武，别让人说咱不懂江湖礼数。五六万能让他把东西留下来，算是刀切豆腐两面光，咱们也多交俩朋友，要是他们不知好歹，大伙再并肩子上，快刀利斧送他们上路。”

“是。”大伙答应着，又四散蛰伏起来。鲁平的一双夜眼，也只能见到幢幢鬼影一晃而没。

“唰”，孔香主擦亮了一根火柴，点着了一盏气孔风提灯，把它挂在柱头上。

昏黄的光从黑漆漆的波涛中浮游上来，照亮了他鹰鼻鹞眼的苦瓜脸和被他挡住了的闪电手半边橘子皮似的面孔。

灯光浮浮悠悠地漾开来，越荡越远，荡出了二丈开外的两个影儿。

“你……你们早来了？”孔香主猝然间吓慌了神，结结巴巴不知说什么好。“兄弟怎敢迟到？不过，这就省去了许多酸溜溜的场子了。”

是刘一手的声音，不过，在这凄冷的野地听起来，像尖刀刃儿般的冷森。

“好说，好说，既然老大话已点到明处，咱们就不必走那些文绉绉的过场。大家都是上得桃园（袍哥），坐过忠义堂，通得了红，走得了顺言语的人，老大有什么要求，说出来好商量，好商量！”孔香主想说几句过场话套套交情，争取化敌为友。

“孔香主，不必板翎子走碎步了，刚才的话我们兄弟都装进了耳朵。我们兄弟盗亦有道，蒙朋友们搭线，邀我们来蒙城，本想光明磊落踏码头与贵帮做笔公平交易，想不到老大打水线仗火（无信义），把我兄弟俩当成了肉股子（只出力无武艺的匪徒），真是瞎了你们的狗眼。好吧，咱们有话明说，十万块，要硬货，生意成交，咱们相逢一阵风，事成各西东，今后道儿上遇见，咱们还是朋友，假如出不起十万，就三两棉花——免弹（谈）了。”

“哼，蛤蟆打呵欠，好大的口气！我看你是挑粪的拍后门——找屎（死）了！”闪电手憋不住，骂出声来。

“要打架？来吧，不操你娘你还不认识我这个老子。”旋风李接过了茬。

“你是什么东西？”闪电手倨傲而愤怒。

“我不是一个‘东西’，但刚才听说你这个‘东西’叫闪电手，可惜尊名好像并不走俏。你不是自称闪电手吗？一定是手很快了，我却是旋风李，腿很快，你的快手对我的快脚，倒很好耍。来，我们亲近亲近！”旋风李出语奚落。

闪电手听他亮出字号，不敢轻视，“唰”地一声，拔出一把状如切西瓜用的方头长刀，尺八刀刃薄而亮，耀眼寒心。他耍了一个刀花，一脸凝肃，步步逼了上来。

旋风李脸挂哂笑，稳马立桩，纹丝未动。闪电手围着他转了九十度，陡地刀光一旋，罩向旋风李。

他使的是霸王刀法，霸道而凌厉，刀风声如龙吟，刀光如蛇形闪电，曲折变幻，贴着旋风李的颈脖乱闪。

旋风李动了！

以腰为轴，左右前后地扭动。

那刀眼见得要剁中，却不知怎的总是贴身刮过。旋风李双手开始画起圆圈，上下相随，内外相合，连接不断，使的正是杨氏太极。

闪电手的刀势被他的太极圈圈住，力度大减。

闪电手一急，挥刀入中门，却被他上身一扭，避过刀锋，回肘一撞，闪电手的刀光被撞得星斗满天。

闪电手一个踉跄，前马被制，后马不能退，肩、胛、腰、肾四个部位已被人拿住，半天做声不得。

“你是麻布袋绣花，底子太差。”旋风李顾及到他们一个大帮，不愿结下梁子，手臂一发力，一个弹字诀，将他弹退了七八步。

闪电手一脸煞白，发一声狂喊：“兄弟们，并肩子上，剁了他们！”

随着四面黑影拥去，他再次腾身扑上。

这回刀法一变，使出了马家快刀，果然快得出奇。

刀光已由刚才的蛇形闪电化成了一面镜子、一把银扇，罩住了旋风李全身。

旋风李见四面刀斧棍尺围了上来，知道今日不能善了，喝一声：“大哥，开杀戒！”一条腿已经笔直地升起，另一腿立定，后踵一旋，那直起的铁腿立刻变成千条万条，使的正是青城派轻功糅合北拳精华的弹腿拳。

这弹腿拳十路歌诀曰：

头路冲招一条鞭，二路十字奔脚尖，三路盖打夜行式，四路摔叉把路拦，五路架打，六路单展，七路双展，八路回转，九路碰锁，十路箭潭。

那条腿护住己身要害，式式破敌空门，真是使得出神入化，看得鲁平也暗暗心惊。

刘一手也杀入了敌阵，那只铁臂，挡刀刀落，碰棍棍断，扫腰腰折，砸腿腿碎，一片惨呼不断。

刘一手杀得兴起，大吼一声："老弟，速战速决，不留活口！""好！"旋风李口中应了一声，身子猛一旋，如鹰隼般腾起丈余，"呼"地一声落下，一腿独立，另一腿做钩状抬起，已将闪电刀颈脖挟入腿弯。

他夜猫子般一声怪笑，只听得咯吱咯吱乱响，闪电手颈骨尽碎，头颅耷下。他腿一松，闪电手已萎顿在地。

剩下的孔香主魂飞魄散，以少林罗汉拳的刚猛招式挡过了刘一手几铁掌，急中生智，回手一铁尺，砰地砸碎了挂灯，趁着陡然降临的黑暗，一弓身"镖"了出去，滚进了蒿草丛中。

旋风李飞身而出，寻了一番，没寻着，返身回来。

刘一手已揿着打火机，捡起了一只电筒，一个挨着一个照着躺在地上那一张张恐怖得扭曲了的脸。凡是有出气的，立刻敲上一铁掌，于是，被敲的脸立即布满脑浆和污血，不到片刻，呼痛的呻吟叫喊声全没了，一切又都陷入了死一般的黑暗中。

"全超度了？"旋风李尚不放心。

"哼，货没出手，倒惹出这一身腥！"刘一手很有些烦恼。

"别愁，老大，留着个宝贝，还怕没识货的？我就知道这伙东西不地道，大哥也太厚道，竟会相信他们，拉着兄弟眼巴巴地从南京跑到这个鬼地方来。我说今晚保不住有黑吃黑的野物，你还不信，现在你看……"旋风李也发起牢骚。

"别说了，回去！那东西还锁在柜里，久了怕有闪失！"刘一手瓮声瓮气地吼一声，拉着旋风李飞快地走了。

他一吼，鲁平已经按住了潘祥拔枪的手，耳语道："别动手，东西不在身上。回去再说！"人去屋空，只留下了一地支离破碎的死尸，鲁平和潘祥像做了一场大梦，昏头昏脑地从破门中钻了出来。外面月凄迷，露寒重，令人感到一股透不过气来的压迫。月芒映在荒山上，像亘古以来怪兽的毒牙一般阴森而恐怖。

一条白森森的小路，凄凄迷迷，像是躺在杀机浓厚的月光的河流上。

刘一手与旋风李沮丧地踏月而归，各自怀着一股无处发泄的野蛮的心火。

离九洲大厦不远，静静的街灯下婷婷地立着两个女人。

穿红的一个，丰腴、白皙，熟得过分、艳得过分，那饱有风情的桃花眼一眨一招魂；另一个穿淡黄圆领束腰衫裙的女郎，年轻得有些过分，水灵得也有些过分，整张脸儿都是笑，甜酒窝儿衬着淡黑的阴影，一漾一荡魄。

两人站在一起，恰似路旁艳灼灼的桃花伴着池塘边清爽爽的睡莲。

月牙浮动、淡云暗渡，月光泼洒在这两个精灵般的妙人儿身上，越发引得他俩心火贲张。

几句粗野的调笑砸过去，几个消魂的媚眼抛过来，好事儿立即成交。刘一手抢先搂住了红衫女，他醉心于那份成熟，他需要煞火；旋风李心甘情愿地搂住了那名黄衫女，他迷恋于那种鲜嫩，他需要解馋……

于是，这个月色凄迷的晚上，在被莺莺燕燕、浪语娇声充塞着的九洲大厦的二楼，又多了两对如火如荼的野鸳鸯……

鲁平领着潘祥回到宿地，闲聊了好一阵，直等到风窗露槛，悄然无声，寒夜闻霜，万籁俱寂。

鲁平一拉潘祥："走，抄他们的老巢去，先找到翡翠玲珑塔再说。"潘祥有些担心："这是不合法的，惊动了警方怎办？"

鲁平哈哈大笑："我要为盗的话，这点儿把握还是有的。万一惊动了，有我兜着！"

外面阒寂无声。两人穿街走巷，来到九洲大厦侧面。

潘祥一指二楼的一个小小的阳台："就是这个房间。"

鲁平换了几个角度，观察了一阵。这阳台有水泥花板护栏，一扇门，一扇叶状小窗通向室内，门和窗都关得很严实，室内没有灯光。他掏出两只黑头套，递给潘祥一只，一边自己套上，一边催促潘祥："戴上，尽量不要暴露身份。"

说完，左手一抖，袖中绳刀飞出，穿过栏板花间缝隙，手一带，刀儿打横，卡死在栏板上。他拉了拉细绳，见已卡紧，便双手交替，蜘蛛似的游了上去，潘祥见他毫不费力，那绳儿也不知什么制成，细得像根线，夜色中全然看不见，他既不知这细绳儿怎么经得住，也不知鲁平怎么握得紧，看得他头皮发麻心中发烧。片刻，鲁平已经进了阳台。

"噗"，一把刀儿插在潘祥脚边的地上，吓得他一缩脚尖。"握住！"鲁平的声音压得很低。潘祥不敢怠慢，双手握住刀身，那细线儿一紧，潘祥已经飘飘悠悠向上升去。

不一会儿，潘祥就升到了阳台边，他攀着栏板一翻，也进了阳台。鲁平一摸门，单扇无缝，蒙了铁皮，轻轻一推，关得很紧。他又踅到窗边，有色玻璃挡住了视线。

潘祥见他右手一伸，手上不知怎么的又多了一把小刀，一把很小很小的外科手术刀。他掉转刀头，用刀尾信手一圈，"哧"的一声，圈出了一个碗口大的很圆很圆的圆圈，想不到这刀尾竟镶了金刚石。鲁平左手拇指顶着圆圈，右手掀起衣角贴在玻璃上，再用刀柄一敲，"嚓"的一声轻微的响声，衣服拿开，左手拇指上带出一个平整的正圆。潘祥正惊讶他拇指可以有如此大的内力，竟可将玻璃片吸住，见他很小心地将圆玻璃片从手上的一片胶布上撕下，才恍然大悟。鲁平轻轻将圆片放在了墙角，然后从洞中伸进手去，一声不响地打开了插销，轻轻将叶形窗扇推开。

等到两人翻身进去，才发现进了盥洗室。盥洗室的门未上锁，推开一条缝，鲁平闪身进去，立即贴在了墙上。

房里没灯，但融进了极淡的天光。

床上被子掀开，有人四脚八叉躺着，好像是一丝未挂。

鲁平吓了一跳，侧耳静听片刻，突觉不妙。他一按自己右腕的手表，手表立即发出一团柔和的蓝幽幽的光。这很弱的光晕，像一朵蓝色的云飘到了床上人的脸上。

鲁平看到了一双向外突起，直愣愣的眼睛。他心里惊呼一声"不好"！那朵蓝云倏地移到了墙上，咬住了电灯开关。

"啪"，电灯亮了，潘祥刚进来，唰地一下被强烈的灯光照蒙了，刚刚惊呼一声："你怎么……"就被床上的奇观吓出了一身冷汗。

床上，刘一手毫无羞耻地裸仰着，两眼见了鬼似的瞪着天花板，咧着阔嘴，龇着烟屎牙，挤出一脸恐怖的纹路，右手五指呈爪状抓着床沿，左手的假肢已经卸下，放在靠墙一方，半截断肢亮着狰狞的疤痕，炮筒儿般向上指着。

"这……这是怎么回事？"潘祥觉得舌头牙齿磕磕绊绊，吐字不清。

"旋风李杀人夺宝，独自远飏了！"鲁平迅速做出判断，并敏捷地蹿向外间。

不对！

外间杯盘狼藉，旋风李正趴在桌上熟睡。

鲁平一个箭步跃过去，膝盖一磕，压住了他的后腰，右手同时抓住了他一条下垂的胳膊向后一拧。

"咔巴"一声响，那条胳膊僵僵的，一拧之下骨头断裂，而旋风李仍然无动于衷地趴着。

也死了？鲁平心头一凉，一扒他的眼皮，瞳孔早散，视网膜上布满了骇人的血丝。

"中毒致死！"他很快做出了准确的判断。

潘祥轻"啊"一声，怔了片刻，突有所悟，剔眉飞鬓，笑道："鲁兄，看来他们各自心怀鬼胎，都想独吞宝物，旋风李忽然发难，扼死了毫无戒备的刘一手，然后喝下了刘一手早已下了药的毒酒……"鲁平不动神色，拿起了一只酒杯细看后，摇了摇头："不对，另有一只勾魂的手在，而且是个女人！你看，这只酒杯上有淡红的唇印。"

"哦？"潘祥一看，果然。他很佩服鲁平的细心。

检查完这具尸体，除了中毒外，别无伤痕。"走！再去查查那具尸体。"鲁平一推潘祥。

刘一手的尸体，除脸侧有几个艳红的唇印外，脖子发青，更奇怪的是右胸心口上有一只焦黑的掌印，像火烙的一样。

"鲁兄，你看这是什么功夫？"潘祥用袖管抹了抹额头上的冷汗，惊异地问鲁平。

鲁平沉吟良久，才犹犹疑疑道："除非是传说中的火焰刀，但……这是不可能的。”

“妈的，这个女人好厉害！”潘祥头上的汗越擦越多。

“也许是两个。”鲁平不肯定地说，“刘一手脸上的唇印很红很艳，而那杯上的唇印却很淡，而且有些带橙色，所以，有两个女人同时作案的可能性。”

“那么，这是什么人呢？”潘祥眉头皱得铁紧，一脸狐疑地自语。

“天狼帮！一定就是要买宝物的那个所谓天狼帮！”鲁平盯着潘祥，断然下着结论。

他的视线又转向了立柜，立柜锁着。

“潘兄，快找钥匙！”

但钥匙没在尸体身上。

鲁平旋开了衣上的一颗纽扣，将扣中的一些灰色粉末倒在一张小纸片上，将纸片折出小槽，槽口对准锁孔，把粉末倒进了锁眼里。然后从烟盒中取出一支烟，撕开，里面有一支针剂。他敲去瓿头，小管中立即放出刺鼻的气味。鲁平迅速把其中的黄色液体倒进锁孔，锁孔里发出滋滋的响声并冒出缕缕黄烟。

“这是什么？”潘祥惊奇得七荤八素。

“这是一种合成的高强度腐蚀剂。”

“老天，你这满身的小玩意儿真叫人害怕。”潘祥咂着嘴，又敬畏又钦慕地看着他。

“潘大哥，我把你当作了知交，在你面前亮了不少底，只请你替我守住自己的舌头了。”鲁平很严肃地翻了他一眼。

潘祥心头一热，忙说：“请你相信我。”

鲁平点点头，两眼有了会心的笑意。锁很快就开了，柜里什么也没有，空得让人失望。

“晚了，东西已被她们取走了。”鲁平有些沮丧。

“她妈的，好毒，现在线索全断了，到哪里去找这天狼帮呢？”

“不，还有两条线索。”

“快说，是什么？”

“这第一，你忘了那个鹰鼻鹞眼的孔香主吗？他可没死。这第二，你还记得有个家伙说过什么吗？”

“呵！对了！”潘祥兴奋起来，“有个家伙还说过‘在四龙头那里……’，那个横滨酒家一定有问题！我们只要……”

“嘘……”鲁平突然打断他的话，像猫那样耸起了耳朵，“快走，有人上楼！”

他拉着潘祥，打开门来到阳台上，迅速地把他缒下去，然后从门缝向里窥视。

门锁动了。门一开，一个人提着枪领头闯进来。

“是他？！”鲁平在横滨酒家看过此人，并了解到，此人正是本城司令官的义子、警备队的队长罗琳。于是他猫儿似的一纵身，跃下了阳台……

王立威司令官邸富丽堂皇的客厅。

王望梅在弹着钢琴。

舒曼的《阿贝格变奏曲》的旋律从她轻灵的指缝间流泻出来，陶醉着大厅的空气，也陶醉着她自己。

罗琳默默地坐在不远的沙发中，如梦幻般地凝睇着她的侧影。阳光透过窗帘渗进来，洒在她那另一半脸上，微芒布成的逆光，给她的侧影镶上了象牙般的亮边，勾出了尖挺秀气的鼻子以及美丽微丰的胸身，向着他的一面却因背光显得幽然的神秘。他看不清楚她的面容，只能从她柔静的轮廓中用心思去描绘那熟悉的眉眼。王望梅仿佛融进了旋律中，像一朵经过夜露迎着晨曦绽开的细柔的花，正把生命融进阳光的爱中去一样。

可是罗琳融不进去，那旋律化成了烟雾，把她越拥越远。他痴望着，胸中很多很多的情愫却因年岁的增长而变得幽幽邃邃，他只感到这弥满大厅的乐曲，化成了寂天寞地的罗网，网眼中惆怅的烦丝迫人而出。

他怔怔地叫了一声："梅妹。"声音中充满了焦渴。

王望梅停下弹琴，望着他："什么事？"

他看不清她的眼睛，但感到她眼神中有一丝诧异。

罗琳走过去，抚着她的肩头："梅妹，后天是你的生日了，我……我想送你一件礼物。"

"哎呀，我都忘了，哥，你要送我什么呢？"她愕然了一下，接着兴奋地抬起头，扬起了一头乌发，衬得白生生的脸孔光芒四射。

他觉得眼前灿亮了一下，心里浮起一片痛惜的爱怜：“梅妹，你还记得莲姨的婚礼吗？”他那焦渴的喉头温润了，声音像小溪似的温柔。

“婚礼？”王望梅愣了愣，“你是说……”

他温柔的声音撩起了她记忆的帷幔，让她想起了很多很多年以前的一幕。

塔楼的钟声从悠远的时空中传过来，响得很迷茫也很神圣。

莲姨白纱裙长长的裙裾在红地毯上拖着，和英俊的新郎并肩站在老教堂的牧师面前。神坛前的烛火映着她兴奋的脸，很红艳，也很漂亮。

剪着平头的小罗琳和扎着蝴蝶结的小望梅好奇地躲在大柱后面兴致勃勃地偷看。

新郎将结婚戒指戴到新娘的手上，戒指上的钻石闪着神圣的光芒。

“真好看！”小望梅馋涎地耸着鼻子，她回头望着小罗琳，“哥，你长大了会给我买戒指吗？”

小罗琳眼睛中发着光：“当然，我给你买一枚好漂亮好漂亮的！”

小望梅脸儿红了，红得像一朵盛开的桃花：“哥，你真好！”啊，那无邪的美好的愿望，那难忘的童稚的梦！

王望梅有些痴了，她静脉中的血流在颤动中流淌，冲击着心灵深处年轻而隐秘的禁地，可是，她面前浮起了一张英俊白皙的脸，把她拖出了童年的意念，推向一个新的世界，那么迅猛而唐突，唐突得让她束手无策，她只感到泪水要涌出来。

“我……我不记得了。”她脸上忸怩的红晕褪去了，呈现出一些苍白，声音越说越轻。

“你记得的，你记得的！”罗琳热烈地摇着她的肩。

王望梅岔开了话题：“哥，去花园吧，张立要来了。”

她两眼正视着罗琳，亲切而坦然。这句话立刻改变了磁极，罗琳的手移开了，无声地长叹了一口气。

一辆轿车在宽敞的街头飞驶。

鲁平熟练地驾着车，犀利的眼神通过后视镜盯住了后排座上的两个人，那是王立威司令和伍漫天专员。

王司令侧脸向着伍专员：“伍兄，‘ＰＭ’计划几时才能批下来？”

伍专员阴沉的两眼扫了一下鲁平的背影。

王司令明白了他的意思，宽心地笑道：“他？……放心，哈哈。”

伍专员两条寿眉悄然挤了挤，莫测高深地支吾：“快了吧，我们戴局长办事的效率你是知道的啰。”

王立威不屑地“哼”了一声，自顾自掏出一支香烟，点燃，深吸一口，缓缓地连烟带怨气一起吐出。

伍专员看在眼里，舌头舔了舔覆船型的厚唇，试探着问：“据查，十七年前，轰动大西北的盗墓案有了端倪，就落在这蒙城某个黑帮的身上，不知司令有无耳闻？”

“哼！空穴来风！”王司令摇头否认。

伍专员鼻翼鼓了鼓：“空穴来风也罢，按图索骥也罢，打着了腥气的话，还望司令打个招呼，戴老板对这档子事可盯得紧呢。”

王司令鼻沟加深了，满脸的嘲讽味儿：“要说打腥气，你们军统的鼻子可比我灵得多了。”

“哈，气候不对时好鼻子也会感冒的，何况，有时光靠鼻子也办不成事啊……停！”他突然对鲁平喝了一声，“我到了。”

轿车停在了专员公署门前，伍专员拿着礼帽下了车。“再见，请戴上帽子，希望你别犯感冒。”王司令挥了挥手，“走！”

小轿车又“呼”地一声向前蹿去。

倚着高高的院墙，有一片很大的枫林和竹丛，上午的阳光，懒懒散散地罩下来，枫叶亮丽如云霞，竹梢苍翠似流碧，让人想起杜甫吟成都草堂舒散心怀的诗句：“橙林碍日吟枫叶，笼竹和烟滴露梢。”林外有很大一片草坪。这是王立威官邸的后院。

一阵快马蹄声，像密集长戈戳地，飞卷而来。

马蹄践草翻飞，一串蹄声，一串娇笑。

王望梅小姐身着猎装，踏镫飞驰，胯下一匹桃花骢，毛色流霞溢彩，映着日光闪电般绕着草坪疾驰。

阳光下的王望梅，雄姿英发，星眼流波，皓齿排玉，朱唇吐笑，越发的明艳绰约，动人心魄。

她甩开黑瀑似的飞发，举着一只装满了麻雀的铁丝笼，又笑又嚷：“我要放啦，我要放啦！”

身穿银灰色风衣，头戴棕呢礼帽的记者张立，半蹲半跪地转动着，不断地调整着镜头的焦距，“咔嚓、咔嚓”将那流动的美收进镜头，凝成永恒的记念。

铁丝笼打开了。

一只惊慌失措的麻雀，仓皇地射向云端。

“砰！”一声枪响，惊破寂寥。散开一天的羽花，麻雀直溜溜地坠下。

两只麻雀蹿起，又急又快。

“砰砰！”

两声枪响，动人心魄，羽毛纷下，雀儿石子儿似的成对下落。

四只、六只，更多的麻雀霰弹似的四处乱飞。

“砰砰……砰砰……”

一串枪声，振聋发聩，漫天炸开无数的羽花，落下一场密集的雀雨……

罗琳靠在一张躺椅上，背后是一篱黄色的菊花。

他满脸慵懒的失落，随手向空中射击，弹壳像有生命似的，一个接一个跳出来，落在他的胸腹上。

“好，真不愧为神枪！”

王司令的声音在不远处响起，惊得罗琳“呼”地一声站了起来，弹壳稀里哗啦掉了一地。

和司令并排走来的还有鲁平。

“爸！”王望梅跳下马，亲昵地欢叫着，很快地偎过来。

“你这丫头，一天到晚就知道满世界的疯。”王司令慈爱地将她头发上一根带血的雀毛捋掉。

“老伯。”张立摆弄着相机，神色稍有些拘谨。王司令审视了他一眼，点了点头算作招呼。

“司令！”罗琳收起了慵懒，站得很直，很精神。

“你呀！”司令拍了拍他的肩头，“什么时候改口叫我父亲！好了，”他一挥手，“自己家里，大家随便些。”

“来，琳儿，我来给你介绍一位同行。”王司令亲热地拉过了鲁平，“这位鲁平先生，是我世交老友鲁又燃先生的公子，英国当代福尔摩斯默福利警长的高足，刚回国不久。我们今早才见面，他是从南京赶来此地办一个要案的，据说和‘天狼帮’有关，所以我请他来搭个伙。琳儿，鲁贤侄在英国刑侦界有‘神眼’之称，你以后多向他请教，一起解解这‘天狼帮’之谜，怎样？”

“欢迎，欢迎！”罗琳上前热情地拉住了鲁平的手。

“您大概就是盛名远播的‘魔刀鲁’吧？听说你在英国侦破了许多疑难要案，号称魔刀五绝，把小刀儿玩得出神入化，应当不会错吧？”张立很感兴趣地上前插言。

鲁平打量了一下张立：“不敢不敢，张先生好灵通的消息啊。”

“搞新闻的嘛。哦？你知道我姓张？”张立有一丝诧异。

“搞侦缉的嘛。”

“哈哈哈哈！”他们握着手，一起大笑起来。

“小弟张立，晚报记者。和王伯伯有契约，给解天狼帮之谜效劳，今后望鲁兄多加指点，不要见外才好。”

“哪里，不但破案要仰仗张兄大才，破案之后还要借张兄这支生花妙笔呢。”

王望梅兴奋得大叫起来：“哈，这下可好，琳哥的神枪，鲁大哥的魔刀，再加上张立的妙笔，这可真是珠联璧合，其趣无穷了。”

鲁平很欣赏王望梅的爽朗大方，毫无大家千金的娇骄之气，谦虚地说：“我可不行，比起你哥的神枪来，我可差得太远了。还有王小姐的骑术，更可堪称一绝。”

王望梅更高兴了：“鲁大哥会骑马吗？你看我这匹桃花骢怎样？”鲁平一看这桃花骢，头尾身长近丈，毛色一片粉红，油光水亮，英姿勃勃，不由得咂咂连声地赞叹：“好一匹神驹。《马经》上说，桃花骢、菊花青、玉顶赤、五明骥，乃马中之精品，不过，我可对骑术一窍不通。”

“精品可以说，不过神骏却称不上，”张立又插了进来，“昔时王嘉形容周穆王八骑飞骏为八龙神骏，一名绝地，足不践土；二名翻羽，行越飞禽；三名奔霄，夜行万里；四名超影，逐日而行；五名逾晖，毛色炳耀；六名超光，一行十影；七名腾雾，乘云而奔；八名扶翼，身生肉翅。试想这八骏齐驰，直奔西昆仑之巅，是何等的雄盛……”

“去去去，谁请你又来卖酸。”王望梅娇嗔地一推张立，又缠着鲁平说，“鲁大哥真的不会骑马？那以后我来教你。”

“你呀,人家捧了你一句,你就不知天高地厚了。”王司令笑着说了女儿一句，就催促大家，“进屋去谈，进屋去谈，外面阳光太刺眼。”

于是，一行人向客厅走去。

“你先请，鲁兄。”罗琳友好地拍了拍鲁平的肩，把他让进客厅。这个很有风度的同行，在王望梅面前抬举自己，又令张立碰了王望梅一个钉子，很得到他的好感。

“鲁兄，你的魔刀，传得神乎其神，能不能让我们开开眼界？”才坐定一会儿，张立又来打趣，不过这次很得到大家、特别是王望梅的欢迎。

“是呀，是呀，鲁大哥，刚才你见识了琳哥的神枪，而我们却没有见过你的魔刀，这太不公平了！”

“传言失实，传言失实，雕虫小技实在不敢献丑……”鲁平极力推托。

“贤侄，既然大家有兴趣，你这样忸怩，就有失江湖儿女的豪气了。”王司令也将上一军。

鲁平无奈，四面看了看，突然左手扬了扬，袖中有光闪了闪。

大家只觉得眼前一花，定眼一看，见鲁平左袖口弹出一条笔直的墨线，顺着紧绷的墨线看了去，一丈开外的酒柜中，一只啤酒瓶口上稳稳当当搁着一把晃亮的铲形小刀。众人皆不知其所以然。

张立走了过去，将刀拿起来看，可是刚一拿起，啤酒“呼”地一声喷了出来，雪白的泡沫喷了他一头一脸。那刀却唰地一声缩回了鲁平的衣袖，踪影全无。

大家一起好奇地拥上来看，等啤酒喷完，这才发现瓶盖顶上的一层铁皮已被刀削去，而瓶口毫无损伤。这份巧劲，这份准劲，这份拿捏，惊得大家目瞪口呆。

“好，袖刀一绝！还有四绝，不如一并让我们开开眼界。”张立已揩干净酒沫，大声赞叹起来。

“再来，再来，鲁大哥再露一手。”王望梅拍着小手，又叫又跳。鲁平瞟了张立一眼，右手从柜中碟上拾起一个柑橘，向空中一抛，柑橘笔直飞起四五尺高，对着鲁平的头顶落了下来。

鲁平右手挥起，看也不看，在自己头顶上晃了晃，大家才见到那只柑橘正正地插在一把很小的手术刀上。这虽然奇巧，但与刚才相比，就有些逊色了，大家不免有些失望。

“王小姐请用。”鲁平笑嘻嘻地把刀尖上的柑橘送到王望梅跟前。王望梅从刀上将它取下，“哎呀！”突然大惊失色地叫了起来。

众人这才看清，柑橘已被垂直地用刀划了交叉的两圈，恰恰将它的薄皮分成丝毫不差的四瓣。

王望梅顺着皮将柑橘剥开，竟然一点未伤及内瓤。

“不可思议，不可思议，太不可思议了！”

连以眼力著称的神枪罗琳也不由得心悦诚服，叹为观止。

“魔刀，魔刀，简直是附了魔力，这要用来杀人，太可怕了……”王司令连脸色都变了，不断摇头叹息。

“鲁大哥，你简直神啦！”王望梅欢欣雀跃，顺手将一片剥净的橘片塞进鲁平嘴中。

“太妙了，手刀二绝，还有三绝呢？”张立仍不知足。

“对不起，另外三种刀具，一露面就要伤人，不见血收不回去，这点儿家底就不好往外端了，张兄请原谅。”

一听说会伤人，大家也就只好收起好奇心意犹未尽地回到了坐处，开始聊起案情来。

罗琳先向鲁平介绍了浅见一郎被杀的现场后，看了王司令一眼，得到他的默许，才简单地介绍了天狼帮的一些线索。

他将烟蒂揿灭，情绪很忧虑地说：“这案子还没一点儿进展，我们昨天在横滨酒家又发现了几个神秘人物。”他解嘲地向鲁平笑笑，“一个就是在场的鲁老兄和您的搭档，当然，现在误会已解除了。还有一个是唱戏的吕静怡，两个和她交手的男人。我们跟踪了这两个男人，了解到他们是外来的，住在九洲大厦。接着，昨晚有人报案，发现城东黄羊坡废库房内有黑帮打斗，死了七个人。我们马上勘察了现场，七具尸体惨不忍睹，其中之一，就是昨天在横滨酒家与两个神秘男人接头的蓝衫客。于是，我们连夜赶到九洲大厦，可惜我们又晚了一步，这两人竟又被人暗杀，凶手有三个人，两男一女，其中的女人，正是杀死浅见的那位，因为一具尸体上又出现了所谓‘天狼爪’的印痕。”

“不，凶手只是女人！”鲁平纠正他。

“我们从脚印上发现……”张立刚要解释，鲁平眨眨眼睛：“因为那两个男人，就是鄙人和我的搭档潘祥警官。”

“你们？”大家吓了一跳。

鲁平就把来龙去脉解释了一遍，众人这才恍然大悟。

“这‘天狼爪’到底是什么东西？”鲁平问道。“是天狼帮一员大将的匪号，此人是女人无疑。也许还是她一门怪异的武功，大约和传说中的火焰刀相似。”罗琳极力想解释清楚。张立轻声道：“我看除了吕静怡，还有一个更值得怀疑的人物……”

大家的眼光全转向了他，等待着下文。

“这人就是刘庆仁的夫人兰芳，那个黑纱蒙面的女人。”他郑重地宣布。

“有这种可能！”罗琳双目灿亮，“昨天她出现得很神秘，而且好像一直在注意那三个男人的谈判，当吕静怡和刘一手动手时，那老板要去劝解，也被她拦住了，仿佛是要看一看刘一手的武功，她的确很可疑！”

王望梅听得不耐烦，一拉张立：“什么天狼地虎的，烦死人了，你一个秀才，管这些干吗？走！陪我弹钢琴去。”

张立想推托，王司令慈爱地摆摆手：“陪她去吧，陪她去吧。”张立只好随着王望梅走向钢琴。

王望梅开始弹琴，欢快醉人的音符又满世界乱飞，一边弹着，一边不时回过头来对张立笑笑。

张立坐在她的身边，一面应付着她的回眸娇笑，一面凝神谛听，也不知是谛听她的琴声还是谛听另一边几人的谈话。

王司令的声音放小了。

在他眼里，张立毕竟不知什么来头，大可猜疑，而义子罗琳和世侄鲁平是值得信任的：“据我所知，商会会长刘庆仁的背景复杂得很，黑白两道势力不小，这的确是一个值得怀疑的人物，你们要派人严密监视他。”

“好，我马上就去着手布置。”罗琳点头作答。

“不忙，明天还来得及。”司令转向鲁平，“贤侄，你父亲是我的好友，我知道他是ＣＣ的一根柱子，和军统姓戴的不和，是吧？”鲁平眼中掠过一丝惊疑，但很快就消逝了：“我才回国不久，家父的情况，我确实不太清楚。”

“别有顾虑，”王司令递给他一支烟，安慰道，“我们是一家子。”他两手分别轻拍罗琳和鲁平的肩头，严肃地说，“对追查珍宝的事，你们要严密封锁消息，特别是要避开伍漫天那条老狗，严防军统插手！”

鲁平迎着王司令的视线：“老伯，如果您得到了那批珍宝，您准备如何处置呢？”

王司令用手摸了摸苍白的头发道：“这我早已经和琳儿商量过，这是国宝，一到手，立即秘密押送中央。”

他见鲁平不置可否地笑笑，目光一闪，又叮了一句：“唔，贤侄你以为如何？”

“这样很好！”鲁平回答得很干脆，王司令放心了。

钢琴声仍在沸沸扬扬地飞荡着，挤满了大厅，又从窗台溢出去，融进了窗外塔松凄迷而含蓄的阴影里。

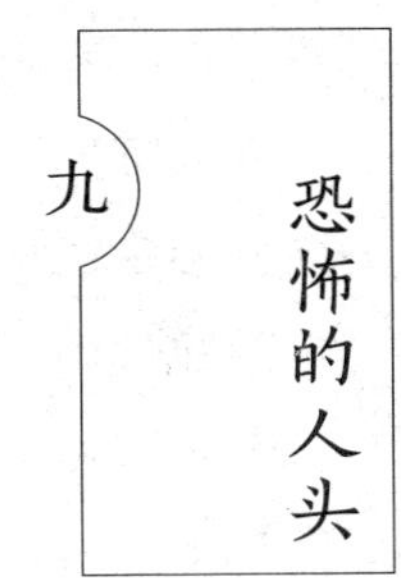

九 恐怖的人头

凌晨四点，寒气很重。

冻僵的弯月凝眸着城外清冷的大道。东郊豆腐作坊的朱老爹为了生计，顾不得夜寒路寂，踏着秋月碎霜，担着两板热腾腾的豆腐进城赶早市。

走到茅山坪乱坟冢一带，他听见远处传来一两只嚎月的野狼的嚎叫，凄厉而绵长，有些心虚，不觉放下担子喘口气，壮着胆子四处打量。

黑黢黢的一片坟茔中，坡影蛰伏，磷火飘飞，一阵冷风嗖嗖刮来，如鬼气吹灯、追索魂魄，不由得让人不心律紊乱地狂跳，一头热汗早变成了凉水。

忽然，他听到了嘤嘤的哭声，头皮嗡地一下子麻了起来。朱老爹提起扁担，自壮自胆："为人不做亏心事，半夜不怕鬼敲门。我朱老爹一生本分，修善积德，万鬼不侵。"但当他寻着声音觅去，呀！一身毛孔陡张，连人也吓呆了。

只见西边土坡树影旁，有一个人影在蠕动。擦擦眼皮，定眼看去，惨淡的月色下，分明是个身穿黑衣的长发女人。人影蠕动间，还可见时隐时现的几点香火，一闪一烁发出暗红的微光。老树的树影横亘着昏死般躺在她身旁的月光上，怪兽似的狰狞，那断断续续的啜泣，就犹如这怪兽的梦魇。

他麻着胆子提起麦秆般瑟缩的两脚，悄然担起豆腐担子想溜，忽儿一个念头闪过：莫非是哪家的媳妇、闺女受了委屈，来这儿自寻短见？哎呀，那可是人命关天的大事，我朱老爹既然撞见，怎能不管？罪过呀罪过！这样一寻思，那份胆怯早抛到瓜哇国去了，挑着担子向女人走去。

离人影丈多远，这才看清，的确是个身材窈窕的女子，身边插着几支点着的香，正在弯腰侍弄什么。

女人听见声音，很快地直起腰，转过脸来，他看到了月色下一张极美极美的脸，惨白、悲戚又带着惊惧。

“姑娘，你怎么……啊呀……”

老爹一句话还未说完，一个不可置信的恐怖镜头扑入了他的眼帘：女人身后的地上插着一根长棍，棍尖顶着一颗人头，那头，脸上用刀划了一个大叉，水银似的月光映着翻开的面肉，很深的阴影里，凝着暗红的鲜血，仿佛还在一滴一滴往下流。这样恐怖的人头衬着女人那么美丽的一张面孔，扫荡着老人脆弱的神经，他一声骇人的惊叫，过后就颓然倒地，除了觉得全身三万六千根毫毛根根耸起、散开、飞舞外，再也没有了知觉……

七点整，人头已经放在了警长办公室的红木办公桌上。

罗琳、鲁平、潘祥才到一会儿，张立也挎着相机急匆匆地赶来了。

“张兄好快的消息呀！”鲁平从叼着烟卷的唇间不冷不热地吐出几个字。

“我可不敢与鲁兄比肩，鲁兄有警署的电话传呼呢。”张立浅然一笑。

“望梅小姐的专线也快得很啦！”鲁平有意无意斜了罗琳一眼。

“别胡诌了，议议案情吧！”罗琳觉得碎了醋缸般，心间一片酸的汪洋，烦躁地大喝一声。

大家这才传阅报案记录，看完后一片默然。

“好怪的女鬼，杀人割头，凶神恶煞一般，而临了又留给昏死的卖豆腐老头两块光洋，变成了菩萨心肠。”张立把玩着案卷，“看来天狼爪也有发善心的时候。”

“这颗人头，”潘祥站在窗前，背对冷风，面对人头，心头有些发怵，“怕有些来历。虽然面目被毁，但腮肉肥厚，虽有白发，而皮肤细嫩，一定是豪门富户的主儿。”

“鲁兄，你看呢？”罗琳想摸摸鲁平的底。

鲁平把烟蒂吐掉，揪起人头的头发，一拧，让它悬空打了个转儿，像个鉴赏家考究稀有的艺术品般专注：“这人头不是砍下的，也不是剁下的，而是抹下来的。你们看，这皮肉，这血色，毫无龇牙咧嘴的痕迹，断处平滑，凝血匀称，好纯熟的手艺，好精湛的功力，这种绝活，我也自愧弗如。”他无限钦服地赞叹，然后又将人头颈部翻起，继续他的人头论，“诸位不知，人头不似猪头，脂肪少，凝刀难出，精肉纤维易阻刀而成脔肉，且颈骨脆，好砍但易碎颈椎骨。可这头，椎骨豁然而解，用刀游刃有余，从前面下刀，接口毫无错乱，是这样的——”说着，他举起右手，绕张立的脖子闪电般划了一圈，张立只觉得脖颈一阵发凉，不觉倒抽了一口冷气，“总之，”鲁平咂吧了一下双唇作结，“这女人刀薄手快，是个一等一的快刀杀手。”

鲁平的话像个既迷人又恐怖的故事，听得大家心惊肉跳。想不到神出鬼没的天狼爪还有如此的绝技，真不知以后还有多少凶险呢！

罗琳皱起眉，忧心忡忡地说：“看来，现在只有这样，第一，立即寻找人头的主人。第二，马上派人严密监视刘庆仁家，特别要注意兰芳的行踪，更要了解清楚她昨夜去了什么地方。”

“对，”张立把手捏得紧紧地站起来，“这兰芳十分可疑，不过，还有个吕静怡，也要控制起来。”

“好吧，现在来分分工。”

罗琳正要作具体安排，电话铃响了。

“喂，哪里？……是的，……什么事？……真的？……好，我们立刻就去！”罗琳脸上泛起一层铁青色，好半天才放下电话。

他仰起脸，仿佛要从天花板上寻找答案。

“什么事？”鲁平擤了擤鼻子，警觉地问。

“人头的主人找到了……”罗琳没改变姿势，声音黯淡无力，好像他并不希望找到那劳什子的主人。

“谁？”另外三人几乎不约而同地跳了起来。

“刘庆仁！”

“啊！”太意外，意外得仿佛鸡蛋孵出一条蛇来。

“走，看看去！”张立首先醒悟，兴奋地一把抓住相机。

刘庆仁死得很惨。

没有了脑袋，这是绝对的。尸身坐在书桌后靠墙放的椅子上，一只手扶着椅的扶手，一只手耷拉着。颈脖上面的墙上有三个刀眼，呈品字形，如果尸身有脑袋的话，这三个刀眼将正好夹着那颗脑袋。颈脖刀口很平，出血不多，只污了不大的一块粉墙。上衣被撕开，心口上有一道很深很小的刀口，正钉在那颗鲁平听说过的“紫龙盘窝”、大富大贵的痣上，一条很细的污血蚯蚓似的爬出来，爬了不到半尺就干涸了。

鲁平用手拨了一下刀口，那血被揩去了一截，但再没血流出来。罗琳却大失常态，只是狠狠地盯着那被刀剖成两半的“紫龙盘窝”痣发呆，仿佛觉得那个稀罕珍贵的东西被剖开大为可惜，又仿佛为它长在别人身上而愤怒。对被翻得乱七八糟的房间、对呜呜啼哭的女主人兰芳他不闻不问，似乎这一切都与他无关了，他的整个生命都已经悬挂在那颗令人恶心的痣上。

鲁平一瞥之下，颇觉诧异，但他没有打扰他。

“鲁兄，你看……”张立指着桌子上，桌上一支毛笔，墨饱饱的还未干透，两竖条宣纸，写着一对楹联。上联是“雪暮赏梅疏见月”，下联是“寒夜闻霜笑杀人”。上下联笔迹差异很大，上联苍茂润郁，含着稳健，下联蕴婉稚劲，露着杀机。

“哈，看来这位会长大人正诗兴勃发，满腹闲情雅意，当笔走龙蛇写完上联，意犹未尽之际，便莫名其妙地被人割去了脑袋。凶手也雅兴不小，妙手纤纤，给他续补了一个下联，好一个‘寒夜闻霜笑杀人’！切情切景切境，一腔豪气洒脱脱地跃然纸上，确实是杀手中的巾帼，让人倾慕。”张立文绉绉地评论推理开了。

鲁平没有理他，但不能不佩服他的推断能力，他上前将楹联叠起，收入袋中，走到潘祥身边听他对兰芳的问询。

鲁平这才注意到刘夫人兰芳三十来岁，很美艳，一双沾泪的桃花眼蓄满悲伤的绝望，但仍然让人联想到风情。身段丰腴而婀娜，楚楚动人间仿佛是一只供人玩弄的波斯猫儿：妩媚里带有野性，冷傲里又蕴着热情的蛊惑。

她用手绢角儿很小心地拭着泪，鲁平注意了她的右手，指儿尖尖，白得透明，腕上戴着一只金属镯子，非金非玉，其色绯红，那手掌小巧纤弱，无论如何也不能让人与那可怕的“天狼爪”联系起来。

兰芳介绍说，刘先生一般在书房睡，而她的卧室在楼下，今早起来，七点多了还不见先生下楼，于是到书房来叫他，书房门没锁，只虚掩着，推门进来，就看到这么一幅惨兮兮的景象，她吓得晕了过去，还是手下人报的案。

“你先生有什么仇人吗？”潘祥问她。

“可怜我先生一辈子行善积德，这蒙城的乡亲百姓，不敢说有口皆碑，但哪个不是瞽眼瞎子看告示——点点墨墨在心头啊。”她两手使劲地绞着手绢，哽咽着诉说，“要说仇人，除了日本鬼子，咱可啥人也没得罪过呀，那年日本人进城，他硬是拗着脖子不挂旗，给日本人抓去蹲大狱时，他还劝我说什么‘只怕易水风寒，壮士不还’。要我散尽家产，去乡下避祸。我不忍心看他死在牢里，花空了家产到处托人，也多亏商界的同仁热心肠，讲义气，把他弄了出来，如今挂一个商会会长的名头，可内瓤早给鬼子折腾尽了呀！谁知死泥鳅也有饿老鹰啄，不知哪个三刀六洞的野物，这样黑了良心啦……”她口若悬河，喋喋不休地诉说着，咒骂着。

潘祥不愿和她摆龙门阵，公事公办地问：“刘夫人，您发现丢失了一些什么东西？”

“你看，你看，”她一扬手，小旦似的翘着好看的兰花指一点一啄，“到处都翻得一塌糊涂，可我们家除了几件旧衣服，还有什么可偷好抢的啊，算起来，只丢了一件要紧的东西，是一只小首饰盒儿，喏，这么长、这么宽，”她用手比画着，“我所有的首饰，早给日本人刮光了，那里面不过是一对小玉镯儿，是我娘留给我的纪念物。我是穷人家出身，我娘留给我一对玉镯儿和一只金属镯儿，我怕玉镯儿会打碎，舍不得戴，戴了这只金属的，喏，你看，不要说金子，连银子的都不是，我也不怕人家说我寒碜……”

鲁平和张立听得不耐烦，转身向罗琳走去，罗琳竟还在盯着尸体发呆。

张立觉得奇怪，走上前去拍了他一下：“罗兄，怎么啦？无头死尸，还未看够？”

却不料罗琳用手粗野地一甩：“你走开！”把他甩了个趔趄。

“神经病！”张立自讨无趣，嘟囔一句走出了房间。

书房外，一些下人围着乱糟糟地议论。看到张立出来，立即都不做声了。张立扫了他们一眼，发现前面窗边，有一个姑娘挨着窗纸从一个小洞里向里面窥视，那身子曲线玲珑，叫人动心。

张立走过去，一拍她的肩：“喂，你是干什么的？”

姑娘一抬头，张立突觉内心一阵莫名奇妙的悸动。天！太美了，脸皮儿羊奶似的嫩，弯弯的两道眉毛下两眼一兜儿水，又圆又亮，充满了叫人怜爱的惶恐。两手攥着长长的辫梢儿，不知所措地在尖尖的下巴上擦呀擦。线条清晰的小嘴抿了几抿，才绽开的花瓣儿似的吐声道：“先生，对不起……我叫阿菊，是夫人的丫头。”一口苏杭京片子，脆生生的，听得张立心醉神清。

“哦？”张立很兴奋，“你是苏州人？”

“嗯。”阿菊拘谨地点点头。

“太好了，我们是同乡。你……你怎么会到这儿来的？”

阿菊低下头，伤心地说：“阿爹抽大烟，把我卖给人贩了，三卖两卖，就卖到这儿来了。”

“啊，真可怜！”张立觉得心里流进了一股湿润的东西，“你又年轻，又漂亮，真不该是这样的命。”

阿菊大着胆子瞄了他一眼，水光漾漾的，说不出的妩媚可人。

“先生被人杀了，你知道一些什么事吗？”

阿菊摇了摇头，脚尖不知所措地在地上划着一字。

“好吧，我也是苏州人，今后有什么事就来找我，我是晚报馆的，叫张立，也许我能帮助你。”

“阿菊，阿菊，来帮我一下，家里乱七八糟，连早饭也没人做，来，帮我下厨房去。”一个老态龙钟的驼背老太婆在楼梯口叫她。

“嗳，向婆婆，我马上就来。”阿菊高声答应了一声，便小声对张立说，“谢谢你，你真好，张先生。”阿菊又瞄了他一眼，才羞涩地低着头很快地走了。

张立忽然觉得自己失去了什么，心头空空落落的。

当鲁平再来到罗琳身边时，他两眼已经失神地瞅着窗外。

鲁平顺着他的目光看出去，窗外是后园，很大，除了树木扶疏外，中间有一个不小的游泳池，瓷砖铺就，一池镜面似的清水漾着幽幽的波光。“哼，如此豪华的府第，竟然有脸哭穷。”鲁平心里骂了一句，轻拖了罗琳一把，柔声说：“罗兄，该回去了。”

一会儿，大家向门外走去，刘夫人又追了出来，交代了一句：“求求你们，无论如何，要抓到凶手，帮我追回玉镯盒，那可是我娘留下的最珍贵的纪念啊。”

罗琳黑着脸自顾自走着，潘祥安抚了她一句：“一定，我们会尽力的。”

走出大门，他们的吉普车停在门外一棵巨大的空心老槐树下，那棵老槐树也不知何朝何代留下的，经过雷打火烧之劫，五尺径的树心空去四尺，竟仍然枝干如铁地活得颇有生气。

鲁平盯了它一眼，首先上了吉普车。

大家鱼贯而入，罗琳上了司机座，一声不响点着火，将车发动起来。

吉普车飞快地开着，车里很沉闷。

张立耐不住了，自言自语起来：“刘庆仁写完一句上联，仰头吐气间，三把飞刀呈品字形飞来，将他脑袋钉在墙上，跳进一个女杀手，从容不迫地割下了他的头颅，还留下了一句文雅至极的下联，此案实在惊险、香艳、刺激，简直就像书摊上的小说一般吸引人！而刘夫人兰芳却说什么也没丢，只丢了一只据说不值钱的首饰盒，可她又急得要命，实在有趣，实在有趣。看来这只首饰盒倒是一个关键。鲁兄，你看呢？”

“是吗？我倒看不出。看来张兄对侦破很在行。”

“哪里，瞎蒙呗。”

“鲁兄，那尸体没出什么血，是不是会……”潘祥提出一个新的疑点。

张立心中一怔，仿佛拨云见日，连忙抢着说：“你是说那原来就是一个死人？对，人头没了，我们找到的头，脸又划破了，会不会刘庆仁根本就没死，来一个李代桃僵，那尸体根本就是一个替身？”

罗琳这回跳了起来：“你是说，死的不是刘庆仁？”“车……车……”潘祥大声惊呼，罗琳这一走神，车几乎蹿到了人行道上，罗琳忙将车头扭正，然后满脸秋风黑云地问鲁平：“鲁兄，你看呢？”

鲁平淡然一笑："我看出了三点。第一，杀手刀功好，出刀快而准，极有神韵，收刀稳而轻，十分超脱，游刃之间杀人而不出血，简直是艺术。我是学过法医的，这人被杀时是个活人，心口一刀是先手，由于上述原因，血都闷在胸腔内。人死后过了一阵，大约是搜东西这段时间，才割下脑袋，这时血多已凝固，所以出血不多。而死人正是刘庆仁无疑，因为我是偶然了解到，他胸口有紫痣一颗。第二，被杀时间是在深夜两点左右，而且当时就被刘家的人发现。有两点可以证明，刘庆仁的一只手下垂，我注意到那手下的椅子上有一个按钮，是个报警器，他死前已经按下了报警器。第三，房中有打斗后被整理的痕迹，而院中痕迹更多，凶手是凭武功杀出重围的！当时兰芳不报警的原因可能有二，其一是不知如何处理才好，要找人商量；其二，要整理掩饰打斗痕迹，以防我们发现她豢养着一批打手。由此看来，他们就是天狼帮的人，刘庆仁不是天狼首也必是其下六员大将之一，而兰芳，有很大可能就是天狼爪。第三点，杀手对刘庆仁恨之入骨，割首剜面，非如此不足以泄其愤。所以，被杀原因可能很多，但其中最重要的一条就是仇杀！"

罗琳一声吼："对！仇杀！杀得好！杀得解恨！可惜这婊子养的不是落在我的手里！"

张立敏感地问："谁？你说谁？"

"给我一支烟！"罗琳愤愤然地伸出一只手。

张立给了他一支烟，为他点燃，并借此仔细地观察他的表情。

车窗外，行人踽踽，店铺冷落，只有吊着大霓虹灯的剧院门前熙熙攘攘，"杏花女主演"五个大字十分突出。罗琳目不斜视，阴沉着脸狠狠地吸着烟。

张立不敢唐突，转向鲁平："鲁兄，你知道，杏花女是谁吗？就是那个美妞吕静怡。"

"哦？"鲁平愣了半晌，转而对罗琳说，"罗兄，看来你今天情绪欠佳，改天我请你们看戏，一睹杏花女台上的风采，如何？"

罗琳没回答，只是用力一踩油门，吉普车风驰电掣般向前冲去。

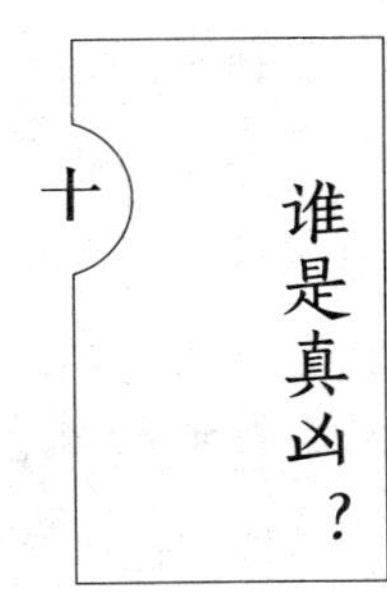

十 谁是真凶？

一间暗房内，一只手在发电报。

经过伪装的电报机很像一本书，发出轻微的嘀嘀声。

一所豪华的公馆内，有个年轻的女人，手里拿着张纸，向一名立在窗前的西服男子说："大佐，'猎豹'来电。"

"念！"西服男人头也不回。

"刘被刺身亡，刺客为一飞刀女人，身份不明，图盒被盗，刘公馆受警署严密监视，晚报记者张立可疑。请指示。猎豹。"女人念着电文，用的居然是一口很纯正的京片子。

西服男人回过头，方脸，圆眼，很肥厚的下巴上满是胡茬。他神情凶狠地诅咒："该死的浅见，临死也瞒着我们，搞得现在困难重重，天狼帮一团迷雾，美国、英国、中国警方都在插手，还有共产党……"他咬牙切齿，又十分沮丧，"现在我们是战败国，又不能像以前一样，只能这样躲在暗处，像狗一样给人踢来踢去。唉，……英子，你回电吧……"他想了一下，改用平正的声音口授电稿，"猎豹：立即查清飞刀女和张立的身份，不惜一切代价夺回图盒。"

暮色已合，窗外山阴树影，空袤而冷僻，恰似一个失眠的人在打着呵欠，充满了人生的无奈与寂寞。男人的眼睛，投向了黑暗，仿佛人生的一切，远不如一个黑暗的世界来得更真切。

鲁平到余记铁匠铺订制两种特别的刀器。

出来时，他心情格外好。

铁匠铺的余老板送出门来，连宽亮的脑门子上都堆着笑，拱手道："鲁探长您好走，请您老常来光顾啊。"

鲁平也笑了，笑得很灿烂："好说好说，余老板请您用点好钢。"

"那还用交代，一定，一定。"

鲁平盯了一眼余老板刮得发青的胳腮胡下巴，打趣地说："老板，您这两天请不要刮胡子了，到时候我可要用您的下巴试刀啊！"

"没说的，您就放心吧！"

铁匠铺旁边是茶馆，吃早茶的人还不少，大多是各式各样的老头，一边品着茶，一边小声嘀咕，只有几个短衫客在撩袖子架腿肆无忌惮地侃大山。

鲁平警觉地扫了四周一眼，信步向前走去。潘祥被派去监视刘家大院，他正好抽身前往那个吸引着他的地方。

今天阳光也明媚，洗得万物苍翠流丹，雅淡闲逸。他更走得龙骧虎步般精神。他相信自己是一个刚强的人，博大的视野、奇诡的经历、永不疲弱的斗志、坦然而不乏韬晦的内心、复杂而又充满魅力的性格，塑造了他壮丽辉煌的活剧，也造就了令人扼腕而叹的命运。他常常以自己如浩瀚沙海中卓然独立的仙人掌，无法汲取、滋补什么，全凭自己的撑持而自豪，但他今天渴望着汲取和滋补，也仿佛得到了汲取和滋补。他来到了充满花香和魅力的竹篱门前，要叩竹扉的手却有些颤抖。她，如今裹在一团诡谲的迷雾中，这个如今的名伶到底扮演的是一个什么角色呢？如果她是……他心中一阵紧缩，几乎可以目睹的一丝丝割肉的疼痛涌向全身。

他终于叩响了竹扉。

吕静怡在家，她的花姑却一早出门了，现在屋里只有他们两个人。双方的心中都有一种莫名的喜悦和戒备。她把他引到客厅的盆景丛中，落座、敬茶、寒暄，寒暄之后是一阵微妙的沉默，沉默得室内的空气开始发紧。

"吕姑娘听说了茅山坪的人头案吗？"鲁平擤了擤鼻子，打破了沉默。

"哦？鲁先生问案来的？这案子很恐怖，也很浪漫，昨天天一亮全城就传遍了。可与我有什么相干呢?”她气度优雅地坐到了椅上。

“被杀的是商会会长刘庆仁,这种案子不简单呢!”鲁平继续试探着。

“哦?是他?这可太有趣了。他不是有紫龙盘窝痣,富贵一千年吗?哈,这样看来常神仙的话也不甚可靠了。这案子确实不简单,死的是商会会长嘛,你们当军警的这下可闲不住了,哼,要是死的是一个平民百姓,那就……唔。”吕静怡语含揶揄,一派幸灾乐祸的口吻。

“那倒不一定。只是这刘会长据说一向广施善缘,做了不少好事,况且在日本人面前很有点骨气……”鲁平瞟了她一眼。

“广施善缘?很有骨气?……”吕静怡声音里忽然噙着一股冷森,“这只狐狸,这条恶狼!他装着不挂日本旗,让日本人来抓他,给老百姓一个不拉稀洒黄的伪装,实际上一进日本人的门,就与日本人达成密约,日本人成了他的保护伞,他成了日本人的皮条客。贩毒、窝匪、绑票、告密,什么坏事没做绝?如今,他倒成了一个英雄,这个下三滥的狗杂种!”她说着说着,控制不住自己的感情,竟然破口大骂起来。

鲁平很感兴趣:“哦?不知吕小姐是从哪里听来的?”

吕静怡心中一震,知道自己失了口,她决不能把花姑推出来,只得以攻为守:“难道鲁探长现在审讯?如果我不说哪,不算犯法吧?”

“当然,小姐有这种权利。”鲁平慢悠悠地点着一支烟,“既然吕小姐字字确凿,大约不会是空穴来风,那刘庆仁该是死有余辜。”

“哼,死是太便宜了他。”她余恨未消地咬着牙。

“只是其中牵涉到一件重要东西。”

“什么重要东西?”

“一只玉镯盒。复仇者将一只镯盒顺手牵羊取走了。”鲁平目光灼灼地盯住了吕静怡,故意地把凶手说成复仇者。

“这东西很重要?”她似乎感到很惊奇。

“当然很重要,它关系到一个秘密,如果吕小姐能把它交出来,那就没您的事了。”鲁平说得很随便。

“什么?”吕静怡像从梦魇中醒过来一般,“这和我有什么关系?”

鲁平不动声色地深视着她：白色的内服，乌发披在肩上，丰腴匀好的姿态更增媚色，虽然眼神微露惊惧，但看去依然十分淡定。

鲁平哈哈一笑，从怀中掏出一张纸，展开，赫然正是下联“寒夜闻霜笑杀人”。

他抖了抖这一条幅，咄咄逼人地说：“这人不该留下这条下联。上次我有幸看过姑娘抄来的纳兰氏的两首词，而恰恰我又对笔迹学有相当的造诣。”

“你！”吕静怡脸色由惨白转为铁青，她重新站了起来，不丁不八，一只手缓缓地插进了衣襟。

室内的空气陡然注满了铅一般的厚重，厚重中有一股杀气漫开，逼得人透不过气来。

鲁平无动于衷地吐着烟，左手很响地擤了擤鼻子：“我知道你手上握着一把刀，很薄很锋利的刀，也知道你出刀又快又准，”他语言轻松得像在说故事，“我那个同门好友小时候就常常输给你，让你捏他的鼻子，捏成了个爱擤鼻子的毛病，而且，把这毛病和刀法一起传给了我，弄得我一激动或一感伤就忍不住要来这么几下子。”他又很响地发出了呼噜声，仿佛马上要打出一个惊天动地的喷嚏来。

吕静怡似乎有些站不住了，身躯微微动了一下，杀气立即消退殆尽。

“你……你到底是什么人？”她下意识地又颤抖着问出了这曾经问过的一句话。

鲁平脸上的肌肉抽搐了一下，岔开话题：“小杏儿！——这是我朋友告诉我可以这样称呼你，我知道你杀人，一定有必杀的充分理由，只是我那朋友也不知道你和刘庆仁有什么仇恨。不过，请你相信我，把那件东西交出来，我会说是捡来的。”

“我……没有什么东西可交的。”吕静怡有些绝望的慌乱。

“唉！”鲁平深叹一口气，叹得让人心惊它的深沉与压抑，“小杏儿，你先想一想吧，下午我再来。”

说罢，他头也不回地向外走，腰微偻着，走得很慢，像负着一块厚重的磐石。那张条幅，不知是遗忘，还是有意，被丢在了桌上。

吕静怡很慌乱，立即跑回房中，拿出那只镯盒，仔细地检查起来。

彩饰的小梨木盒，三寸见方，二寸来高，里面只有小小的一对玉八音镯，很精致，青白色的玉镯上饰了八块小玉片，一摇动就发出清脆的声音，有如乐曲般悦耳动听，但绝无秘密可言。盒里没有衬布之类，还是光光的梨木板，底面的中心，装饰着一个梅花形的凹纹。这秘密是什么？又藏在哪里？她迷糊了。突然，她想到花姑当时到处乱翻乱找，一定也是找这个秘密，但她也不知道这个秘密藏在哪里。啊，天！至少她是知道有这个秘密的，她没有告诉自己！她对自己也深藏不露、心有城府！这样看来，花姑把自己寻找仇人的目标引向刘庆仁，告诉自己刘庆仁胸口有那颗紫色的痣并帮助自己复仇，完全是有目的的！她又想到这些年来花姑的一些诡秘的举动。陡然觉得可亲可敬的花姑离自己远了，远到一团混沌的雾气中。

杀人的事呢？杀人的事又怎么办？又一个问题心惊肉跳地浮上来。这事已经被鲁平知道，他的面目同样神秘而模糊，这事确是非同小可了。镯盒，当然不能交出去，即使里面没有秘密，也是自己杀人的物证！想到物证，她又想到那张条幅——前晚心情激动之下留下的那个祸根。只要把它毁掉……想到这儿，她又慌忙跑回厅中，拿来条幅，划上一根火柴把它烧了，然后，再将小盒收起，藏到了只有她才知道的一条墙的夹缝中。好了，一切的证据都没有了，她只要咬住不开口，就是神仙也难下手了。她觉得心里踏实了些。这鲁平真是文杰的好友吗？他到底是怎样一个人呢？至少从现在看来，他是有意为自己开脱的。一想到这个年轻人，她心里的天平又剧烈地晃动起来。

小阿菊畏畏缩缩地来到警署门口，逡巡着不敢进去。

暗中尾随其后的潘祥走上前去，轻声问道："阿菊姑娘，你找谁？"

阿菊脸一红，眨着毛茸茸的大眼睛："我找……"她贝齿咬了咬嘴唇，才毅然说，"我找张立先生。刚才到报馆，报馆说他来警署了。"

潘祥问门卫："张先生在警署吗？"

门卫不屑地一耸肩："那个报社的小白脸吗？罗队长交代过不要随便让他进去，他在门口死乞白赖了老半天，遇见鲁探长，他又缠着人家闹，鲁探长才带他进去了。"

潘祥这才回身对阿菊说："好，你跟我来。"

潘祥把她领进去，罗琳、鲁平、张立正在谈论。

"张先生……"阿菊小声叫了一句，脸儿又艳艳的一红。

"哦，小阿菊，有事吗？"她的出现出乎意料，张立高兴得心怦怦地跳起来。

"我想……找你谈谈……杀人的事。"她有些害怕，嗫嗫嚅嚅说不清楚。

罗琳眼前一亮："哦？谈案子？你知道什么吗？"

她咬着嘴唇点点头，眼里充满了恐惧。

"坐下，不要怕，慢慢地说。"

张立热情地扶她坐下，拍着她的肩安慰她，感到她在瑟瑟发抖，又忙着给她端来一杯热茶。

她看了他一眼，拘谨消失了，眼里充满了感激的柔情。

"是这样的，那夜我看见了……后来，夫人说不许说……我不敢……就……"她脸儿红一阵白一阵，气儿又急促地喘起来，一阵阵幽香的热气呵到对面张立的脸上，张立立即觉得浑身又酥又痒的不自在。

"慢慢说，慢慢说，不要紧的。"他又重复地安慰了她一次。

小阿菊开始平静下来，细细地述说了那晚她目睹的一切。

晚上十二点左右，阿菊在房中绣花，听见夫人从楼上下来，叫了一声："阿菊，等下去把过道的灯统统熄了。""哎！"她答应了一声，将一朵波斯菊绣完，才准备去关了灯回来睡觉。为了回来方便，她总是从楼上过道关起。当她快到先生书房时，见里面灯儿亮着，她怕惊动先生，不由得放轻了脚步。走过书房窗前，她忽然听见里面发出一些奇怪的响动，好像不止一个人。就好奇地将窗纸儿戳了一个窟窿朝里偷看，这一看，吓得她几乎丢了魂儿。只见刘先生靠墙坐着，头顶和两耳旁钉着三把明晃晃的尖刀。他两眼瞪得老大，吓傻了一般盯着面前的一个黑衣蒙面人。这人手中拿着一把同样的尖刀，刀尖在他脸上比画了几下，"哧"地一声挑开了他的胸衣，轻喝一声："果然是你！"是一个女人的声音。另外，屋里还有个黑衣蒙面人正在翻箱倒柜地乱搜。忽然，听得一声闷哼，刘先生胸口挨了一刀，同时，阿菊听到楼下警房的警铃也响了起来。那拿刀的女人回到桌边，不慌不忙地提笔写了几个字，这才发现桌上放了一只打开的盒子，她仿佛十分惊喜，轻轻地拿起里面的玉镯对着灯照了照。这时，楼下已有了动静。于是她将镯子收起放入盒中，又把盒子塞进怀里。这才回到先生身边，把钉在墙上的三把刀拨出，先生的脑袋立即耷拉了下来。她想了想，左手揪住先生的头发，把脑袋拎起来，口中怒骂了一句什么，刀光晃了两下，先生的脸上开了一个叉，刀光又一圈，那脑袋不知怎么就拎到了她的手里。阿菊几乎吓昏了过去，但她一动也不敢动，木头人似的紧贴着墙。这时，先生的手下已乱七八糟地上了楼。拿刀的女人随手捡起一件衣服包起了脑袋别在腰上，向另一个人说："你找什么？快走吧！"那人不理她，还在不甘心地乱翻。这时，手下人已冲了过来，见她站在窗外，就大声问："阿菊，出了什么事？"阿菊用手指了指里面，说不出，脚一软，就坐到了地上。手下人踢开了房门，两个黑衣人武艺好得不得了，打倒了六七个人，冲下了楼，但先生的人很多，他们就这样从楼上打到楼下，从楼下打到院中。阿菊忍不住，又挣扎着趴在窗口看。那个女的腿很厉害，专踢对方的脸，她打倒了几个人，一抖腰带，那条带子不知怎样一下子变成一两丈长，她手一挥，带子抖得笔直，扣住了墙外的树杈，也不知是什么功夫，人一悠，就雀儿般上了墙头。她的手又一抖，口里喊了声："接着。"那条带子就飞了下来。另一个黑衣人一把抓住了带头儿，墙上的女人一用力，墙下的那人就也上了墙，这时，孔管家掏出了手枪刚要射，那女人从墙上扳起一角砖头一甩，刚好打中了孔管家的手，把手枪打得飞出去丈多远，两个人就都从墙上消失了。这时夫人也来了，她叫大家别追，和孔管家商量了好一阵子，就吩咐大家收拾场子，还把阿菊叫去，再三交代不许说出所看见的事情。

"孔管家？长得什么样子？"鲁平插上一句。

"三十多岁，脸长长的，鼻子很高，还有些勾，他的眼睛好怕人，像……像……"阿菊想不出合适的比喻。

"是不是像老鹰的眼，又小又圆，有些下陷，闪着凶光？"潘祥补充一句。

"对了，对了，就像老鹰。"阿菊说出这句时，好像还不由得打了个寒战。

"昨天我们怎么没见到他？"鲁平又问。

"那天晚上，夫人不知派他上哪儿去了，到现在也没回来过。"

"另一个黑衣人是男的还是女的？"罗琳问。

“他没有说过话，又是晚上，我看不出来。不过，他身材也很清瘦的。”

“你还看见什么吗？”张立仿佛自己立了大功一般高兴。

阿菊不知所措地摇着头。

“好，太谢谢你了，你回去要像没事人一样，千万不要告诉别人。”罗琳反复交代着，“要不，你会有危险的。你还是跟着兰芳夫人，盯紧点，发现什么可疑的事，就告诉我们。”

“那个孔管家如果回来了，你就来说一声。”鲁平也叮嘱一句。

“嗯，嗯，我会。”阿菊信赖地点点头，又天真地问，“你们不会把我的话告诉夫人吧？”

“不会，绝对不会。”张立握住她的手，“你放心吧！”

阿菊脸又红了，她用力把手抽出来，向着张立笑笑，说：“我走了！”然后一溜烟小跑着出去。

“这小姑娘真纯洁，真可爱！”潘祥不由得赞道。

“是不是马上拘捕兰芳？”罗琳有些心急火燎了。

鲁平不做声，眼转向了潘祥。

潘祥意识到他的目光，接口说：“我的意见，先不要惊动她，对她的身份也只能猜测，事实上，她是不是天狼爪还未可知。另外，我估计那份什么图很可能在镯盒中，因为它装不下很大的东西，现在必须先找到镯盒！”

“那好，潘警官，你今天还是去负责组织人监视刘府，我们再去分头摸摸情况，不过，你们的监视哨一定要找一个隐蔽的地方。”罗琳开始分派任务。

“这地方鲁兄早给我找好了，就是那棵槐树的树洞里。”潘祥道。

“确实不错，鲁兄，亏你想得出。”罗琳很满意，说完，他回过头来对张立冷冷地道：“张兄，这儿是警署，毕竟是办公事的地方，不像到司令家串门儿，你一个记者，常常串进串出的，容易遭人误解，今后还是少来为妙。”

张立反唇相讥：“我今天已经吃了闭门羹了，罗兄的衙门深得能淹死人，我现在想起来还有点儿害怕，还敢谈下次？”说完就哈哈一笑地走了。

鲁平看着张立银灰风衣一飘一摆的潇洒背影，毫无表情地自语：“这个张立，热心太过，怕是有点儿醉翁之意吧！”

罗琳的眼中立刻燃起了一股疑嫉参半的火苗。

七里铺茶馆生意不错，这里卖的是药茶：午时茶、六一散、桑菊饮，既能清热解毒，又可祛邪避瘟，三教九流之人常来此处喝上一碗，吹三侃五，云山雾罩地逍遥一阵，许多见不得人的生意就在这氤氤氲氲的气氛中达成协议。

秋高气爽，花姑今天打扮得特别俏丽，伴着一位书生模样的人占了角落里的一张桌子叽叽咕咕、扯闲唠嗑。

堂倌精神十足，穿一件土布对襟坎肩，托着一托盘八只粗茶碗，右手提起烧得精光铮亮的龙头大铜壶，粗胳膊一展，来个白鹤亮翅式，腱子肌耗子般地窜动，大铜壶漂亮地倾斜了，壶嘴射出一股琥珀色的热液，左手托盘变魔术般地移动，片刻，八只粗茶碗里茶香喷人地斟满了茶——满得堆起几分高，却又滴水不溢，这手精深的绝活，赢来了个满堂彩。堂倌更起劲地晃着满头汗，唱着跑堂歌，满厅游走开了。花姑两颊艳扑扑地像喝了酒，轻佻地一推书生："老七，别看你会写几句歪诗，你那点儿下水还糊弄得了老姐姐我？你那根狼鞭儿又在挺括括地发痒了吧？不过，"她顿了顿，脸儿就拉长了，眼角上挑，细长好看的眼睛半眯了起来，挤出了冷灼的杀气，"你搞别的女人，搞个千儿八百，老姐姐醋屁也不放一个，如果你想打我家杏花儿的主意，哼哼，老娘的花剪可好久没开荤了，你就看着老娘怎样剪掉你那根狼鞭儿！"

"你想到哪儿去了，你以为我邱吟诗除了睡女人就不做半点人事？"那书生面有得色，"五姐，我今儿约你来，可是来救你的啊。"

"此话怎讲？"花姐警觉起来。

"你干了大逆不道的事儿才两天，不会就不记得了吧？"

"你说什么？"花姑脸色开始泛白。

"嘿嘿，五姐，你道是割个狼头，像刀儿劁猪卵子那么容易？"

花姑一颗怦怦乱跳的心陡然下沉，沉入了冰河底下。她知道天狼帮帮规之严。

十六年前，刘庆仁恢复此帮极为秘密，入帮要经过求修、拜门、发愿、求经四大关。模仿当年帮主以西方白虎七宿立坛，手下七坛，分别为奎、娄、胃、昴、毕、觜、参。奎坛老大天狼魁自任，娄坛老二天狼胆、胃坛老三天狼眼、昴坛老四天狼心、毕坛老五天狼肝、觜坛老六天狼爪、参坛老七天狼鞭，各坛主与奎坛（总坛）天狼魁单线联系，连总坛开香堂时，各坛坛主都要戴头套，互不相识，互不干涉（当然，久而久之，他们私下大多认识），凡有出卖本帮或泄露本帮机密者，三刀六洞后割去五阳魁首，敢于以下犯上者将凌迟至死。花姑原是一个俏丽的女花匠，十五年前，被刘庆仁诱奸。她年龄不大，野心不小，懂得权力的获得必须具有三个条件——金钱、地位和拥护者，她想到人生的年华有限，几十年不过是大自然赋予人类的一点机缘，她要抓紧这一点机缘，使自己生命的价值达到应有的最高限度。于是，她出卖色相，用尽心机，希望登堂入室，做刘庆仁的夫人，于是全心全意为刘庆仁创立黑帮。不料，半路杀出个程咬金，比她更年轻更漂亮也更有手腕的女贼兰芳获取了刘的欢心，她这个姘头也被当作刷锅的扫帚，用完就给撂到了一边，并不能如她的绰号天狼肝那样成为刘的心肝宝贝。而且刘还只许她当花匠，不许招摇，不许发展帮众，以花匠的职业为他在上层社会做坐探、拉皮条、当眼线。她这个毕坛坛主实际上是寡人一个。吕静怡投奔她后，才伴着这个师侄女度着清苦的光阴。金钱、地位、拥护者这三个用幻想堆成的砂器全被洪水卷走，她只觉得心头所剩的只是一片汪洋的酸水，叫她如何不怨恨。她不想让人借招牌卖酒、将骨头熬油，一直在暗中窥测着飞黄腾达的机会。不久，她勾搭上了老七邱吟诗。因为她知道了这个披着斯文外衣的采花贼，不但会眠花宿柳，而且消息灵通，又得到兰芳的欢心和宠爱，这条狼鞭可以从床第之间的枕边帐底，听到不少有用的东西。果然，她从他酒后吐出的信息，知道了刘有一大批藏宝，有一张藏宝的花名单，花名单上还附了藏宝的地形图。于是，她杀心顿起，利用师侄女，暗杀了帮主。可叹的是，鱼未吃到沾了一身腥，藏宝图没找到，如今倒被这条狼鞭抓住了把柄，叫她如何不心惊肉跳、毛骨悚然？看来，要拼个鱼死网破，一旦拼上了阵，就没有文绉绉、酸溜溜的场子了。想到这里，她一横心，从牙缝中挤出一句："你都知道了？"

话一出口，她的面孔由白转青，两只眼下的积肉在微微跳动，冶荡忌刻的桃花眼射出两把刀子似的光，将邱吟诗牢牢地盯住。

邱吟诗心头打了个寒战，脸上却一脸恼怒："五姐，这儿不是耗子洞，你何必把那副猫相挂在脸上？不要说我老七和你有一腿，多年的炕凉不了，就是光凭咱俩的交情，你看我会做反水卖友的事吗？我不过见你眼下大祸在即，还蒙在鼓里，才来和你通个声气，打个响片，想不到你却横眉怒目，真让我老七冷水浇头怀抱冰，太让人心里过不去了。"

"那好，兄弟胸襟洒脱，义薄云天，姐姐谢了。"花姑脸上的霜雪始见消融，又有点风花雪月卖弄妖娆的劲头了，"告诉姐姐，这事还有谁知道？"

"这我也说不准，不过老三他们向我旁敲侧击地暗示过，我给他来了个一推六二五。"

"那你是怎么知道的？"花姑逼问一句。

"哈，那天夜里，我想来找五姐叙个旧，不意就遇上了这档子事儿。"邱吟诗一对小眼睛挤了挤，作了一个含蓄的暗示，"这就叫作天天有神仙下界，时时有机会发财了。"

"此话怎讲？"

"哎呀，我的老姐姐，你鸡腿子都进了嘴巴，还来和兄弟卖什么关子？"邱吟诗把头凑过来，耳语道，"五姐，动人春色不须多，我只要个三成，如何？只要让兄弟我分一杯羹，这血海大的干系我们一起背。"

"哦？你有这个胆量？"花姑语含揶揄，"要真茬上了，怕光你那条 × 鞭儿也兜不住的。"

"嘿嘿，"邱吟诗一声冷笑，"你别来给我叫板儿，如今是一片江山在赌局。草莽龙蛇，谁不在搏命？在世功名，不如在生富贵，赢了，富贵荣华受用一世；输了，光棍犯法，自绑自杀。三刀六洞，兄弟决不会拉稀洒黄，拿你五姐出来顶缸。"

花姑用手摸了摸梳得溜光的巴巴头，一个媚眼飞得水灵："嘻，你别木脑壳丢翳子（木偶人飞媚眼）假仁（人）假义。五姐虽说是残花败柳，但总是实心待人，疼起个人来挖心割肉也不为过。可就是有人啦，你就是倒贴他身子，倒贴吃喝花用，也得不到他半两人心，除了茶馆提劲、酒楼撒疯，拿五姐的钱三文不当二五地乱花外，就知道吃着碗里看着锅里，还挖空心思给五姐使绊马索儿，一边使一边还要五姐把副驴肝肺当好心，七兄弟，你可不会是这种人吧？”

花姑发挥得如连弩飞星，夹砂带刺，攻守兼有，却又静气自如，力持风范，并不嚣张。

“哈哈，五姐，看你说到哪里去了。人心都是肉长的，五姐的好处别人不知道，兄弟我还不晓得？”邱吟诗装疯卖傻，淫淫地一笑，悄悄在她腿上拧了一把。

“好处？嘻嘻，兰芳那婊子也没少给你吧？你舍得反了她？”

“她只是‘盘子’光鲜，那一身肉，还没五姐你的鲜嫩呢！”

“你别歪嘴吹喇叭，全一股邪气，说真格的！”她怒气冲冲横了他一眼。

“好吧！说真格的！俗话说‘若想吃香拜师娘’，你以为老子真会吃她孟婆婆的迷魂茶？老子看的是老大的金面！老子为人的原则是：男女大欲，逢场作戏。那个人尽可夫的东西，不玩白不玩，见猪不整三分罪嘛！老子平日里被她支使得屁颠颠的，早恨得牙痒痒的了。如今，老大一倒，你以为老二、老三、老四他们会雌伏她的裙下？这群王八蛋，都是他妈的袋里的锥子，人人有个小九九，哪个不想趁浑水打虾笣？只要我们财宝到手，高飞远飏，谁去管他甑子翻不翻呢？”邱吟诗终于说出了他的真心话。

“嘻嘻，这真是弯弯田就有弯弯路，有浑浑水才养浑浑鱼。”花姑放心了，“不过，我只怕你是老太太拉屎——没后劲儿。”她又叮上一句。

“哼，你可别小看人，老子当年也是一个黑煞星。住在深山不怕虎，你以为老子卧薪尝胆，就是甘心做人儿子的料？”邱吟诗清秀的五官全扭曲了，露出了一脸狰狞。

“好，好兄弟，五姐服了你了！”花姑笑了，笑得妩媚顿生。

“花姐眼睛生得乖，像送子娘娘主财，屁股生得大，像观音菩萨好坐莲花墩，主富又主贵啊。”邱吟诗顺手在她胸脯上摸了一把。

于是，满天雷霆化为巫山云雨，两张脸都春光外泄了。

“不过，姐姐有桩为难的事，兄弟你听了可别伤心啊。”花姑柳眉儿又锁了一锁。

“什么事？你说。”

“其实，那晚我抄了个底朝天，也没找到那张劳什子图。”

花姑估计他会翻脸，暗中早已运起了气，站好了桩。

“哈，你别开心了！”出乎意外，他笑得很爽，“那个镯盒不是被你拿去了吗？”

“什么？镯盒？图在里面？”花姑连嘴唇也哆嗦起来。

“镯盒是杏花儿拿的，我看过，什么也没有。”

“里面一定有秘密！”邱吟诗说得十分肯定。

“你怎么知道？”

“兰芳在千方百计找它，成天为它急得要命！”

“真的？那，快回去，要杏儿拿出来，再查一查。”花姑着急地站了起来。

邱吟诗止住了她：“如果她不肯拿出来呢？”

“她会的，她很听我的话。”花姑很自信。

“好吧，不过，我可要同你一道去。”

“你这小畜生，还不相信我？”花姑又嗔又娇地伸出兰花指，用力在他额上戳了戳。

“哈哈，做事还是稳当一点好，何况我还真不忍心和你分开呢。”他顺势一把抓住那只手，放在嘴边乱吻。

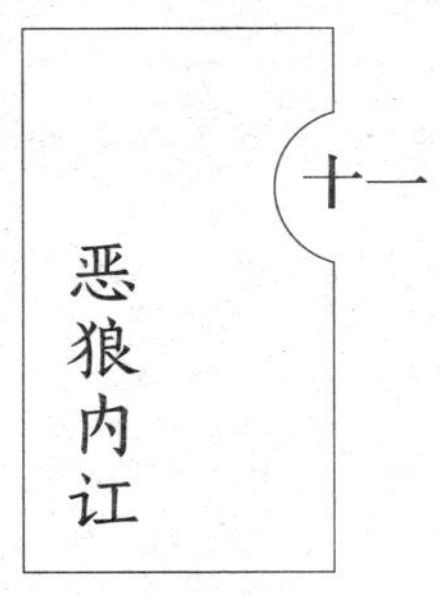

十一 恶狼内讧

专员公署的小洋楼上。

伍专员正和王司令密谈。

伍专员一边浇着一盆君子兰，一边对坐在沙发上品茗的王司令说："司令，形势变化很大呀，日本人投降后，共产党十分嚣张，他们很会玩民意牌。各地学潮、工潮不断，打着反内战、反饥饿、民主自由之类的旗号和我们捣乱。毛泽东胆子也真大，亲自飞到重庆和咱们摊牌，连老头子都慌了手脚。"

王司令吹了吹浮在一起的茶叶，不以为然地说："一个毛泽东，又没带千军万马，何惧之有。喂，老兄，别的我不管，那个和我有关的'ＰＭ'计划，到底什么时候批下来？"

"王司令，心急喝不了热粥嘛，本来早就批下来了，咱们局本部主任秘书毛人凤给我透露，戴局长奉老头子的命令到上海抓周佛海，耽误了些时日，听说这一两天就会批下来的。这计划可是党国的绝密，你可要慎而又慎，先着手安排。我们得到确切情报，共产党有一个代号'满月'的间谍，正在蒙城伺机而动，你千万不可掉以轻心。对于你周围的人员，要逐个甄别，无论如何，不要让共党钻了空子啊。"

他观察了一下正在喝茶的王立威，不阴不阳地点了一点："比如说，鲁平这个人……"

王司令厌烦地抬了抬手："好了好了，我知道怎样做。"

"那好，那好，……我不过给司令提个醒……"他见司令无动于衷，便转换话题，“这茶可是黄山毛峰，怎样？品出点味儿来了吧？哈哈！”

“嗯，不错，比我那儿的碧螺春要纯正些。”

“那我明天叫人给您送几盒过去……哦，听说刘庆仁的案子挺棘手？要不要我给你挑俩行家去帮帮手？”

“不用不用，我的人手挺多，你专员公署倒是孤家寡人，我还耽心您老兄的安全呢，要不要我给您派些警卫人员来？”

“哈哈，哈哈，”伍漫天开心地笑了，“不用了，我可不像司令，有职有权，谁会打我的主意呀！”

“哦？那好，我还有事，回见！计划下来了，请给我送来。”王司令起身，从衣架上拿下军帽。

“不多坐会儿？……好，您慢走。卫兵，送客。”

王司令才走，伍专员的五官就收紧了。他叫来手下，火气很盛地吩咐：“通知‘白狐’，再盯牢点，限他五天之内，顺藤摸瓜，找到藏宝下落。戴局长已经和美国人谈妥，半月之内交货，要是延误期限，他应该知道后果！”

吕静怡正心慌意乱，连中午饭都没心思吃，直等到下午一点，才见花姑回来，讨厌的是，她还带来了一条尾巴，这尾巴又恰恰是她最腻味的那位歪诗人。

“花姑，你怎么才回来？”她有些气恼。

“遇到几个老姐妹，一唠嗑就是大半天，唉，搞得连饭都没吃，真烦人，你吃了饭吗？”

“我不想吃。”吕静怡皱起了眉头。

“吕小姐，您在家？”邱吟诗上来搭讪。

“邱少爷，您有事吗？”她不得不和他寒暄。

“没事没事，随便走走，来看看您和花姑。”

他见吕静怡不再搭理他，便拼命地寻找话题：“吕小姐，我真钦佩您，昨晚您反串的那出《罗成叫关》，真是绝到顶了。那一声高腔，真是响遏行云，荡魄回肠。还有那出《游湖、断桥、盗仙草》，难度多大，玩命儿一般。唉，这班子全靠您独挑大梁。您看，全揽主角、连赶数角、刀马青衣、反串武生、小生、兼演不同流派，也真亏了您，大家拍手叫好，哈哈一乐，也不知您有多累，多辛苦啊。”他满面同情与仰慕，一个头摇得拨浪鼓一般。

吕静怡见他那份真诚，那份热情，也不由得不感动：“蒙您抬爱，我们生就的苦命，总要混口儿饭吃。”

“哪里话。”邱吟诗一脸正色，“这是艺术，真正的艺术！比如说，原来我不爱看梆子戏，总认为低级，下里巴人的东西，京剧才有高水平。在北平、上海，我看遍了梅、程、尚、荀，曾为他们精湛的演技陶醉。像荀慧生的《红娘》、尚小云的《昭君出塞》、程砚秋的《锁麟囊》、梅兰芳的《贵妃醉酒》，还有杨派的武生赵云，马派正宗乔玄，那青衣花旦、文武昆乱、唱念做打，无一不让人叫绝……”

他的一本戏经，把爱艺术的吕静怡吸引住了，不由得注意地听起来。于是，他更精神了：“可是，自从看了你的演出，我的观念简直全部翻新了。好像艺术的殿堂为我挑开了一张新的帷幕。原来梆子戏里还有如此之多的妙处，这里面的乡土气息，这里面人情味儿，哪里是京剧里能找得到的？这些妙处是不是地方剧种本身所具有呢？非也，我看过黄梅戏的《天仙配》、评剧的《花为媒》、花鼓戏的《小放牛》、豫剧的《花木兰》，都是一些下里巴人的东西，是您的表演艺术，起到了化腐朽为神奇的力量，是艺术中的精粹，是文化走廊中的珍品。”一番云云雾雾的话，差点把吕静怡听蒙了。

花姑见他信口开河，越扯越远，给他使了个眼色，那番耸人听闻的高论才未得尽兴地打住。

“杏儿，你来。”花姑招了招手，吕静怡走了过去。

“你那个镯盒儿在哪里？去拿来我看看。”花姑在她耳边小声耳语。

吕静怡心里一跳，立即警觉起来。

她一皱眉头：“昨晚赶夜场，在路上丢了。”

“丢了？”花姑半信半疑，不由得提高了声音，“怎么会丢了？”

“我怎么会知道！”吕静怡没好气，声音也随着提高了。

“哎呀，你们在吵些什么？吕小姐还没吃饭呢。刚才听花姑说也没吃饭，刚好，小生不才，为了赶写几首歪诗，也没祭祭五脏庙，请两位赏小生一餐饭吃如何？”邱吟诗装出一副滑稽可笑的可怜相，用戏腔念出最后几句。

吕静怡正好借梯子下台，回避那个棘手的问题：“我们还没小气到这种地步。不过，没什么好菜，吃了怕毁了你的灵感，坏了你的诗意。”

“不要紧，只要给我来个什么汤就行。”他立即用夸张的声调朗诵，“啊，‘我吃的是草，挤出来的是牛奶、血’。知道嘛，这可是左翼大文豪鲁迅的诗句。”

吕静怡忍俊不禁，心想，怎么诗人尽是这样一些小丑似的洋相鬼？“那好，你等着。”说完，她就小跑着下厨房去了。

等吕静怡走了，花姑不由得埋怨起邱吟诗来：“你这鬼东西，我才要逼她拿出来，你怎么横里插上一杠子？吃饭，吃饭，现在你还有心思吃什么饭！”

邱吟诗在她的大屁股上用力拍了一把：“她既然说丢了，就决不会一下子改口，吃了饭再说，山人自有成竹在胸！”

不多一会儿，吕静怡端出了一个红漆托盘，托着三菜一汤，一小壶酒、三个小酒盅。

菜是青豆烧肉，酱焖豆腐，鸡脯、腰花、鱼片炒三鲜，一小盆葱花鸡蛋汤。菜馔用清清爽爽的白瓷盘装着，热气腾腾的，实在诱人。她又用三只镂花小瓷碗盛上三碗米饭，往桌上一放：“喝酒还是吃饭，请自便。我已经是倾己所有了，素馔村醪上不了台面，委屈你大诗人了。”

“哎呀呀，”邱吟诗受宠若惊，“咂咂，真看不出，我们的艺术家还有这样一手绝活，色、香、味、型，无一不佳，装进我这俗人的腹中也太委屈它们了。来来来，花大姐，快请、快请！”

花姑无可奈何地坐下了，吕静怡也打横儿坐下。

邱吟诗端起一碗饭，举筷子一招呼：“酒我不用了，对不起，今天我实在是饿坏了，不怕吕小姐见笑，别看我西装革履，其实餐餐啃几个窝窝头，和您一比，我算白活啦！”

说完，自顾自大口吃起来，一边吃一边赞不绝口。

两人见他吃得狼吞虎咽，肚子里也实在空得很，不觉间也有了食欲，跟着有一下没一下地吃起来。

邱吟诗一碗饭下肚，又盛一碗。然后拿起汤勺，舀起一勺汤，喝完，大声赞叹：

“哎呀，好鲜的汤呀，也不知你是怎样调出这味儿来的。”

说着又喝一勺，再喝一勺。汤热腾腾的，他汗都吃了出来，掏出手帕擦了擦汗后，又去舀第四勺。

才把汤舀起来，他像想起什么事似的又把汤倒了回去，笑着说：“好险，这汤实在太好吃太诱人，让我差点儿坏了规矩。”

“哦？喝汤还有什么规矩？”吕静怡感到奇怪，忍不住地问。

“当然，这是我的规矩。一餐最多只喝三勺汤，听一位诗坛老前辈说，他有一次喝了四勺，从此以后再也没有灵感了。这规矩上十年我也没坏过，我不能因为做一次馋嘴猫儿，弄得下半辈子失业啊。好了，我不能再喝，只有留给你们了，快喝快喝，莫辜负了这样一碗好汤。”

他的话充满了夸张和幽默，两人不由得胃口大开，也都舀起汤喝了起来。

喝了几口，并没喝出什么特殊的好味道来。

吕静怡咯咯一笑：“也不过如此而已，邱先生大概半年没喝过汤吧。”

说完这句，她突然感到不对劲，眼前人物一下子模糊起来，看见花姑站了起来，摇摇晃晃地一手扶着头，一手指着邱吟诗：“你……你……”接着，她突然莫名其妙地失去了意识。

等两人被迷药麻倒，邱吟诗一阵狂笑：“看女人，老子透皮看瓤儿，哼，都他妈有这爱听奉承话的毛病，一大一小，今天老子他妈真的交上桃花运了。”

他找来两根绳子，先把花姑结结实实地捆起来，捆到吕静怡时，他心火难熬，先大大地轻薄了一番，才狠狠地自语：“若老子不是要搞到东西，就先拿你这个小婊子煞火！”

把人捆结实后，他等不得药性过去，到厨房提来一桶凉水和一把菜刀。

提起水桶，一人一半，劈头盖脸地浇下去，心想，今天只要用点水磨功夫，不怕不把那东西磨出来，等那时，再来美美地享受这个尤物。

花姑和静怡悠悠醒转，一挣之后，大惊失色。

“你……你在汤里下了迷药？”花姑醒悟了，她真后悔，怎么会对这个淫贼出身的下迷药老手没有半点的提防，自己对他知根知底，竟然也闹了个阴沟里翻船，实在该死。

“老姐姐，你今天可走眼了。我喝第三勺汤后，当着你的面把药倒在调羹内，你却只当我在用手帕擦汗，这真是大意失荆州，太不值得啦！”

邱吟诗一语点出了她的心思了，更像刀子般戳她的心。

“你这个畜生，快放开我！”吕静怡愤怒地挣扎着。

邱吟诗毫不理会，一声狞笑：“静怡小姐，咱们先礼后兵。我知道，你杀了天狼帮的刘帮主，但我不怪你。只要你交出那只玉镯盒，我姓邱的决不动你一根毫毛。如果你不交出来，嘿嘿，你知道我的绰号吗？我叫天狼鞭，这鞭嘛，就是那玩意儿。”他做了个十分猥亵的下流动作，“那时，你就会后悔生到这个世界上来。”

吕静怡又惊又怒，拼命挣扎：“你这个下流坯子，我要杀了你……”

“杀了我？”邱吟诗阴阴地笑着，走上前去就要动手。

“不许动她，你这该杀的下流贼！”花姑大喝一声。

邱吟诗想了想，退了回来，笑吟吟地摸起菜刀，走到花姑面前，又回过头对吕静怡一笑：“好，吕小姐，你先看着，看我怎么收拾你的花姑。她可是哺养你的恩人，你总不能见死不救吧。如果我收拾了她，你还不说，我就再变着法儿收拾你！”

说完，菜刀一划，花姑胸衣尽开，露出雪白一片胸肌和两只硕大的乳房。

他一伸手，抓起一只乳房，用刀在上面比画着：“吕小姐，你如果还不说，我就要把这坨肉切下来了！”

吕静怡觉得一把犁在心头犁过，花姑毕竟是她唯一的亲人，她决不能让她受到如此残酷的伤害！

她刚要把镯盒说出来，花姑却先她开了口，说出了一句她无法相信的可怕的话。

花姑惨喝一声：“七弟，你真要背信弃义，对你五姐下毒手？我天狼肝到阴曹地府也饶不了你！”

邱吟诗长叹一声：“五姐，现在只能怪你自己了。我本意是演场戏，吓吓她，让她说出来，现在你既然亮了底，就逼得兄弟假戏真做了。”

“你……你是和他一伙的？花姑，这不是真的吧？你说，你说呀！”吕静怡一声哀叫，如杜鹃泣血。

花姑看着她的一双眼，那眼神这么的善良真挚，期待地闪烁着，可它却看不见即将展现的阴森冷峻的暗夜，看不清暗夜中那苍凉凄楚的漫漫人生。她不敢想象，当这双眼睛穿透了虚伪的生活直视到森冷的暗夜时，它将会变成什么样子。然而，她不忍心让它在虚伪面前再挚诚地闪烁下去，不，那简直是罪孽！

报应，这是与豺狼为伍的现世报应！她在痛楚中痉挛，在苦思中挣扎，在沉滞的血液里摄取尚未蜕变的人性的细胞。然而，一切都晚了，谋取金钱和权力的欲望，蒙住了她的眼睛，现在，当她狡黠的意识苏醒过来时，面前已有肆无忌惮吞噬她及她所爱的人的狂涛，她这个成天在林莽中狩猎的人，荷枪实弹四处追寻，不意猎物正是她自己和与她相依为命的人！

“当然是真的！她是刘庆仁的姘头，天狼帮的老五天狼肝，也是我的五姐姐。要不，她怎么知道刘老大胸前的紫痣？”邱吟诗像猫儿戏老鼠，尽情地要弄着她心头的伤口。

吕静怡的心沉下去了，沉下去了，沉到了黑暗的底层。她觉得有一只猫爪，在抓挠着她扩张的血管和搐动的神经。旋即，这种感应剧烈起来，她觉得浑身燥热，口干舌燥，浑身浸湿，她恐惧、她惶然、她战悸，头脑鼓胀，仿佛所有的血液都涌积在那里，翻腾，汹涌，她拒斥、反抗，大汗淋漓却无济于事。

“杏儿，原谅我，是我害了你！”花姑嘶着嗓子狂叫，泪下如雨，声音和泪水一样凄楚。

“啊！”一声惨号，像利物划过玻璃。花姑疼得面目扭曲，蜷缩在地。

“快说吧，吕小姐，我这只是一个开头。”

“你这个畜生，……杏儿……别说。”花姑断断续续地喘着。

吕静怡全身痉挛起来，她闭上眼睛，两颗泪珠，挣脱长睫的牵绊，亮晶晶地爬到了惨白的面颊上。

“怎么？吕小姐，不敢看啦？交出来吧！交出来我马上放了你们。”

“不！”吕静怡嘴里发出牙齿相摩擦的声音。

“那么，请你睁开眼来看，看我给你取出这副天狼肝来。怎么？没胆量啦？”

吕静怡猛地睁开了眼，瞪得圆圆的，那眼犹如两颗冰胆，照得邱吟诗从心底着着实实打了好几个寒战。

他恼羞成怒，“嘿嘿”冷笑连声，菜刀“豁”地一挑，挑断了花姑的裤带，又白又亮的腹部立即和胸腰连成一片裸裎了出来。

“小姐，看好了！等下对你可没这么便宜！”说着，刀随着揪心的惨号慢慢地落下……

吕静怡的眼前晃动着一片血红，血红的一片中浮动着一张狰狞的脸。

“说吧，吕小姐，我可不愿你美丽的身子变得和她一样！”

吕静怡感到冷飕飕的刀锋贴在了自己的领口上。

“不！”她疯了似的狂吼一声。

“说吧！”

刀锋刺骨的冷气向下走，衣襟剖开了，露出两半凝脂白玉般的乳房。

“说吧！”

那声音变了，从上下滚动的喉节间挤出来，伴着粗重的喘息，映着一对布满欲望的血红的眼睛，是那样的恐怖、阴森。

吕静怡的意识空洞洞的，空洞里只觉得全身皮肤发麻，“鸡皮疙瘩”！她脑中莫名其妙地浮起这个古怪的字眼。

拿刀的手颤抖了，控制不住的欲望加快了它向下滑行的速度……

“把刀放下。”一个更冷的声音在邱吟诗的背后响起，冷硬得似乎来自阴曹地府，“走一边去！”

邱吟诗全身沸腾的血液陡地凝固了。

那个声音有着不可抗拒的魔力。他觉得整个背部被一片寒冽笼罩着，手不由自主地垂了下来，人也机械地向旁边移了五步。

是他！吕静怡看见了一张毫无表情的脸，一脸红丝固定得它像一个面具。

鲁平走了过来，在给她松绑之前，用左手拉拢了她被划开的胸衣，遮住了一片动人心魄的春光。

“小心！”

吕静怡突然瞥见邱吟诗在他背后发疯似的扑来，恶狠狠地举起了菜刀。她脑中一阵轰鸣，不由得大叫一声。

鲁平没有动，左手仍然抓牢她的胸衣，右手懒洋洋地向脑后以一个不可思议的角度挥了一圈，像要赶走后颈窝上一只嗡嗡叫唤的讨厌的苍蝇。

然后，吕静怡看见，邱吟诗陡地站定了，两眼奇怪地鼓起，满是不可相信的神色，他喉咙发出一种恶心的咕噜声，细看之下，才能发现，那咕噜声来自颈脖的一点红色，红色里面好像有一根管子的断头，不住地冒出泡状的液体来，然后，邱吟诗咣地一声倒了下去。

鲁平并未回头看，他右手收回来，手心平空多了一把刀，一把很小很小的医生用的手术刀。

刀又一晃，吕静怡觉得两手松开了。

“鲁先生……”吕静怡一身发软，才站起来，又不由自主地一头倒进鲁平的怀中。

她无声地啜泣起来，同时感到鲁平温暖的胸膛抽搐了一下，接着便窸窸窣窣地抖动起来，抖得像一张寒风中的落叶。

“你……你受伤了？”她吓了一跳。

“没有，我很好。”颤抖陡地又停止了，鲁平把她扶坐在椅上，然后松开手，走开了去。

一会儿，他拿来一件大衣，披在她肩上：“穿上吧！”

她听话地穿上了，并扣住了前胸的衣扣，然后，心有余悸地瞟了一眼邱吟诗的尸体，叹息道：“鲁先生，你刚才那一刀，简直太神了，神得让人不敢相信。”

“你的刀法更是鬼斧神工杀人不见血呢，那晚的第二天，我鉴赏了你的杰作。”

“哪里，比起先生来差得太远了。”她知道他什么都知道了，便直言不讳。

“看，我们怎么互相吹捧了起来？其实，我们是师出同门呢！”鲁平顺口道。

“你说什么？”吕静怡又是一惊，声音重新颤抖起来。

“啊，我是说，我的刀法是周文杰所传，他和你不是同门吗？”

“你说文杰……”吕静怡两眼又露出热切的希望来。

“对不起，我又和你提起这位死去的朋友了，我知道你想问他的情况，但请原谅，今天又没有时间。”他指着尸体，双手一摊，看到吕静怡失望的眼神，又忍不住安慰她，“以后吧，以后我一定会详细告诉你的，哈。”

“你……你怎么会来的？”她恢复了镇静，也感到了刚才袒胸裸怀的羞赧，红着脸，一只手下意识地抓牢了大衣的前胸。

“我不是和你约好下午会来嘛？这是怎么一回事？”鲁平下巴向尸体努了努。

“他……他们，”她顿了顿，很不情愿把花姑和邱吟诗相提并论，“他们都是天狼帮的，她是天狼肝，我刚才才知道的，他是天狼鞭。”她余悸在心，用发抖的手厌恶地指着尸体。

“他们都是为了那件东西？”

鲁平冰冷的男中音里似乎有一种磁性，听在耳里发凉，进到心里却让人觉得温暖可亲。

“嗯。”她明白他指什么，点点头，一下子变得孩子般的顺从。

“你没有给他们吧？”

吕静怡又温顺地摇摇头。

“好。我上午让你考虑,现在考虑得怎样？能给我吗？”声音还是那么平和，没有欲望，没有威胁。

吕静怡想也没想，就果断地点点头，然后站起身来，向房中走去。不多久，吕静怡换了一套菊黄色的衣衫，十分郑重地捧着玉镯盒走出来。

她已经把刚才松散零乱的头发盘在了脑后，露出一截藕似的脖颈，捧盒的手因衣袖的上扬，两只手臂光滑洁亮，整个身躯经背后窗口的亮光一照，美丽无瑕得令人缱绻、令人遐思。那一张刚洗过的容颜，弯弯的眉毛湿润而根根清晰见底，红红的嘴唇微微地上翘，像一只小舟在平静的湖水中泛开。

鲁平怔怔地打量着她，仿佛看到了时光飞速逆转的车轮。

啊，她的美丽，使他怅然而自卑，他忽然感到心头一阵寂寞阑珊。

“喂，你拿去吧！”她在鲁平的目光注视下，心怦怦地跳起来，脸上飞起一片红晕，声音轻柔得让人动情。

“好呀，鲁兄，祝贺你人赃俱获。”鲁平刚在遐思中接过镯盒，一声喝彩，走进一个人来。立即，鲁平眉头一跳，脸上又掠过了一片阴云。

进来的是张立。

他跨进大门，才发现地上两具骇人的尸体，大吃一惊："这……这……谁杀的人？"

"啊，张先生怎么也上这儿来了？"鲁平不予回答，却反问他道。

"记者嘛，艺术名人的家里能不来走访走访？只可惜晚了鲁先生一步，没看到凶杀的经过，不能一饱眼福了，不知鲁兄能否介绍介绍，以饱耳福？"

鲁平哼了一声："这一男一女，就是作案的两个蒙面人，这个花姑，现已查明是天狼帮的老五天狼肝，那臭诗人，是天狼帮的老七天狼鞭。他们合谋杀了老大天狼魁，现在又发生内讧，为抢这只镯盒，老七杀了老五，还要杀害无辜的吕小姐，我迫不得已，杀了他。喏，事情的经过就是这样简单。"鲁平悄然对吕静怡挤挤眼，急中生智，编出了这半真半假的一段话。

"哈哈，妙极妙极！英雄救美，案情大白，真是一篇绝好的新闻材料。只可惜王司令现在不会准我报道。"张立盯着鲁平手中的盒子，"这就是那件赃物吧？"说着，伸手想接过来。

"对不起，这件东西必须原封不动交罗警长处理。"

鲁平缩回手，转向吕静怡说："吕小姐，你也得去警署走一趟，把这两个罪犯内讧的情况作个报告。吕小姐，请放心，这不过是一个证词而已，不会牵连你的。"

"谢谢鲁先生，走吧！"吕静怡向鲁平投去由衷的一瞥。

对于这样的新闻材料，张立当然不会放过，一步不落地随着他俩来到警署，因为事出例外，这次他倒没有遭到挡驾。

罗琳、潘祥都在。

询问案情，吕静怡按照鲁平所授的思路，半真半假地描绘了两杀手内讧，自己遭受迫害的经过，讲到花姑的惨死，她情动于衷，不由得失声痛哭起来。一直到陈述完，她还在悲恸地啜泣。

罗琳听完陈述后，对一边细听一边沉思的张立说："案情已经讲完，你的采访应当结束了，请回吧，我的大记者。"

张立有意无意地盯了镯盒一眼，淡淡地回答："想不到罗兄还把我当作外人。好吧，我走了，祝你们侦破顺利。"说完，他飘然而去。

“吕小姐，你受惊了。”

罗琳语气客气而诚恳。他从抽屉中拿出一封银元：“我今天刚好领到一百大洋，给，吕小姐，你拿去好好地安葬花姑，她死得太惨了。”

“这……这怎么行？”吕静怡大感意外，搓着手不知所措。

“收下吧，这是我的一点心意，你一定要给她买一副好棺木，改天我再去祭奠。”他说得很动情，“好了，你回去吧，至于那个淫贼的尸体，我立刻派人去收拾。”

说着，将银元硬塞入她手中。随后吩咐手下人随同吕静怡去收尸。

吕静怡看了一眼不动声色的鲁平，一头雾水地走了。

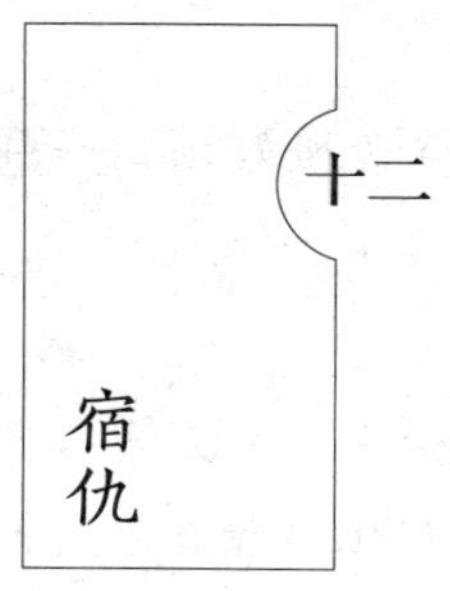

十二 宿仇

吕静怡走后，罗琳、鲁平、潘祥一起围上镯盒。

他们眼光互碰之后，罗琳便掀开了盒盖，一对玉镯，一对小小的八音镯，在光亮下一闪一闪。

罗琳脸色陡变。

惊讶、兴奋、激动、悲痛，各种复杂的情绪霓虹灯般在他沉静的面孔上交融。他抖抖地拿起玉镯，轻轻地摩娑着，两眼陷入痛苦的迷惘中。

鲁平和潘祥警觉而疑惑地对视一眼。

“这玉镯很贵重吗？”潘祥忍不住问。

罗琳呓语着：“很贵重，太贵重了。但它并不值钱。”

“什么？”潘祥给他说糊涂了。

“罗兄？你有什么事瞒着我们吧？”鲁平含蓄地看着罗琳。

罗琳一怔，表情复杂地看着他俩，随后摇摇头：“没有，会有什么事？”

“有！”鲁平语气十分肯定，“刚才你对那位花姑怎么如此优待？要知道，她也是罪犯，而且是主凶，难道罗兄和她有什么瓜葛吗？”

“这……”罗琳很矛盾地沉吟着，半晌，他像下了决心，“瓜葛倒没有，但她是我的恩人。”

潘祥吓了一跳：“什么？恩人？”

罗琳长叹一声：“一言难尽啦，好吧，话儿说到这个份儿上，还不如扒肝亮肺吐出来痛快！”

鲁平吩咐："潘兄，拿酒来，有什么话先喝上一杯，让罗兄一浇胸中块垒！"

潘祥从酒柜中取来一瓶白兰地和三个高脚杯，斟上酒，鲁平接过，诚恳地递给罗琳："罗兄，自家兄弟，心里有什么话，你就慢慢地唠吧！"

罗琳接过酒，感激地看了鲁平一眼，一扬脖子，将酒倒入喉咙，喉头立刻像烧红的烙铁，他似乎听得见酒浇入自己滚烫的肠胃中的嗞嗞声，不由得长叹一声，火车车头般吐出一腔灼热的闷气来。

他血红的眼睛盯着盒中的玉镯，玉镯滤过亮光，晶晶莹莹地吐着瑞色，很美，也很迷人。

他轻轻一晃，小玉片撞击着镯体，发出一串叮叮咚咚的脆响，童话般的诱人。

和着这样的光色和声音，罗琳梦游似的叙说着："我的父母都是上海人，从事的又都是考古工作。十七年前，那是一九二八年吧？那时我才七岁，和三岁的妹妹，整月地坐在骆驼的背筐中，随着父母在大西北的风沙中无穷无尽地颠簸……"

罗琳眼中的八音镯闪着的七彩光环，逐渐地朦胧，幻化出了太阳的七彩光晕。驼铃声里，父亲拉着两匹骆驼，在沙漠中吃力地行进。

大漠孤烟、长河落日，北国瀚海、戈壁雄风，丛莽荆棘、黄沙饿鹰，野餐篝火、帐篷夜话。日复一日，眼前看不完的是这些寂天寞地的景观，落拓、寂寥、雄浑、荒凉，深深地铭刻在他幼小的心间。

那是一个黄河岸，同样被一轮又圆、又大、血红的朝阳悲壮地唤醒。沙漠之舟又诚实而艰难地开始了新一天的行进。

拉着骆驼的父亲，黧黑而长着如戟短须的脸，在晨曦的映照下，纯铜般泛着光泽。高坐在第一匹骆驼峰中的母亲，齐耳短发仍然那么光溜，浑圆的脸颊仍然那么的红润，也不知是大自然的恩泽特别垂青于女性的温柔，还是女性的刚毅特别能抗御大自然的肆虐。

小罗琳和三岁的妹妹仍然坐在他们的摇篮——第二匹骆驼的背筐中，用兄妹间童稚的爱和嬉戏的乐来打发新到来的落寞的光阴。他们对着阳光照着一对八音镯。

阳光在晃动的洁玉中折射着、荡漾着，七色光花叮叮当当地乱跳，跳得两颗童稚的心灵在童话中闯荡。

“嘻嘻，哥，真好看，真好看。”

“是妈妈的，别弄坏了。”

“是妈妈给我的。”

“丫头丫头片片，撒娇撒赖惯惯……”

“不来，不来，哥，你坏。”

“吔……嘿嘿。”哥哥做一个怪相，妹妹又撒娇撒赖地往怀里钻。

“嘻嘻嘻嘻，咯咯咯咯……”

笑声清脆得让人动情。

“小鹤哥，你给我戴上嘛。”

“好呗，你个小丫头片子。”

哥哥把玉镯戴在妹妹的小手腕上，八音镯叮叮咚咚的音乐又引出一串音乐似的笑声。

“嘻嘻，哥，你真好。”

母亲回过头，慈爱的眼睛里荡漾着爱的粼光。

她爱抚的目光从孩子身上转到了骆驼前的丈夫身上：“伟立，两三月了，餐风宿露，看把孩子们苦的，该回去休整休整了。”

爸爸回过了头：“柳琴，这趟辛苦总算有了收获，我们发现的这两座古墓绝对很有价值，回去立即上报文化部门，一定会引起重视，估计开掘出来能找到许多价值连城的文物。”

“错不了，从墓门的设计已经看出不同寻常，估计是明代王族陵墓是不会有多大差错的，可惜全埋在沙下，要全部开掘出来又不让它受到损坏，需要不少人力物力呢。”

“但愿当局能支持我们。”

“只要我们的论文从理论上站得住脚，当局应该会考虑的。伟立，那张墓地位置坐标图再给我看看。”

驼铃声中，一堆裸露的怪石后，出现了一双蒙面布中露出的凶恶的眼睛。

这个蒙面人慢慢举起了手枪。黑洞洞的枪口转移着，准星对准了爸爸带笑的脸。

一声罪恶的枪响，一位杰出的考古学家倒下了，倒在血红的阳光下，倒在厚实的黄土地上。

母亲惨号着："伟立！"

她不顾命地跳下骆驼，跌跌撞撞地扑到脑浆迸裂的丈夫身上。

人的生命是多么简单啊，有时是那样的脆弱，脆如鸟卵；有时是那样的轻微，微如土芥。从生到死，只不过瞬生瞬灭，一纵即逝，而罪恶的枪声却永恒地响在死难者亲人的耳边！

脚！一双穿黑色长筒皮靴的脚落在了还在噩梦中的母亲的视网膜上。

她木然地顺着这双脚看上去：一个高大的黑衣蒙面人腰插手枪站在面前，像旷漠中游荡久了而骤然凝聚的死神。

这死神摊开一只手，满嘴喷着冷气："拿来吧！"

"什么？"母亲在浑浑噩噩的悲痛和惊惧中还未醒过头来，懵懵懂懂地问。

"图！"黑衣人的话森然而简明，才吐出一个字就伸手过来抢。母亲终于醒悟过来。

原来是它！是那张图，把死神系在了丈夫生命的链条上！

她愤怒了，而女性的愤怒是无理性的疯狂和不顾一切的！

"不！"她母狮般地吼起来"不准过来，要不我立即撕了它！"

黑衣人不敢贸然行动了，他看见了母亲癫狂的眼神和握着图的痉挛的手。

他思忖了片刻，狞笑着走近了另一匹骆驼，将三岁的妹妹一把抓了起来。

妹妹小动物般在巨手中无望地挣扎哭喊。

七岁的哥哥猛扑了上来："不许动我阿妹！"

两个孩子挣扎着，厮打着。

强盗的胸襟被撕开了，他们的眼前，露出了多毛的奶头边一颗蚕豆大的紫色的疣痣。.

黑衣人猛地一挥手："去你的，小兔崽子！"

哥哥摔下了骆驼，跌得眼前金星乱冒。

黑衣人拎着衣领把妹妹提起来。

“噫？”

他贪婪的目光盯住了妹妹手腕上的玉镯。左手一撸，将玉镯撸了下来，对着阳光照了照：“这玩意儿不赖。”顺手将它们收进了衣兜。然后把妹妹高举着，杀气腾腾地对着母亲，“骚货，再不交出图来，叫这小东西下黄河喂王八！”

身边的高崖下，黄河滚滚的浊流喧嚣着、咆哮着。

“不！”

黑衣人又一挥手，妹妹沙哑的哭叫声和她小小的身影一道，划过一个弯弯的弧形，被吼叫的黄水吞噬了！

“阿囡！”

凄厉的叫声划破长空，母亲疯狂地扑上来。

“阿妹！”

尖啸的叫声刺人耳膜，哥哥拼命地扑上来。

黑衣人沉马飞腿，一脚踹飞哥哥，控腕收爪，一把揪住了母亲的头发，抢过座标图揣入怀中，拨出尖刀，恶狠狠地嘟噜一句：“去你的，臭婆娘！”

尖刀捅进死不瞑目的母亲的心脏！

“妈！”哥哥复又亡命地扑上，被黑衣人一脚踩翻，他眯缝着眼睛，将杀气逼出：“老子干事从不留活口，小鬼崽子，随你爹妈一起去吧！”

寒芒起处，刀尖落下！

“砰！”

一声意外的枪响，“咣当”，七寸长的匕首断去一半。

一个身穿灰色军服的年轻人出现黄土坡后，一缕青烟从烤蓝的手枪枪管中冒出来，袅袅地散开，隽永而好看。

黑衣人眼露惊恐，弹簧似的跳了起来，狂奔了几步。

又一声枪响，他扶住肩头，摇了几摇，“咕咚”一声从高崖上摔了下去，立即被滚滚的黄水吞没。

英俊的军人抱起了吓昏过去的哥哥，轻唤着：“孩子，孩子！”……

罗琳满脸泪花：“刹那间，父亲死了，母亲死了，妹妹也死了。偌大的天地间，只留下了我这个孤苦伶仃的人。”他顿了顿，“救下了我让我至今还活在这个世界上的人，就是我的义父王立威司令，当年北伐军的一名连长。从此，我跟着他，天南海北打天下。原先总以为杀害父母的仇人已葬身鱼腹，想不到，这家伙竟然没死，就是前几天被杀的刘天狼。而此案中牵涉到的大批珍宝，八成就是从我父母发现的明代麟王及兰妃两座古墓中盗挖出来的文物。可恨这畜生没有落在我的手中，让我亲手宰了他，给死不瞑目的父母、妹妹报仇……”他又停了停，“那位花姑，不管她出自什么目的，但她帮我报了大仇，我怎能不把她视为恩人？”

潘、鲁二人想不到其中竟有如此一番腥风血雨的经历，不由得听得呆了，怔怔地看着罗琳，陷入沉思。

罗琳左手握着的酒杯仍然在手中纹丝不动，还在颤抖的只是室内死寂寂的空气。

警备司令部对过的一家咖啡馆中，张立无滋无味、漫不经心地喝着咖啡，焦虑的眼睛透过咖啡馆的茶色玻璃窗，直愣愣地盯着对面警署的大门，他把视线和思绪统统锁在那不为他敞开的门洞中。

办公室内的空气又从刚才的死寂中苏醒。罗琳、鲁平、潘祥也已从逝去的时光车轮中挣脱出来，开始研究镯盒和案情。

“现在看来，兰芳是天狼爪几乎可以肯定了。这盒中一定藏着秘密。只是镯盒之谜解不开，那批藏宝就无法找到。”

“是否逮捕兰芳，进行审讯？”罗琳有些性急了。

“我们手头缺少过硬的证据，她如一口咬定不知道，那逮捕她也是枉然。”鲁平不同意他的做法。

罗琳把玩着玉镯，然后将它们放在桌上，突然，他想到一种可能：“盒中的秘密会不会被吕静怡先取走了？”

“绝对不会。”鲁平语气十分肯定，“她并不知道天狼帮的秘密，更不知道有什么珍宝存在。我去时，两只狼正为抢夺这镯盒火拼，吕姑娘只是无辜受害者而已，我坚信，如果有秘密的话，这秘密一定还在这盒中。”

罗琳点点头，双眉竖起，说：“现在看来，天狼帮已经发生了内讧。只要我们盯紧兰芳，另几只狼一定迟早会跳出来。这样吧，这盒子等下锁进保险柜，谁也不能单独动用它，等找到线索，再来一起研究。这只盒子既然如此重要，也许还会有人来打它的主意，要派人日夜轮流值班监视。鲁兄、潘兄，你们也搬进这儿来住吧，加强这儿的警戒。今晚潘兄仍然监视刘府，我和鲁兄在这儿轮流值班。”

鲁、潘都表示赞成，大家才松了一口气。

“喂，罗兄，你近日好像情绪不佳。除案情外，是否对望梅小姐有些失望？”鲁平递过去一支烟，改换了一个话题。

“唉。”罗琳叹了一口气，“不瞒兄弟们说，我和这位义妹感情很深，司令也有这个意思，但她的心我始终猜不透，特别是近来，好像和我疏远了许多，我怀疑那个张立别有用心，从中插手。”

潘祥接口：“那位记者公子，是位多情种子，我看他对刘府的那个丫头阿菊，倒像真有那么回事儿。”

“真的？”罗琳有些兴奋了，“但愿如此，但愿如此！”说完，他倒在沙发上，两眼闪出憧憬的光芒。

鲁平脸上被一片讳莫如深的思绪覆盖着：“有人从黑暗中看到光明，有人从光明中看到黑暗，世事如棋，风云诡谲，爱情又何尝不是如此？”

他自言自语，声音犹如远方吹来的风，这风，也许在他荒芜空旷的心里不知吹荡了多久了。

潘祥、罗琳似懂非懂，都有些愕然。

咖啡馆中的张立，忽然露出惊喜的眼神。

因为他看见王望梅正无拘无束地向警署的大门口走去。

王望梅满脸春色闯进办公室。

她一只手撩起新做的波浪形的长发，欢喜地嚷一句：“哥，我这发式怎样？新潮的！”

她没等作答，环视了一下室内：“哟，三位大侦探又在研究案情？大大的辛苦！”她戏谑了一句，发现张立不在，兴趣降了三分：“噫，张立没在？”

罗琳正要赞美她的发型，听了后半句，一时喜中夹恼，又不便发作，尴尬得说不出话来。

“张立嘛？无冕之王，飘然而来，飘然而去，警署、咖啡馆、跑马厅、风月巷，都是他采访的对象，谁又能知道他的行踪哪！”鲁平似笑非笑地看着王望梅。

“讨厌！”王望梅嗔了他一眼，回身看到镯盒，拿起来瞧瞧，“这就是你们谈过的那只藏着什么秘密的盒子？哥，你们找到秘密了？”

“秘密现在还找不出来，但它是证物，梅妹，别动它。”罗琳委婉地说。

“哼，什么稀罕物。”她撂下镯盒，突然发现了玉镯，“哈，这对镯儿倒很别致，真美，哥，这镯中也有秘密？”

鲁平接过话头：“这玉镯是你琳哥的，不会有什么秘密，如果有秘密，该在那只盒子上。”

罗琳下意识地点点头，突然，他心头好像盼望着什么。

王望梅一脸喜色：“是吗？”她对玉镯爱不释手，“哥，这玉镯给我吧！”说着，她不等同意，就将它们戴在手上，笑嘻嘻地看着罗琳。

罗琳心头怦怦乱跳，喜不自禁地点头。

王望梅并未意识到什么，嘻嘻哈哈地说了一声：“拜拜！”大大咧咧地走了。

罗琳眸子间爆出了一闪亮斑，随即又转瞬逝去，他又沉溺在混沌的意识里。

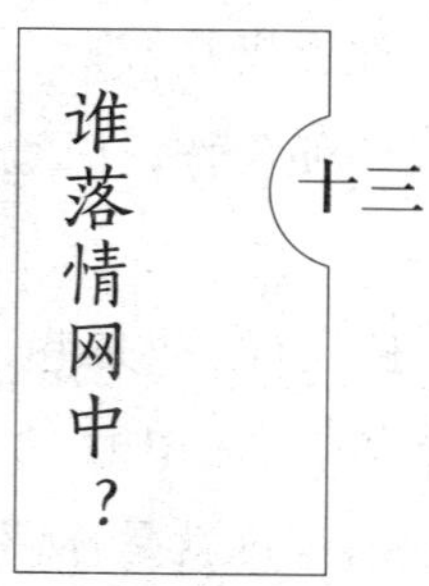

十三 谁落情网中？

咖啡馆中的张立在焦急地向外张望。

大厅内艳装女人来来去去，晃动着一堆被酒精、脂粉腌过的肉，豪华艳丽，既高贵又廉价，不断遮挡着他的视线，压迫着他的喉咙，使胸腔窒息。

他此时此刻，心情焦躁，恨不得把那些红唇扯碎，把媚眼踩破。他受不住了，粗暴地推开一个向他抖动大腿的卖笑女郎，向门外走去。

恰在这时，他脸上像被一抹阳光扫除了阴霾，原来他看见王望梅从警署门口蹒跚地走出来。

王望梅正感到懒散的慵倦，不知向何处去，听见他喊她："望梅，你好。"正是她盼望的熟悉的男中音，她鼻翼和嘴唇都不自觉地颤动了："张立！我正在找你呢。"

"我也是。"张立的声音越发地带有磁性，"我们去那边走走，我有礼物送给你呢。"

"什么？"王望梅喜出望外。

"这里人太多，到那边再说。"

张立把王望梅领到了街心公园，从怀中掏出一摞照片："喏，这是你的照片，刚冲出来的。"

"拍得真美！"王望梅很惊喜。

"哪里，是你长得美，尤其是这张！"

张立指着一张骑马照，不失时机地赞美着："你看这姿势：微微仰着，黑发飞扬，有驭风飞升的神韵；这笑容，几乎要流出醉来；这眼神，波光潋滟，令人想起日月潭、西子湖。简直让人久看而不能自持！”

他的语言充满诗意，像梦一样。

“真的？”女性生来便喜欢梦，女性也最容易被梦欺骗。她偏着脸，把自己最好看的角度朝向张立，眼中真的几乎要流出醉来，“你说的都是真的？”

“不知道。”张立狡黠地转个弯子，“只是我有这种强烈的感觉：你的美在向我展开。但愿我的感觉没有欺骗我。”

他说得很诚恳，也很忧郁。

王望梅很动情，在他手上用力握了一下，羞涩地说：“我也是。”

女人的眼就是她的心，她们要命的弱点便是不能伪饰眼睛，一切都隐藏在眼睛遥远的深处。

张立在她的眼中看到了抑制不住的激情。他笑着，故意装作不懂地问：“也是什么？”

王望梅垂落睫毛，将湿润的目光遮住：“傻瓜！”她微微启开红唇，吃力地喘息着，“我喜欢你，也觉得你喜欢我，却害怕我的感觉欺骗我，这种想法总是在折磨我，折磨得很苦。”她的声音越说越低，最后竟像梦呓。

“啊！”张立深叹一声，揽住王望梅的手一用力，王望梅就势倒入了他的怀中。

他们面颊擦着，摩擦得王望梅魂儿荡荡的找不到依附，除了耳边的喃喃呓语外，已意识全无。啊，这就是爱情，爱情折磨自己也折磨对方，少了一点，就不叫爱。桀骜而野辣的王望梅如今目光恬静、温良得像只小羊羔。

她转过脸来，深情地看着张立，一只手在他头发中轻插着：“张立，你还是像学生时代那么潇洒，那么热情，那么多才多艺，富有正义感。”

“是吗？你还记得？”张立很激动。

王望梅神往地回忆：“当然记得。有一次双十节庆祝大会上，你朗诵得真好。”

她仿佛又回到了那个时候。

张立在台上朗诵，姿势那样洒脱，声音那样的抑扬顿挫、热情澎湃。

“啊，铁与火，煅烧着我的灵性。我的热血，将为您啊，古老的中华——

我心中的女神，洒向碧空、洒向大地、洒向塞北、洒向长城……”

台下掌声轰然，夹在女同学间的王望梅，拼命地鼓掌，拼命地鼓掌。她目光中闪着泪花，不断用胳膊捅着两边的同学，又叫又嚷：“太棒了，太棒了！”……

“从那时起，我就喜欢上你了。”回忆的烈火，将她的感情烧得更旺，她再也无法自持，又一头扎入张立的怀中。

张立脸上掠过一阵不易察觉的笑意，长叹一声说：“那时真太幼稚了，有的只是满腔热血，却不知为祖国和正义而战有多么的艰难。比如说这次的天狼帮案件吧，就牵涉到一批国宝，如果我们不能将它追回，眼睁睁地看着它流入日本或其他列强之手，如何对得起自己的祖国呢？”

王望梅仰起了脸，热情地说：“决不会的，我大哥他们正在查呢。他们今天就追回了那只镯盒。”

“哦？那只镯盒里真藏有秘密？”

“天知道！那只不过是一只梨木盒，外边雕了些梨花图形，里面盒底有一个梅花形的凹纹，其他没发现什么特别的地方。”

“是吗？”张立很失望，转过话题道，“管它呢，反正我们也不懂其中的奥秘，你大哥是个正直的军人，我信得过他，只是，那个姓鲁的，有点阴阳怪气，让人担心。”

“你是说鲁大哥？我看他脾气虽然有些怪，但也很正直，有男子汉的气概。”

“现在社会很复杂，知人知面不知心，望梅，今后他有什么不对劲，你要立即告诉我，还有你大哥。”

“好，我会的！”王望梅信任地点点头。

“呀，”张立看了看表，“现在我还有事。”

“你呀，总是有事，有事！”王望梅意犹未尽，又娇又嗔。

“没法子，公事要紧。这样吧，明天九点左右，我去你家找你。”

“那好吧，你要早点来呀！”

王望梅眼睁睁看着张立走了，心头空落落的，她多么希望和这个唤起了她青春律动的人在众目睽睽之下尽情地挥霍阳光带来的欢乐，但相聚竟是如此短暂，短暂得如同午睡中突来的一个零碎的梦境。明天，明天就明天吧！明天总是希望之星。

张立急匆匆地走着。

“张先生。”又有一个甜甜的女声在怯怯地唤他。

他今天当是走了桃花运了。不过，这次轮到张立心律怦怦地紊乱了起来。

他看见的一张脸，刘海儿如流苏一般低垂，发丝墨色一般浓，眼睛像星光一样亮，容颜像小鹿儿般引人爱怜。

“阿菊，你怎么在这儿？”他几乎为自己的难以自持而意外。

“夫人叫我来买菜。张先生，夫人今天又骂我了，她掉了那个手镯盒，成天暴跳如雷，动不动就拿我出气。”

她向他笑了笑，笑得很凄凉。

他顿感压抑，很想爱怜她，但他记起了自己的使命：“阿菊，夫人说起过那盒中藏有什么秘密吗？”

阿菊瞪着大眼睛天真地摇摇头：“没有。不过，那只盒子以前我见过，她老是放在桌子上，也没见她像现在这样宝贝似的。”她想了想，“说不准，她是最近将什么秘密藏进去的呢。”

“哦？阿菊，你以前见的是匣上雕了梨花的那只？”

“不错。噫，张先生，你也见过？难道你认识偷盒的那人？”阿菊好像突然面对一个窃贼，恐惧地退了一步。

“不，不，”张立连忙否认，“我只是刚才在罗警长手中看到一眼。”见阿菊消除了恐惧，他继续诱问，“你以为秘密可能藏在盒子的哪里呢？”

“我不知道……哎呀，我还要去买菜，回去晚了夫人要骂的。再见！”

阿菊仓仓皇皇地走了，临了还不忘情意绵绵地睨了张立一眼。

这姑娘，真可人，真可怜！

张立铁石般的心头又泛上了一股温温软软的酥润。

一间暗室。又是一只手在书本般大的发报机上发报。

不到五点，仓仓皇皇的日头就逃到四合的暮色中去了。霜风刮了一天，也刮累了，无精打采地摩挲着半睡的林木和劳顿的行人，路灯昏黄，显得那样的疲惫和懒惰。

鲁平和潘祥在街口相遇了，他们一同回警署去吃饭。

经过一家酒楼门口，一个苍老的声音拦住了鲁平："先生，你还没走呀？"

鲁平抬头看去，橱窗下站着一位老者，长袍马褂，一把合拢的折扇正指向自己。

鲁平有些意外，也有些兴奋："噢，这不是药王栈的常老前辈吗？你还给我算过命呢。"

"正是老朽。"

常半仙就着橱窗明亮的灯光盯着鲁平："噫，先生，请让我再看看。"

他脸露疑惑，伸出折扇，将鲁平的脸拨了拨，拨得正对着灯光，两只鸽卵似的白眼翻了几翻，像是受了惊吓："哎呀，先生为何不听老朽忠告，立即离开此地？我看你现在凶兆上脸、印堂发黑，如不当机立断，远离这是非之地，则大限在即矣！凶险、凶险！太凶险了！"

他扁了扁下唇，似乎行家看出了古画中的败笔，倨傲地摇着脑袋。

"噢？我是不是可以这样理解老先生的话，"鲁平一副似信非信的呆相，"我最好马上去火车站？买张去任何地方的车票，连夜逃之夭夭，否则明早就起不来了？"

"避凶就吉，既由来处而来，当向去处而去。老朽已道破机锋，先生切莫自误！"

他伸出三根指头，捋捋焦黄的胡须，颇有几分仙风道骨的灵气。

"唉，经老先生法眼明鉴，看来我是大祸难逃了。因为我实在有公务在身，摆脱不开。多谢指点了。"鲁平哂然一笑，拉起潘祥便走。

听得见常半仙在背后叹道："孽债呀孽债！可笑世人终难跳出'名利'二字，慧眼点拨仍不醒悟，不听忠言可叹永坠苦海，老朽是自寻烦恼了。"

"这人是谁？"潘祥轻问。

"药王栈的常有德老板。我看这老家伙说不定是一条枝上穿的王八。"

他们回到警署，吃过晚饭便回到房间。潘祥泡了两碗浓茶，两人也不开灯，就着窗前送来的微光又聊了起来。

“潘兄，根据调查来的情况，那横滨酒家的董盛昌，与赌房、妓院关系密切，另外不少贩毒案子及逼良为娼的事件都隐约和他有所牵连，我看此人疑点甚多，以后你继续监视刘府的动静，我要照顾那横滨酒家了。”

“唉，真想不到，案子越来越复杂。看来并非南京，全国各地不知有多少祸害在猖獗肆虐，我真怀疑，这样的国家能有多大希望。”

潘祥感叹唏嘘，渐露愤慨之色：“听说南京的周佛海被抓了。这个大汉奸，死有余辜，似乎顺乎民意，但他的手下汉奸成群，不但没被剿灭，许多人还在升迁，看来这惩治汉奸的铁幕背后另有文章。一边是接收大员歌舞升平、五子登科发国难财，一边是老百姓路有饿殍、室断炊烟、人无喜色。军警抓人、税吏逞凶、人心不古、天降浩劫。有时我真觉得像我们这样费尽心机，破点刑事案子，这米萤之光又于世何补，于国何益？想到这些，真有摆脱烦恼，削发为僧，跳出五行，了却尘缘的念头。”

鲁平听了心中一动，不动声色地说：“潘兄，世上本无菩提树，心中亦无明镜台。你了却人不了却，你跳出人不跳出，容恶人为恶，则已孽债益深。莫道米粒之珠也放光华，米粒之珠多了，聚萤萤之火，也许有照亮天地的一天呢！你说是吗？”

潘祥心头热浪翻滚，他搁下茶碗，站了起来：“鲁兄啊鲁兄，我就是看见有你们这样的铮铮铁汉、血性朋友还在为国为民，才觉得干得心里踏实，要不然——”他声音低了下去，一时显得十分怆然，“我潘祥即使不去当和尚，至少也会脱了这身老虎皮，解甲归田去的。”鲁平一按他的双肩：“好朋友，我们既然走到一起来了，就搀扶着往前走吧，路或许会越走越宽呢。”

他对着窗口的光线看了一下表：“啊，六点多了，老潘，你要去刘府换班了，晚上多注意点动静！”

“好，我去了，你今晚上半夜也要值班，先好好打个盹吧。”

说完，潘祥带上手枪走了。

等潘祥走了一会儿，鲁平打开柜子，提起一个公文包，也匆匆出了警署，他来到一个暗处，打开公文包，从中取出一件衣物，急急地换装……

一家茶楼。

中间吊着的汽灯“咝咝”地响着，发出雪亮惨白的光，照着一簇一簇打夜市的人们。他们左一桌，右一桌，或高谈阔论，天南海北，或鬼鬼祟祟，交头接耳。水汽蒸蒸、烟雾腾腾、熙熙攘攘、嘈嘈杂杂，比白天更多了几分生气。

较暗的一角，坐了两个人，正在小声密谈。

一位靠墙坐着，四方国字脸。汽灯下，厚厚的下巴上青青的一片，是才过刀的胡须楂儿。

对面的一位，身穿银灰色风衣，戴着礼帽，因为背光，看不清面目。

国字脸神色肃然：“你一定要利用你的身份，和他们周旋，努力接近王立威，一定要尽快得手。”

这时，楼梯边有一个鬼鬼祟祟的刀条脸，偷偷地举起了相机，他不敢用镁光，打大光圈，按下了快门。

银灰风衣压低声音：“藏宝已经有了线索，‘ＰＭ’计划却很神秘，这计划是军统负责，中统的鲁又燃也想弄到手。不过，余政委，你放心，我一定会弄清楚的。”

“糟糕，”国字脸突然发现了盯梢的人，“有尾巴！以后再联系。现在我缠住他，你快走！”

说完，他站了起来，口中有滋有味地溜溜儿哼着“小和尚思凡”的小调：“光头小和尚坐庙堂——保佑小和尚下山去找个好妻房……”径直向刀条脸走去。

刀条脸想回避，他一把抓住刀条脸的左肩：“先生，您有火吗？请借一个。”

银灰风衣趁机趸过身子，很快地闪出店门，投向夜色中。

夜色像一张痴迷迷的情网，一揽儿把大地搂在怀里，凄凄的月色如此的熹微，伴着寒霜，把夜的情怀搅得冰窖儿似的冷。

警长办公室的窗外，长长的树影躺在阴暗的地上瑟缩着，仿佛冻得随时会打出一个令人两眼发黑的喷嚏来。

蒙面人Ａ游鱼儿般从浓黑的树影中游出来，身子一趸，潜近了窗口。

他伸手摸窗，窗户竟然开着。

他心中有些疑惑，双手一搭窗台，让一颗墨黑的脑袋从窗沿浮上来，定睛一看，吓得他差点呼出声来。

办公室内，有一朵微弱的蓝光在晃动，衬出保险柜前的一个高大的黑影。

蒙面人B正从已经打开的保险柜中取出那只小小的镯盒。

他手捧着镯盒，一手要去关保险柜的门。“呼”，一声风响，从窗外飞进一只细链儿拴着的小钢爪，蛇芯般伸缩一次，镯盒已经不翼而飞。

蒙面人B大吃一惊，闪电般无声无息蹿到窗前，一个前空翻，滚出窗外，双腿一蹬，一拧腰，人已燕儿般轻捷腾起，施展天梯锁云的轻功，带着风响落下，正阻住了A的去路。与此同时，右拳打出。

这一拳，沉着练达，劲气逼人，正是八步杨家拳的通天炮。微芒里，A的身法极为诡异狠辣，细长的身形柳条儿般向左一摆，左掌前拂，带开了拳路，右掌如刀，斫向B的后腰肋。

B身子一沉，双脚马步生根，左拳化掌封住对手腕脉。

谁料A一矬腰，一条腿钩状踢起，撩向B的下阴。

B心头一惊，这种快捷狠辣的拳路、怪诞邪门的招式，不知是什么门派所创，心急间，一个夹腿偏身，右肘使一招辘辘锤，撞向A的膝盖。

两人就这样在夜色中闷着头厮杀起来。

A见对手厉害，心中一急，身法越来越怪诞，招式越来越忌刻狠辣。

B开始沉住气，正儿八经地使开了八步杨家拳。通天炮、摧山掌、旗门手、劈折掌、穿心腿、凿子拳，全用刚劲，并掺以醉八仙的路数，钩、提、却、撞、冲、倒、捺，全用柔力。这刚柔相济，一时儿内外相合，绵密稳妥，一时儿硬打硬劈、沉猛霸道，逼得A的旁门杂技渐渐施展不开。

A心急如焚，使出绝招，猛一拧腰，人如陀螺，旋风般升起，头下脚上，一个黄莺落架，击向B的脑顶。

B从未见过如此怪异的招式，一时不知如何招架，只好使出铁板桥，夹着穿心腿，人往回一仰，右腿蹬向A的心窝。

不料就在这时，“当”的一声，从A的怀中掉下一个东西，正是那只镯盒。

A双手缩回，竟然在对手脚尖蹬中心窝间使出险招，在空中抓住了B的一条腿，用力一按。

B的铁板桥立桩不稳，砰然倒地。

A的心窝也被脚尖擦着，一阵绞痛，也砰然倒地。

就在两人都想翻身起来抢夺镯盒之际，树丛后又鬼魅般地闪出蒙面人C，他只一探手，便拾起了镯盒，回身便走。

A左手入怀，一抖，一只钢爪飞出去，抓住了C的小臂，一拉之下，连皮带肉撕下了一块。

C闷着嗓子轻哼一声，镯盒掉落地上。

A鲤鱼打挺跃了起来。

B也同时跃起，一起扑向镯盒。

A回身一掌，扫中B的左肩，B侧身一脚，踢中A的髋部，两人又都同时跌倒。

C趁机弯腰双手捡起镯盒，B急了，手一伸，一道寒光向C的喉头飞去。

不料C刚好站起，镯盒捧在喉头。"笃！"一把极小极小的手术刀深深地钉在梨木盒上，锋利的刀片在月色下"嗡嗡"地晃动。

C不敢停留，一个懒驴打滚，滚进了阴暗的树丛中。

A和B又都跃了起来，刚要追，陡然警哨四作，尖啸的哨声在静夜中特别的悠长骇人，惊心动魄。

A脚一点，腾身翻起，鸟儿般落进黑暗中，很快消失了。

这时，脚步声四起，听到罗琳的喊声："这边，往这边。"

许多人影向B蜂拥而来。

B毫不犹豫，一手扯下面巾，一手掏出手枪，"砰砰砰"，连开三枪。原来他正是探长鲁平。

"怎么回事？老鲁？"罗琳带人赶来。

"他妈的，两个蒙面贼，好厉害。"

"没出什么事吧？"

"镯盒被盗走了！"

“哎呀，你怎么不鸣枪？”

“唉，开始是一个，我自料能制伏他，不料又蹿出一个。”

众人用手电一照，只见鲁平满身泥污，四周一地打斗的痕迹，不由得个个倒吸一口凉气，面面相觑起来。

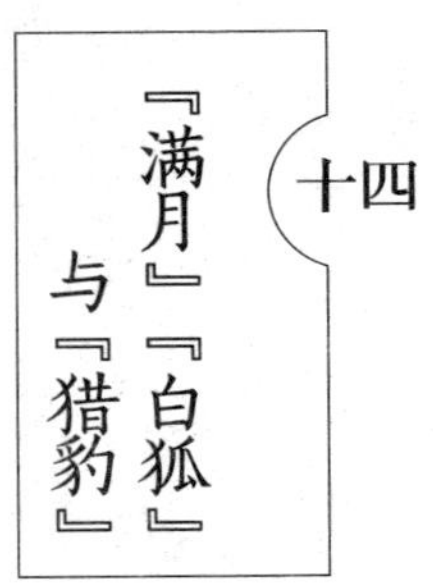

十四 『满月』『白狐』与『猎豹』

王司令官邸。

晨光刚刚染红树梢，王立威已经练完了一趟剑。

他左手挽着脱下的呢军服，右手提着剑，走进了楼上书房。

长年戎马生涯的磨炼，使他虽然两鬓斑斑，但仍然腰板笔直。他放下剑，泡上一杯伍漫天送来的黄山毛峰，呷了一口清香的浓茶，内心感到十分的满足，也感到十分的无聊。他又想起了早逝的妻子。

当年自己雄心勃勃，东征西讨，很少在爱情的枝头栖息。如今，抗战胜利，自己坐镇古城，天高皇帝远，军政大权集于一身，再也不需要出生入死去搏取前程了。在功德圆满之际，他却感到了空虚。妻子那遥远了的柔情一下子强烈地占据了他的心。当他想再一次地体味这温柔并准备回报的时候，他却早已失去了她。

一阵莫名的惆怅袭上来，他不由得对着大衣橱上的穿衣镜，凝睇着自己白发苍苍的两鬓和皱纹深陷的前额。啊，晚了，岁月的流水那么急湍，容不得回忆，容不得叹息，就呼呼啦啦卷走了自己的青春和爱情，换来的是孤独中的荣华富贵和权柄。

他把生命都耗在对它们的追求上了！

他内心一阵苦涩，突然感到对妻子生出强烈的内疚之情。年轻时毫不经意地读过的两句唐诗，“忽见陌上杨柳色，悔教夫婿觅封侯”，不知怎么的泛上了心头。他这才深味了在闺房中天天盼望和思念着自己以致郁郁而死的妻子那刻骨铭心的悲哀。

晚了，一切都晚了！当一个人需要感情的时候才想起索要感情是可悲的。但是，谁又能拽住时光的袖子呢？岁月流逝，在生命将接近末端的他，才颖悟到生活真正的意义，这真是滑稽得让人心酸。如果这荣华富贵早二十年到来那该多好！他渴望得到它，如今又怀疑，自己为它所付的代价是否值得？“譬如朝露，去日苦多”，当年曹孟德功成之日，不是也发出过类似的慨喟吗？人生的年华是造化赋予人的一点机缘，自己却顾此失彼，错过了青春。唯一值得欣慰的是，他可以给女儿望梅双重的机缘。

想起长得那么像妻子的美丽的女儿，他的掌上明珠，他内心一片温润。她兼有妻子的美丽聪慧和自己的豪放果敢。她正掌握着韶华的精粹，青春勃发着，只要自己再将拼搏来的荣华富贵送与她，那她的青春将是何等的光彩夺目！

这才是他唯一应该筹谋的事，这才是他可以告慰爱妻亡灵最好的祭文。去他妈的什么国共之争，去他妈的什么党国的命运，去他妈的什么“ＰＭ”计划！他一下子觉得精神高度兴奋起来。只要把那一大笔珍宝弄到手，悄悄转入国外银行，再把女儿送出去，那才算是功德圆满了。还有义子罗琳，英俊、多情而有魄力，与女儿正是天生一对，他们才是自己最后的希望所在。这个烂国家，前途莫测，就像一只将沉的船，而驾驭它的水手们却在彼此拼杀，还有什么希望？它并不关心自己的生死荣辱，自己为它付出的牺牲已经够了，为女儿着想，及早抽身，才是明智的抉择！

他再一次坚定了自己的决心，这才感到心头的阴郁散尽，剩下的只是一片透明的光亮。

“笃笃”。

有人轻敲了几下书房门，并提高嗓子喊了一声：“报告！”

“进来。”司令挺直了腰身，威严又笼罩着他的全身。

门开了。下巴尖尖的钱副官谨慎地走了进来。

他手里拿着一张纸头和一张照片：“司令，你看。”他先递过纸头，“这是昨天下午四点二十七分截获的一份用日军密码拍的电报。”

司令接过电报，念起电文：“‘镯盒已到警署。猎豹’。”

钱副官解释："这个'猎豹'，肯定是潜伏在警署周围的日本间谍，他们的目标，就是那笔藏宝。另外，还有这个。"他又递过来一张照片。

"这张照片，是我手下昨晚盯梢一名共党嫌疑犯时偷拍到的。"他用手指点着那个拍得不很清晰的"国字脸"，"这人是余记铁匠铺余老板，叫余超群。据了解，此人可能在日伪占领时期，利用铁匠铺为八路军制造枪支弹药，是一名共党嫌疑犯。这个与他接头的人由于光线很暗，又戴了礼帽，看不清楚，但从身材和衣着看，很像一个人……"他吞吞吐吐观察司令的眼色。

"张立？"王司令从身材和风衣上很快做出了判断。

"是的。"钱副官看出司令一脸厌恶的表情，语言立刻流畅起来，"正是晚报记者张立。这人神出鬼没，到处乱窜，经常借故去警署，还经常约小姐出去。我看他没安好心，十有八九是共党的探子，也是为那笔藏宝来的。"

"好吧，"司令沉思片刻，"这件事我来处理。与瑞士银行联系的事你要抓紧办。还有——"他停了停，背着手走到窗前，想起了伍专员打的招呼：共党派了一名代号叫"满月"的探子在积极活动，目标正是警备司令部。不管他的目标是"ＰＭ"计划，还是天狼帮的藏宝，都对自己十分不利。这个张立，居心叵测，自己早已觉察，原先也只想利用他了解一点情况，现在用不着了。他是否共党探子"满月"，那是军统伍老狗的事，但他想对藏宝下手，并打望梅的主意，自己决不能放过他！对共党的地下组织，自己并不感兴趣，所以口供之类，无什么意义，最好的办法，就是悄悄除去他！

想到这里，他回过身交代："还有，叫罗警长立刻到我这儿来。"

罗琳心情沉重地走进王司令书房，第一句话便是沮丧地报告："司令，昨晚玉镯盒被盗。"

"有这样的事？"王司令浓眉挑起，"有线索吗？"

罗琳摇了摇头："昨晚半夜两点左右，来了两个蒙面贼，并不是一伙的，先来的一个盗出镯盒，被值班的鲁探长发现，与他搏斗交手。可又来了一个，趁他们鹬蚌相争，将镯盒抢走了。等我带人赶到，第一个贼人也踏月而逃，鲁探长受了轻微内伤。"

王司令眉头越皱越紧，他又下意识地想起伍漫天的叮嘱：“那个鲁平……”是啊，这年头，虽然鲁又燃和自己是世交，又是中统巨子，但信人不如信己。他疑心泛起，甚至有点怀疑鲁平与飞贼是一伙的。然而，现在他还要用他，用他的才能和经验。

他没再说什么，只是一字一顿地交代：“盯紧兰芳，找到线索！”

“是，司令，我已经布置了。”罗琳仍有些忧郁。

王司令拿出一只小瓶：“那个张立，居心叵测，不管他是哪方面的，你先找个机会，用这个，喏，慢性的……”他没往下说，只用手做了个“结果”的动作，“看来，找到藏宝之后，那个鲁平和潘祥，也不能留下。”他双目微眯，周身立刻杀气逼人。

罗琳不由得打了个寒战：“这……”他下意识地接过瓶，犹豫着想说什么。

王司令递过照片和截获的电文：“你看，这电文说明有一名代号‘猎豹’的日本潜伏间谍正在处心积虑地接近此案的核心，很可能昨晚盗盒的就是这名‘猎豹’。还有，这张照片，你好好看看。”

罗琳一看照片，心中一惊，那“国字脸”虽然拍得不太清楚，但总像在哪儿见过，而穿风衣的，似乎就是张立。

他不甚明白：“这……”

“这照片上的男人，是铁匠铺姓余的老板，也是一名共党嫌疑犯。穿风衣的十之八九是张立。据军统谍报，有一名共产探子，代号‘满月’，正在我们周围活动。张立很可能就是这个‘满月’。另外，我的谍报人员还探得，伍漫天那老狗的一名代号‘白狐’的军统特务，也已插手这批藏宝。现在是龙争虎斗，不知鹿死谁手。你一定要多长几个心眼。对张立，我们与其防不胜防，不如一劳永逸。记住，凡事‘先下手为强’。你明白我的意思吗？”

“明白。”罗琳无可奈何地应了一声。

“那去办吧！我还要去专员公署和伍漫天那老狐狸打交道，那老东西也没闲着。”

说毕，他穿上军装，出去了。

罗琳心烦意乱，在书房中待了好大一会儿，才神情恍惚地离开了书房。

张立既然是共产党，自己受过共产党的恩惠，怎么能下这个黑手呢？他犹豫不决。

下了楼，来到楼下的大客厅，他看见王望梅站在大厅门口的台阶上，不时地看着手表，又向院前的大门张望。

大门口很冷清，越过两排冬青夹着的青石甬道，只能看见岗亭边挎着卡宾枪的无精打采的哨兵。

她在等人！罗琳又觉胸口刺痛了一下。

“梅妹，你在等谁？”

王望梅有些忸怩：“没等谁。”

她眼帘下垂着，分明努力地在掩饰着一种焦灼的热情。

早晨的阳光明媚而湿润，烘得她脸上的轮廓线条分外地柔和而清晰。长长的黑亮的眼睛，红红的诱人的嘴唇，脸型、皮肤，都显出活泼的、热情的女性的魅力。她的微笑是愉快的，含情脉脉的，又是有知识、有修养的，那是对一切男人都很自信的微笑。嫩黄毛线外套里那件雪白的真丝衬衫，纯洁、动人地衬托着她那光润、清秀而丰满的下巴，洋溢着火热的激情。这就是当年那个黄毛丫头吗？岁月的干草蓦地被记忆的野火点燃，许许多多动人情怀的往事，浪潮般涌上心头。是的，她真正长大了，她也确实变了。他突然觉得她是那么熟悉，又是那么陌生，离他那么近，又是那么远。

他怀着一种近乎恐惧的热情走向她，从衣兜里摸出一个精致的小盒，第一次失去了军人的自信，期期艾艾地抚着它说：“梅妹，今天是你的生日，我想送你这个。”

他打开盒盖，里面绿色丝绒衬着一枚精致的金戒指，上面嵌着一颗心状的红宝石，在阳光下熠熠闪烁。

“啊，真的……不！不！”

王望梅才露出满面惊喜，但一瞥见那颗闪亮的红心，脸色立刻苍白了，结结巴巴地推托，“哥，我不要。你……你不是送了我一对玉镯吗？……”

她很慌乱，临时编了一个借口：“啊，哥，我去洗一个澡，如果……”她垂下了头，下了决心似的说，“如果张立来了，你先替我招呼一下。”

说完，慌慌张张地跑开了。

“砰”，一只五彩的瓶子碎裂开来，他看得见瓶中汪洋一片的酸液如何淹没自己的心。那种酸楚，那种刺痛，远胜战场上子弹嵌入内脏的痛苦，因为那只是肌肉的撕裂，而这，却是痛彻骨髓、锉碎神经的无法忍受的痉挛！他挺直的腰板伛偻了下来，仿佛被人陡然抽空了躯体。

远方教堂的钟声一响又一响地传来，在他耳边遥远得像来自过去了的时代。它还是像当年那样慢悠悠地不动声色地响着，有如远远偏离了航向的轮船上那只不动感情的罗盘，以嘲讽的指针给人散布默默的悲郁。

“她真的变了。”他喃喃自语，又忽然觉得刚才说话的不是自己，而是阳光投射下来的自己的影子，那影子居然还露出了一丝虚伪的笑容。

他苍凉地抬起头，眼前只有一对野蜂儿在缠缠绵绵地嗡嗡着，振动翅膀，尽情地挥霍阳光给它们带来的欢乐。

头顶，有几片黄叶簌簌地落下，飘飘洒洒落在他的脚底和肩头，似乎也哀叹着它们失落了的过去。

“罗兄，你好！”有人向他打招呼。

他的视线清晰起来，眼前站着风流倜傥的张立，那总是春风得意的神态，一如踏青归来的王孙。

“啊，张兄来了，请进去坐。”罗琳心头又一阵刺痛，手不由得痉挛地抓住了口袋中那只小小的药瓶。

“来贵府聊聊，罗兄总不会也让我吃闭门羹吧？”张立有意无意地揶揄。

“张兄见外了。”罗琳努力笑了笑，“警署归警署，家里归家里，何况，张兄是来找小妹的吧？”

“都一样，都一样，大家凑凑热闹。”张立打着哈哈，跨进了厅门。

罗琳跟在后面，脸上换上了肃肃的杀气。

几句寒暄后，罗琳从柜中拿出了两只杯子，每杯里放了一块速溶咖啡。

“张立喝甜的吧？”他一边说，一边给一杯加上一匙糖，然后用调羹搅拌着。他那握调羹的手心，有一粒药丸滑下，落进了热气腾腾的杯中。

罗琳将搅拌好了的咖啡放到张立面前，自己再端起另一杯：“来，喝一杯，早上喝咖啡能增进食欲。”

张立谦恭地说了声：“谢谢！”

左手端起杯子，然后，他右手掏出一只烟盒递了过去：“来，罗兄，抽一支，这是兄弟刚刚弄到的美国货。”

罗琳笑笑，把手伸了过来。

可当他眼光一落到烟盒上，立即触电般震惊，脸颊开始苍白，并有一小块肌肉在眼下频频地抽搐。

那是一只十分精致的烟盒，镀铬的盒面有一幅古意很浓的装饰图案，绘的是“后羿射日”的神话，头饰雉尾的后羿，仰着头，弯弓搭射，开弓如满月，正瞄着一轮不很圆的太阳。

罗琳脸上的表情在复杂地变化着。

张立没注意他的表情，端起杯子靠近了嘴唇……

厅外，鲁平向厅门走来，他迈上台阶，手刚搭上厅门的把手……“慢！你这只烟盒是哪来的？”厅内传出罗琳急促的喝止和询问声，鲁平不由得停住了脚步，侧耳倾听。

张立很惊奇，放下杯子问：“怎么？罗兄认识这只烟盒？”

“你到底是从哪儿弄来的？”罗琳气越喘越粗，声色俱厉地逼问。“噫？”张立机警地盯着罗琳，“罗兄好像对它很感兴趣？那……除非罗兄先告诉我对它感兴趣的原因。”

罗琳脸色十分肃然，沉吟了好一阵，才下定决心：“好吧。”

他坐了下来，目光投向空中，像在摄取看不见的什么东西：“那是五年前的事，我带着一个营，在胶东和鬼子遭遇了……”

他的目光停在了一个点上，那里仿佛蓄存着一个拷贝，在将往事一幕又一幕清晰地放映到他的视网膜上……

胆怯的阳光惊慌失措地跳动在血染的土地上。遍地弹坑的山野间，硝烟四处扩散开来。被炮火烧伤的针松、阔叶树、荆棘、狗尾草，在腥风中痛苦地摇曳。或红或黄的大花小花，倒在被弹片犁过的土地里，憔悴的花瓣儿破破碎碎地散得到处都是，向世界展露着凄艳的微笑。偶尔有一两只幸存的伤鸟儿，歪歪斜斜地扑打着翅膀，恐怖地尖叫着掠过血淋淋的尸体，射向丛林深处。

所剩无几的国军士兵趁着阵地上出现的短暂而可怕的沉寂，咒骂着抢修工事，一双双血红的眼睛里都是疯狂的仇恨。

罗琳包扎好臂上的伤口，巡视着无需指挥了的十几个部下，等待着把自己和敌人一起送给死神的时刻的来临。

不多久，日寇密集的榴弹枪、六〇炮、迫击炮的炮弹，又拽着鬼嚎般的声音，雨点一样撒下来，疯狂地落炸在阵地上。炸塌了山崖，削尖了巨石，树枝横飞，山野燃烧。

又一群炮弹落下，轰隆隆山崩地裂，天昏地暗，铁屑、石块四溅，泥尘、血肉迸射，他们全被笼罩在炮火硝烟之中。

炮声停了。山风撕开了烟雾，一片片日军在太阳旗下蠕动。

近了，近了，二百米，一百米，雪亮的刺刀，贼亮的钢盔……

"沉住气！"罗琳冷静地下着命令，"等狗日的再靠近……再靠近……七十米、六十米、五十米、四十米……打！"

"突突突突！"机关枪吼了起来。

"叭叭！"步枪响了起来。

"轰轰！"手榴弹也一颗颗炸开。

日寇群中爆开了一朵又一朵黑里透红的花朵，一片片黄色的东西割韭菜般倒下。

"突突突突……"敌人的重机枪鬼哭似的叫起来……

"嗖……呼……"敌人的火焰喷射器喷出的火焰孽龙一般蹿过来……

阵地上惨叫连声。树木、尸体烧着了，石头、活人也烧着了，罗琳眼前一片血与火的示威！

"机枪！机枪！……"他沙哑地吼着，但没人应答。

他爬了过去，机枪手早已倒在血泊中。

下面晃动的黄蛆越来越稠密，那面太阳旗越舞越放肆……

罗琳再巡视周围，已经没有活人了。

只有自己才是这血泊中的幸存者！一时，他并没有充满侥幸的生命感，而充胸灌肺的是一种无法洗刷的苟且偷生的奇耻大辱！他突然疯狂地抱起机枪，跳出战壕，发疯似的嚷着："打！打狗日的……呀……"

机枪也发疯似的吼了起来，向那成片的黄蛆喷射着死亡。

阳光不再胆怯了，勇敢地洒在他血红的眼、搐动的脸和喷火的枪口上。

"突突突……突突突突"，机枪突然不再叫了。罗琳胸前鲜血涌出，他倒在了地上。

但片刻，他又拖着一条腿跪起来，"突突突突"，死神的飓风再一次猛烈刮向对方。

"轰"，一枚手雷弹在他不远处炸开，他整个人被气浪掀起，再摔下……

更多黄色的狗"嗷嗷"叫着围上来。

他艰难地睁开了眼睛，一片血红中他认出了黝黑黝黑的机枪。一只满是鲜血的手向它伸去、再伸去……

蓦地，他耳边听到了嘹亮的冲锋号声，接着，漫山遍野传来激越的喊杀声。他艰难地侧过头，一片朦胧中，他看见了许多身穿灰军装的军人从四面八方涌来。

"八路军！"他脑中出现了一个意念，但随着越来越遥远的冲杀声和机枪声、肉搏声，连这个意念也青烟般地消散了，一切都融入了血红血红的朦胧中……

寂静而血红的朦胧，似乎直通永恒，他在这血红中挣扎着向前游，向前游，找不到陆地，找不到支点……

"他醒来了。"

有一个声音从血红的大洋彼岸传来，在万顷波涛上飘忽，显得遥远而又柔和。他觉得自己沉重得像磐石一般的身体，开始从漆黑的海底浮上来，眼前出现了碧波般的光亮。

他努力睁开眼，有两个模糊的影像在晃动，终于由于眼球焦距的调节，这影像越来越清晰了……

面前有两张脸。

一张脸方方的，青黢黢的刮过的下巴坚挺着，眼神威严中溢着温和；一张脸尖尖的，笔直的鼻梁下镶着两撇八字胡，眼神关爱中混着倦怠。两人灰白的军服外都罩着白大褂，低低地俯身在他的床前。

“我……在哪里？”罗琳艰难地蠕动着喉节，发出蚊蚋般微弱的沙音。

方脸军人清晰地说：“你在八路军的医务所，我姓余，这位是周军医。你现在刚刚做完手术，很顺利，不出一个月，你又可以欢蹦乱跳地去杀鬼子了。”

“啊……谢谢你们。”罗琳虚弱地蠕动一下，想伸伸手，但手很重，抬不起来。

方脸盘忙轻轻按住他：“不必谢，我们是友军。你失血过多，别乱动。”他转头对军医说，“老周，你太累了，去休息一下吧。”

尖脸盘点了点头，两只布满血丝的眼睛再一次春风般抚着罗琳：“你受伤很重，从你身上取出五块弹片、两颗子弹。这是我们团的余政委，你要听他的话，好好休息。”说完，他向外走去。门口射来的逆光衬得他步履蹒跚的身子很高大。

“是他救了我吗？”罗琳的目光牢牢地被这镶着光边的高大背影牵住了。

余政委轻声说：“是他把你从死人堆里背下来，连夜给你做了手术，还从自己身上抽了八百ＣＣ血输给你。”

罗琳的嘴唇颤颤地翕动了好一阵，也没能发出声音来，眼角却滚落出一颗巨大的泪珠。

他在周军医无微不至的关照下，很快恢复了健康。他要回去了。

刚下过一场小雪，又放了晴。松林边，白云、远山清淡，初春的雪不像冬季那么硬邦滑润，显得酥软滞涩，踩在上面发出让人心情烦乱的沙沙声。

要分手了，他不知为何如此的惆怅。

周军医、余政委一起送他，周军医一路婆婆妈妈地叮嘱着，像个送子远行的慈母，罗琳除了“嗳、嗳”地应答着，觉得喉头发哽，说不出一句话。

松林边的马儿吊了吊蹄，使劲踏着薄薄的积雪，又很不耐烦地“唏律律”长嘶一声，催促着主人出发远征。

罗琳百感交集，重生的喜悦、复仇的意志、严酷的现实、未来的感召、感恩的激情一起在心中激起剧烈的雪霾，在早已荒凉的感情的旷野上翻旋，泪泉发热，他真想大哭一场，但男子汉却除了咬牙别无选择。

“我永远不会忘记你们的，周大叔，余政委！”他艰难地说出了一句话，仍然觉得声音哽咽。

周军医抚着他结实的双肩："我们国共两党在抗战中应该是兄弟，希望将来抗战胜利后仍然是朋友。小罗，这一个月，你对我党我军应该有些了解了吧，希望你永远是我们的朋友！"

罗琳背过身去，狠狠拭去了一颗不争气的泪珠，郑重地说："我会的！"

他摸出一个烟盒，对周军医说："周大叔，这只烟盒，留给你做个纪念吧，再见了！"

他把烟盒放在周军医的手里，然后握着他的手用力摇了摇，回身大踏步向战马走去。

"小罗，好好保重，我们还会见面的！"余政委高声叫了一句。罗琳回转身，一并腿，很认真地行了一个军礼，久久地，久久地，才把手放下。

岁月早已流逝，如今，这个出现在眼前的烟盒，唤起了他这段难以忘怀的记忆，他忽然如此强烈地想念他们，还有那过去了的许多又晴朗又晦暗的岁岁月月。

"从此后我再也没有见过他，那个给了我第二次生命的人。"罗琳十分激动地把玩着烟盒，目光炯炯地盯住了眼前张立英俊的脸，"我送他的就是这只烟盒，怎么会到了你的手里？"

他期望着答案。

张立审视着罗琳好一会儿："这……好吧，"然后下了决心，说出了一个让他吃惊的谜底，"周军医就是我的父亲。他……他已经在抗战中牺牲了！"

"啊！"罗琳大恸，双手紧紧地抓住了烟盒。

张立满脸悲哀，顺手又举起手中咖啡，他要立即把它倒进喉咙，去稀释内心翻江倒海般涌起的痛苦。

罗琳愣怔了，脸色大变，猛地一挥手，掌沿如刀，斫向张立的手腕。

"啪！"咖啡杯飞出去，撞碎在墙上，满墙淋漓的淡黄色鬼脸似的扩散开来。

张立一颤，惊慌地跳起身，喝一声："你……"

"喝什么鸟咖啡！今天，为纪念周大叔，为我们兄弟重逢，应当浮一大白！"

罗琳满脸豪气，拿来一瓶白兰地，"哗啦啦"倒满两杯，举起一杯递给张立：

“张兄，我过去猜疑你、妒恨你，心胸狭窄，太不应该，请你不要见怪。从今以后，你就是我的亲兄弟，来，”他激动得眼睛发红，“干！”

“等等，也算上我一份！”鲁平满脸阴鸷地闯了进来。

“好啊，老鲁，来！”罗琳今天十分激动，豪情满怀地转身又斟上一杯。

鲁平拿起桌上的烟盒，摩挲一阵：“好一只漂亮的烟盒，张兄的吗？送给我吧！”

他从中抽出一支烟，叼在嘴上，就要把烟盒往兜里装。

“等等！”张立抓住了他的手，把烟盒慢慢拿过来，打量着鲁平寒芒闪闪的眼睛，淡然一笑，“对不起，鲁兄，这只烟盒，我已送给罗兄了。如果鲁兄想要，容小弟明天再买一只奉送，如何？”

“是吗？”罗琳一听很高兴，他郑重地接过烟盒，收进胸口的袋中。

“张兄好大方啊！”鲁平哂然一笑。

“来，来，喝酒！”罗琳给每人推过一杯酒，“干！”

三人一起拿起了酒杯，六目相对。或炯然，或闪烁，或坦诚，各自把酒倒入了喉咙。

“张立，鲁大哥，你们都在啊！”

王望梅洗浴完，换上一身新装，分外爽朗、俊俏地出现在门前。

“来来，小妹，陪张兄、鲁兄喝一杯！”

罗琳神气爽朗、热情地叫着，原先的孤僻、尖刻、冷傲、忧郁之气早已一扫而空。

“好，只要大家高兴，小妹舍命陪君子了。”王望梅见大哥一脸开朗，也十分兴奋。

一时，大厅里又热闹起来。

酒间，又议论开了案情。

罗琳试探着道：“据查，现在插手此案的各派间谍很多。日本有一名代号叫‘猎豹’、共方有一名代号叫‘满月’、军统有一名代号叫‘白狐’，很可能还有其他的力量都在关注这一赌局。我们似乎是在与群雄角逐。二位可不能只盯着猎物，还要多关心狩猎中的同行啊。”

王望梅很惊讶："这些代号也真怪。唔……"她托着腮帮猜测，"'白狐'，这人一定很狡滑，还可能是个女的，狐媚狐媚，很会迷人咯；'猎豹'，这人一定很凶残，一定是一个面目狰狞的巨寇；'满月'，这代号就更有趣了，"她皱起眉头，皓齿咬着染了蔻红的手指甲，歪着头想了半天，"啊呀，有了！旧小说上常有'面如满月，黛眉星目'的描写，这个'满月'，一定是一个很漂亮的女特务无疑！"

她扬起长长好看的眼睛，斜睨着张立，等待他的支持。

"我看未必，"谁料张立并不知音，扬了扬睿智的眉毛侃侃而谈，"代号嘛，顾名思义，只是一个符号而已，何必要标明性别？我记得苏东坡有词云：'会挽雕弓如满月，西北望，射天狼。'我看这'满月'是取此词意，为'天狼帮'而来，而且，很可能有期限为一月之意，鲁兄以为然否？"

"我对猜谜不感兴趣，"鲁平似乎很厌恶这无聊的瞎猜，言辞冷淡，"实话实说吧，我现在来，是想请各位去看戏的，日场，中午十二点半，杏花女的《情探》，各位有无雅兴？"说着，他掏出几张粉红的入场券，漂亮地一甩。

"太好了，我早就想去看看这位大红角了！"王望梅一把抢过来票子，高兴得又笑又叫。

"鲁兄有意，我等自当附庸风雅了。好，我还有事，等吃了中饭再来府上。"

张立说完，谢绝了罗琳兄妹的挽留，不顾望梅负气的眼色，飘然走了。

鲁平也借故暂时告辞。

张立走在街上，真是巧得很，又遇上了阿菊。巧中又巧的是阿菊告诉他，下午，兰芳要她陪她去看戏。

她神秘地对他耳语："夫人还说：'我要去看看，这个杏花女到底是什么变的！'说这话时，她的样子好吓人呢！"

"哦？"张立兴趣更大了，"正好，下午我和罗警长、鲁探长也要去看戏，到时候，我给你们留好位子。"

"那敢情好，我们可以坐在一起了！"阿菊兴奋地叫了一声，突然，她像发觉自己说漏了嘴，脸上一阵红晕飞起，留下一个让人琢磨不透的眼波，喜滋滋地小跑着走了。

这眼波，让张立难以自持，很费心思地玩味了一阵后，才匆匆离去。

鲁平找到潘祥，向他小声地交代：“我已经根据你提供的情况，搞了几张入场券，把罗兄他们一起请去看戏，这样，我们在剧场等她，你就不必跟来了。你仍然留在槐树洞中监视刘府，不要让那个姓孔的家伙钻了空子。”

“好，我会留心的，只要那家伙一露面，他就绝跑不了！”潘祥信心很足，答应一声立即前去执行任务。

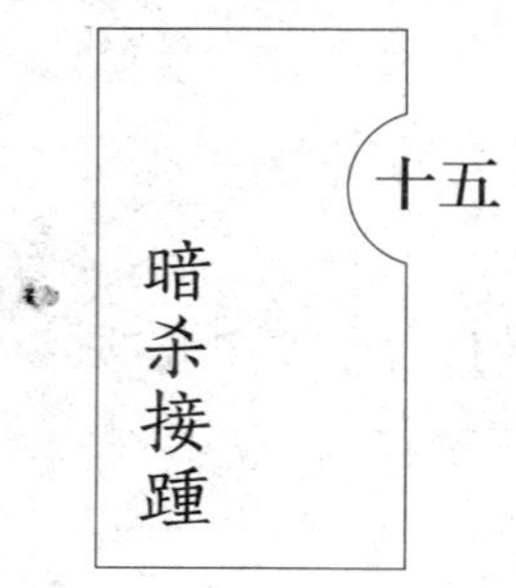

十五 暗杀接踵

一只手又在暗室里发报。

日本大佐正在独自下着围棋，一名和服女人紧踩着碎步走了进来，悄然说："刚才'猎豹'来电，今天下午鲁、罗和兰芳都将去剧院看戏。'猎豹'建议，在剧场前狙杀鲁、罗，劫持兰芳逼问口供。请示回电。"

那男人不声不响，久久地思索后，将一颗黑子下到盘中，自语道："好棋。"然后猛一转身，大声命令："回电：'同意！'"

横滨酒家一间很宽敞的密室中。

一张极大的楠木长方形会议桌，桌旁两排轻便皮椅上坐满了不三不四的人。

上首一张铺着熊皮的单人高脚沙发上坐着董盛昌，平日那张笑弥勒似的脸如今布满秋风黑云，凛然有如煞星下界、霸王临朝。

他弹了弹指头般粗细的雪茄上的烟灰，从朝天的猩猩鼻孔中赶出两股浓烟，一双白果眼向上翻起，似乎在研究袅袅烟雾中的八卦阵。

好半天，才冷哼一声："胆大变龙变虎，胆小只好变只抱鸡母。老大一死，鸡婆打鸣，拿着长鸡巴的爷们儿瞎支使，哪里服得了众？这就怨不得老五老七窝里反了。如今咱天狼帮是蚕老麦黄秧上节、娃哭屎胀豆浆煳，谁都想打个浑水虾筢，兄弟们也别怪我董老四不讲仁义了。咱这条道上的朋友，敬的都是红萝卜雕娃娃——饮食菩萨，总要先箍圆自己的肚子。现在那只母狼想独吞老大的那笔珍宝，各位总该有个想法。我老董直言不讳，这笔财宝是兄弟们大家的，不是那婆娘的陪嫁，老子要把它夺过来，和众兄弟共享。常言道：'黄连依旧苦，甘草自来甜。人有前后眼，富贵一千年。'各位是要围着那婆娘嗅臊呢，还是跟着我天狼心闯世界？何去何从，你们自己挑吧！"

他话语一停，两道目光便像弯弯镰刀直勾勾盯住了众人，秋风黑煞中凝起了寒霜。

室内的空气立即铁板似的厚重起来。

众人都觉得额头上开始变得湿漉漉的。

一个汉子站了起来，拍了拍敞开来的青砖块儿般的胸脯："不是亲人不进屋，不是草刺不粘身。谁耐烦在女人裙子底钻进钻出，埋在灰堆里混日子？四爷，我穿山甲听您的！"

"四爷，我们听您的！"

大家一起随声附和起来。

董老四目光中露出赞许："咱们同舟共济，有财大家发！"

"老四，"一个干瘦老头甩出一句话，"你的事就是我的事，咱们兄弟几时分过彼此？只是，不知老二是啥想法。"

董老四哈哈一笑，他心里很瞧不起这个手底下空空如也、无根无底的三哥，但他知道他那一肚子下水坏到了什么程度，不敢轻易得罪他，见他发话，态度也不由得恭敬了几分："三哥，小弟正要仰仗您这双天狼眼呢，至于二哥，他早和我心气相通了。"

"哦，那就好，那就好！"老头打了几个哈哈，不再说话了。

"四爷，那婊子好对付，不要看她有只天狼爪，凭她那点手艺，那点倒须钩，还能把您老的下巴挂住不成？我滚地龙第一个不尿她。您老发话吧，不是兄弟吹壳子，要死的还是要活的？兄弟第一个给您打头阵！"一个板栗头袖子撩撩地站了起来，粗声大气，慷慨激昂地嚷了一阵后，不可一世地扫了四座一眼。

董老四摆了摆手，一副宽宏大量的神气："老弟，话还不能这样说，那婊子好歹和我有八拜之交，又做了几天龙头夫人，咱们凡事可得讲点仁义，不能让道上的朋友戳脊梁，我只想请她来商议商议，借她的天狼爪用一用。"

“什么？借她的天狼爪来用用？”众人一点也听不明白。

“实话对大家说吧，龙头老大私心也太重，一笔财宝把我们兄弟全瞒了。前些天，那尊翡翠玲珑塔又被他神不知鬼不觉地搞到了手。老大和那婊子去藏宝时，老二多了个心眼，暗中尾随而去，踩到盘子（摸到了底），只是那只铁铸的藏宝箱很大，埋在地下石缝中，搬是搬不走，如果用炸药，珍宝又全完了。可是要开箱，必须要用到老六的天狼爪，否则是打不开宝箱的！”

董老四向大家宣布了一个天大的秘密，听得众人如同掉进了“芝麻，开门”的魔窟，既狂喜又发怵。

“哼！”干瘦老头一声冷哼，他很不以这位眼如鼠、胆如虎的拜弟为然，但无奈自己势单力薄，不能与之分庭抗礼，只有先顺竿儿爬几步再说，现在好歹还在一条船上，有些话不得不提醒他，“老四，我可要给你打个响片，那婊子好对付，可蒙城来了个神眼魔刀鲁，这可是个张飞卖秤砣——货硬人不软的角色，还有那个神枪罗琳，也狠得厉害，咱们可不能糊里糊涂叫他当饺子馅给包了。”

董老四眉头一皱：“三哥提醒得对，那确实是俩狠角色，不过，他要在咱天狼帮头上找乐子，也是端起刀头找错了庙门，说不得只好找个机会一道了结了他们。”

正在商议，有一个小角色进来，鬼鬼祟祟地走到董老四身边，悄悄耳语了一番。

董老四白果眼转了几转，面露喜色：“好！天赐良机。三哥，我手下的眼线说，那婊子现在去了剧场看戏，还有，姓罗的和姓鲁的也去了，我看，这正是一个下手的好机会。”

老头捋着胡子暗暗思量了一番：“唔，不错，就在剧院下手。先干掉姓鲁的，姓罗的暂时动不得，他是王司令的义子，一出事，王司令非把全城抄个底朝天不可。另外，在剧场门口派人候着，乘机将兰芳婊子弄来。”

“好！怪不得老大夸您天狼眼眼观六路、耳听八方，胸有谋略韬晦，诸葛、伯温之才呢，就依您。”

董老四精神来了，开始大声发号施令：“滚地龙、穿山甲，你俩在剧场外边候着，尽量不要动武，把兰芳给我接回总坛。”

滚地龙不解地道：“总坛？总坛不就在他们刘府？”

“对，那才好接嘛！你就对她说，我在等她，请她快点回来，记住，不到万不得已不能动武。”

“四爷，您就等着好信儿，咱兄弟决不含糊。”两人把胸脯拍得山响，领命而去。

董老四笑嘻嘻地回过头来：“三哥，这姓鲁的可是个硬脑壳，没有钢錾子，还奈何他不得，兄弟本想自己走一趟，但我那三脚猫的枪法您是知道的，只怕老鹰抓蓑衣——脱不了爪爪。您的功夫我是知道的，追魂夺命枪！兄弟想请您老亲自出个马儿，怎样？”

瘦老头听了很不是滋味，自己本想只出个主意看他背死人过河，谁料老四猾如油，回转身杀个大偏风，把自己三文不当二五地推出来。也罢，凭自己五更打香火的天狼夜眼，要打碎个把脑袋还难自己不着。于是，他有盐没味地干笑了一声：“只怕如今老啰，误了老弟的大事。要说不去嘛，又怕人说我只会打坐地冲锋。好，豆腐多了一泡水，话说多了淡无味，我去卖卖这条老命就是了。”

“借重，借重！”董盛昌拱手一笑后立即煞下脸来，两眼扫视众人，“其他兄弟随我去刘家大院。注意了，从后门进，要迅雷不及掩耳地把那婊子手下控制住。从现在起，谁也不能单独行动。谁要是包子漏了糖的话，三刀六洞，决不含糊！”

“是！”众人心头一阵发怵，齐声答应。

戏还有会儿开场，剧场前的休息室里，罗琳、鲁平、张立、王望梅在熙熙攘攘的观众间溜溜达达。

鲁平和张立，目光都在四处搜索，寻找着他们心里要等的人。

不一会儿，大门外气度高雅艳丽的刘夫人和使女阿菊终于露面了。

刘夫人一身黑色天鹅绒旗袍，裹着丰腴得体的身子，低低的领口、雪白的胸肌衬着一条金色的项链，斜襟掖着一条考究的黄丝手绢，手臂上挽着一只鳄鱼皮的小坤包，实在风姿绰约，光彩照人。阿菊身穿蓝底白花便服，更显得娇憨纯真。

鲁平向罗琳一使眼色，赶快迎了上去。

“刘夫人，你也来看戏啦？巧遇巧遇。”鲁平很有礼貌地寒暄。

“是呀，在家里闷得慌。怎么？鲁探长担心寡妇出入消遣场所，有伤风化？”兰芳眼中掠过一丝不安，立即反守为攻。

“哪里，哪里，鄙人还不至于那么守旧。其实，夫人早该出来活动活动啦。”他不说“走动”，却说“活动”，兰芳立即感到他话里有话，不觉浑身有些发热起来。

她有意岔开话题：“这里真热呀！”

说着，抽出斜襟的手绢扇风，不意带出了胸口项链的坠子，那坠子呈梅花形，晃晃地耀人的眼。

鲁平眼前一亮，心头闪出镯盒底的梅花形凹痕。

张立眼前也是一亮。

阿菊瞄了张立一眼，轻轻一推兰芳：“夫人，快开戏了，进去吧！”

她扶着夫人从张立身边挤过，碰着了张立的右手小臂。

“嘶！”张立浑身一颤，倒吸一口凉气。

“怎么？张先生，您手臂受了伤？”阿菊甜甜地一笑，很关切地问。

“没什么，今天起床扭了一下，不要紧，不要紧。”张立回了她一个笑脸，“啊，夫人，我们位子很好，您和我们一起坐吧！”

“那就多谢了，有你们保镖，我们也安全多了。”兰芳有盐没味地回应着，在阿菊的搀扶下随张立进去。

鲁平被刚才意外的收获惊呆了。

他脑中浮起了一幅图画：蒙面人A一条飞爪甩过去，在蒙面人C左手小臂上狠抓了一下，连皮带肉抓下一块。

是他！就是他盗走了镯盒！

他赶紧尾随着兰芳，与罗琳、王望梅一起走进了剧场。

后台。

演员们有的在化妆，有的背台词，有的在扳翎子，有的在压腿，一片忙乱。

吕静怡已经化好了妆，正在对着菱花镜梳长发，一个演鬼卒的三花脸跑来，悄声说："师姐，那个姓鲁的探长和姓罗的警长来了，怕是为花姑的事来找你的麻烦吧？"

吕静怡回眸一笑："没事儿，他们是我的朋友。"

"朋友？他们那班人哪会有朋友？师姐，你还是小心点为好。"三花脸关心地叮嘱。

"谢谢你，我会的。"

她说完，想了想，从箧中摸出一枝闪亮亮的金属簪儿，斜斜地别在了鬓角上。

然后，她悄然起身，向台角跑去，撩起一角帷幕向外窥视。她看见了他，心中怦怦地乱跳起来，不知是欢喜，还是紧张。

鲁平他们坐在第四排，从左到右，依次是罗琳、王望梅、张立、阿菊、兰芳、鲁平。

观众们也已经大多坐好，但仍然说说笑笑，剧场里嗡嗡一片，再加上杂役们给贵人们抛来抛去的擦面巾，天女散花般在人们头顶飞舞，更显得乱糟糟让人心烦。

"怎么还不开演？烦死人了！"直爽的王望梅首先抱怨开了。

"快了吧，快了！"张立安慰她。

果然，台侧的锣鼓"铿铿锵锵"地敲打起来了，高亢的秦腔伴喝也响遏行云，撩拨得观众热血沸腾，场里开始静下来。

这时，一团抛失手的毛巾飞来，正好打在兰芳身上。

兰芳脸涨得通红，四处张望，这才见右边不远处一个杂役在那儿尴尬地点头哈腰道歉。

兰芳怨气难消，手臂用力一挥，将毛巾甩出去，正中杂役的脸，那杂役捧着打痛的脸不敢吭声，邻座的鲁平却"哎哟"地大叫一声。原来兰芳手腕上的镯儿碰着了鲁平的额角。

"哎呀，实在对不起！"兰芳这才转怒为笑，向鲁平道歉。

"没什么。"鲁平摸着额头，"不过，你那镯儿好沉，差点砸开了我这七斤半，什么做成的？"

"哦，这是我妈留给我的一点纪念，也不知是什么金属的，大约是钢铁一类的吧，不值钱！”

“是吗？”鲁平很好奇，“不是琥珀的？能让我看看吗？”

“哪里,只是镀了一层琥珀色罢了。”兰芳很大方地将镯儿褪下,递给了鲁平。

鲁平接过，沉甸甸的，似乎比银还重些，很硬。他仔细地把玩了一会儿，见镯儿上有两个排在一起的小孔，有三分来深，也不知干什么用的。

他将镯儿还给了她，笑一笑说：“也许是什么合金的吧。”

“也许是的。”兰芳接过来，很有礼貌地点点头，也许是怕再碰着人，她没再戴了，顺手放入了坤包中。

“开戏了！”

他们开始注意地看起戏来。

剧场门口，进来一个迟到的观众。

是位很神气的老年绅士。他扶了扶墨镜，将一张包厢票交给杂役，瓮声瓮气地说：“二号包厢。”

“请这边来，老爷！”

杂役很小心地领他上了楼，带进了一间离戏台很近的包厢：“老爷，您还有什么吩咐？”

“嗯，”他将一张大面额钞票作小费塞入杂役手中，“演出时，无论什么事，请别来打搅我。”

杂役欢喜得很，连忙恭敬地应了一声：“是！”带关包厢的门走了，将这位老爷一人留在包厢中静静地听戏。

一阵紧锣密鼓，大幕徐徐拉开。

舞台上灯光很幽暗，幕内不时放出几道烟雾，送来森森的鬼氛。“唉呀！”随着一声尖啸的娇呼，杏花女扮演的敖桂英的鬼魂荡荡然地飘了出来。白衫白裙，水袖飞舞。

满台阴风惨惨，鬼魂儿碎步横移，然后是在急风中，鬼魂转了起来。每转至面向观众，就变换了一张鬼脸，白的、绿的、黄的、黑的、花的，又变成白的。鬼魂越转越快、越转越快，终于转成了一道白色的缥缈的旋风。

“锵锵锵锵锵锵……”锣鼓点儿也越打越密，然后鬼魂猛一住身，“锵咚锵”

一个亮相，鬼脸幻成了一个貌美如花的妇人。冷艳艳的脸，哀伤的表情，肠断欲绝的姿态，令人心悸魄动。

“好！”

台下一个满堂彩，几乎要将舞台掀翻。

接着，台上灯光蓦地一暗，随着一蓬鬼火炸开，翻出两名提着白纸灯笼的鬼卒和一名红袍驼背的阴判。

那阴判口中喷着一团团骇人的火球，抖着“哗啦啦”作响的镣链，晃着尖尖的帽翅，伴着急促的锣鼓，满台乱转。

一时台上热闹得让人坐都坐不住，观众的胃口吊起来了，一个个手舞足蹈、眉飞色舞、热血沸腾。

陡然，锣停鼓住，响起了悠扬婉转的高胡。那女鬼且歌且舞起来：

“海王神下了那拘魂的令，

判官爷前头把路引，

飘飘荡荡……啊……

前头来到了汴梁城。

呀，呀，呀……

今夜要活捉也——

王魁那呀负心的人，

啊……”

唱腔高吭凄艳，响彻云霄，直唱得正直者浩气满腔，亏心人心惊胆战，多情郎热泪盈眶。

“好！”

台下又是一声爆响，喝彩声振聋发聩。

“好个杏花女，果然不错。”罗琳豪气勃发，大声赞叹。

鲁平挺着腰，直感到眼眶发潮，心胸勃动，神情恍惚。

这时，剧场对面有一幢尖顶建筑的阁楼里，一名大汉持着装有瞄准器的步枪在试着瞄准。另一名大汉正在紧张地组装另一支精制的狙击枪。

瞄准器的十字架中是剧场的大门。

该进场的观众早已进场，门口已经冷冷清清，只有北风在懒洋洋地打扫着落叶和纸屑，一如倦怠了的老人无力将偌大的场子打扫干净。

装枪者将最后装上要装的瞄准器从皮箱中取出，碰了碰瞄准者的屁股："别急，时间还早得很呢。"

瞄准者喃喃自语："他们还有一个钟头的命了，他们今天死定了！"

突然他有所发现，回身招了招手："你来看，那辆马车还停在那儿，而且，赶车的有两个大汉，似乎有点古怪。"

装枪者将头挤了过来："哦？……"

他看见街口转角处有一辆遮得很严密的马车，有两名汉子坐在赶车人的座上抽着烟闲聊。

"没什么，接人的。我们完事就走，就是有古怪又与我们有何相干？"

装枪的不以为然，递过去一支烟，瞄准者默默地接过烟，最后盯了那辆马车一眼，那眼中蒸腾着一种野蛮的凶光。

二号包厢中的老绅士，在急促的锣鼓点中坐不住了，他正要利用震耳的锣鼓声掩盖他即将发出的另一种声响。

一支手枪从腰中拔出来。

一只烤蓝的"柯尔特"大号手枪的枪口移动着，瞄住了鲁平那一动不动的后脑勺，老绅士脸上的皱纹展曲着，重新组合成了一种恐怖的笑容。

戏台上，杏花女长袖起舞，飘飘盈盈地绕台碎步急行，要匆匆赶到汴梁去会那个无情的情人。她的眼睛却不时瞟向台下如呆如痴的鲁平。

在转身间，她心中激灵灵打了个寒战，因为她看见了一支黑洞洞的枪口从二号包厢的挡板上伸出，直勾勾地瞄着鲁平的后脑。

于是，这女鬼一甩头发，长发黑瀑般披拂下来，遮住了那张惨白的脸，右手一撩长发，顺势从头上拔下利簪，紧接着水袖匹练般地甩了出去，谁也无法觉察，那七八尺长的飞袖中射出了一点银光，惊心动魄地扎向二号包厢客人的咽喉。

然而，鲁平的眼中闪过了一道异色。

他站起身回头盯了二号包厢一眼，从容地向同伴们轻声说：“对不起，上一下厕所。”也不管同排观众的抱怨，游鱼般地挤了出来。

鲁平来到二号包厢，轻轻敲了两下门，身子一侧，羽毛般平贴壁上，凝神谛听。

包厢中没动静，只有一种公猫遇敌时发出的呼噜呼噜声。

于是，他猛地一下撞开门，就地一滚身，进了包厢。

他看见了一双搐动的脚和掉在脚边的一支大号手枪。有一个人的身体伏在包厢挡壁上，随着响尾蛇般骇人的抽响，口里唾液蛇涎般不断滴落下来。

他心头一凛，揪住此人的后领把他提翻过来，一张熟悉的面孔映入他的眼帘。

“原来是你！”

那人咽喉上深深地插着一只银簪，翻着白眼看着他，嘴里兀自呼噜呼噜地喘，并未完全断气。

“你到底是谁？”鲁平提着他的衣领猛摇几摇，厉声低喝。

那人嘴唇翕动着，含混不清地吐出几个字：“算……你……命长。”眼中射出猛禽才有的凶残的光。

那嘴唇又在翕动，颤颤抖抖地听不清说什么，鲁平不由得将头贴了过去。

“我是老三天狼眼！”那人刚吐清这几个恶狠狠的字，两只手已如鸟爪般抓牢了鲁平的颈根。

他只感到脖子一紧，两眼发黑。

那双垂死的手不知哪来那么大的力气，一边死死地卡住他的脖子，一边将身子倒过来，把他紧紧地挤压在板壁上。

恶心的窒息，使他全身发软，肺部喉头灌满了辣椒水般的难受。他两眼充血盯着紧贴着自己的一张疯狂残暴又垂死的脸，觉得自己的颈骨开始发响，脑袋仿佛要炸裂开来。他知道，如再不想办法，对手虽然活不久，但自己则会在对手钢铁铸成的老虎钳般的十指掐挤下，先对手一步迈进死亡的门槛。等罗琳找到他们的时候，他们俩一定是紧紧粘在一起的两具尸体了。

于是，他突然不顾颈骨会不会折断，尽力往前一挤，用头把对手挤开了一点距离。

“啊。”他感到喉头咯咯地一阵疼痛，空气通过他被掐紧的喉咙时，发出“嘘嘘”的声音。但他心中却一宽，有这点距离已经够了！他的右膝猛一抬，“噌”的一声，接着又“噗”的一声，他的膝盖中弹出一把半尺来长的利刃——这是魔刀鲁的第三绝：膝刀——插入了对手的小腹中。

那人嘴大大地张了张，手臂突然松开了，然后向下滑去。

鲁平用力扶住他的尸体，将膝刀小心地退出，防止血污大量地溅到裤子上。

他靠在墙壁上，闭上眼睛，感到整个肺部像火烧一般灼热，心脏要破裂似的跳动。

“好厉害的天狼眼！”他大口地喘气，半晌才恢复过来，只是还觉得脖子麻辣辣的痛。用手一摸，脖根给那老贼又长又尖的指甲抠烂了一块，正在渗出丝丝鲜血。

他用一条手帕将脖子扎了扎，把膝刀收回，脱下外衣，搭在臂上，挡住右膝上一个带有血迹的小小破洞，向门口走去。

才走几步，他又停住脚，稍想一想，回身将尸体颈部的银簪拔下，在尸体上擦了擦，放进了衣袋。这才从容不迫地走了出去，并随手将包厢门牢牢地关上。

回到楼下，他见同伴们仍然在聚精会神地看戏，便又若无其事地回到了座位上。

不一会儿，舞台上的负心贼王魁已经被鬼卒追命的铁索拉走，杏花女也做完了最后一个风神极佳的亮相，大幕还未完全落下，观众已经风起云涌挤向太平门。

鲁平拍了拍臂上的西装，站了起来：“各位先走一步，我想去后台一下。”

“鲁兄想是看上这朵杏花了。”张立挤眉弄眼地打趣。

鲁平欣然一笑：“那还要看人家给不给面子。”说完，他独自向后台侧门处挤去。

观众散得很快，兰芳一拉阿菊，向罗琳一点头，热情地说：“罗警长，我们先走了。以后有时间来寒舍小坐，好吗？”

罗琳彬彬有礼地笑答："我想，以后一定有机会拜访夫人的。再见！"

等她们走了一段路，他回头向后台门看了一眼，才回身对王望梅、张立说："我们也先出去吧！"

阁楼上两名大汉紧张起来。他们握着步枪，一只眼开一只眼闭地瞄着，在人群中寻找着目标。他们看见罗琳和张立、王望梅在观众中露面了，汗涔涔的手指开始按住了枪机。

罗琳他们站在台阶上说着话，想再等一下鲁平。观众越走越少，他们开始暴露在凶神的枪口下。

"只有姓罗的，姓鲁的还没有出来！"

"也许他先溜了，里面已经再没人出来，他妈的，算他走运，只有先干掉姓罗的再说！"

两个杀手等不及了，小声一商量，两支枪的瞄准器一起套上了罗琳的脑袋。

罗琳他们不远处，阿菊和兰芳在向前走。阿菊不时反转头，恋恋不舍地向张立张望，把张立引得目不转睛地盯着她们的背影。

王望梅看见了，很不是滋味，赌气地用力一拉罗琳："咱们也走吧！"

罗琳正在怔怔地想着鲁平的用意，被王望梅猛一拉，立足不稳，向身旁跌出一步。就在这时，"叭叭"两声枪响，子弹从他的耳轮边擦过，连太阳穴都感受到了一股灼热。

他大吃一惊，抬头间，望见了对面阁楼两支瞄准器镜头一闪的反光，他的手枪已快得不可思议地到了手心，他想也不想，下意识地甩手就是两枪。与此同时，猛一推王望梅，蹿了出去，粗鲁地拨开惊慌的人们，扑向对面的阁楼。

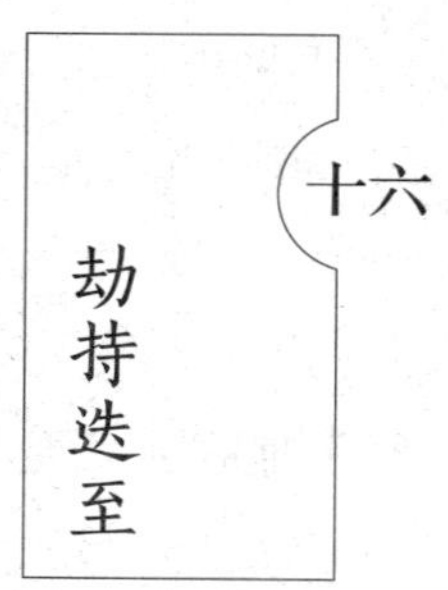

十六 劫持迭至

前不远的阿菊和兰芳听见骤然间身后枪响人呼，急忙回身探望。这时，一辆乌龟壳似的黑色轿车悄没声儿地滑到她们身边。

两条大汉从车门中蹿出，冰冷的短枪已经点住了她们的后腰。

兰芳一惊，反应敏捷地便想一蹲身后立即铁板桥加窝心腿，踢掉对方手枪，无奈身边的小姑娘阿菊吓得一声尖叫，死死地抱住了自己的双肩。

这一瞬即逝的时机错过了，她的双臂立即被剪，人也被拖进汽车中。

她狠狠地扫了阿菊一眼，见阿菊也被剪了双臂，“妈呀，妈呀！”满脸惨白地惊叫挣扎，被搡到自己的身边，不由得长叹一声，闭上了眼睛。脑中却开始紧张地思索起来：“对手是些什么人？他们绑架我是什么目的？”

轿车门还来不及关严，就“呼”地一声向前疾驶。

当轿车一来时，张立便发现了蹊跷，他顾不得还在身边发愣的王望梅，飞身向轿车奔去，可等他赶到，轿车已经启动了，他只有撵着轿车拼命狂追。

那辆马车上的滚地龙和穿山甲更是惊得发呆，他们正想前去请夫人上车，怎么也想不到竟有人先向他们下手，等他们醒悟过来，轿车已经启动。

“快追！”

穿山甲一鞭辕马，马骤然吃痛，扬蹄狂奔起来，把个滚地龙直直地摔进布幔密遮的车厢中。

张立眼看追不上，突然身边一辆马车发疯般窜过。他想也不想，随手一搭，双手抓住车厢后沿，双腿一缩，人已粘在了飞奔的马车后面。

马车紧跟着轿车飞驰，风驶电掣般狂奔着，吓得行人乱叫乱躲，路两旁，摊翻人倒，乱成了一锅粥。

这一切，冲入带阁楼屋子中的罗琳都没有看见，他此时正在屋顶阁楼中翻拨着两具尸体。

尸体均为前额中弹，弹孔中的鲜血溢出，有如二郎神第三只眼中滚出了血泪。

罗琳搜着尸体，除了枪外，一无什物可证明他们的身份。他将尸体的胸衣扒开，发现两人脖子上都吊着一块灵符似的小黄布，上面画了一只黑色的野鸡。

他把布片取下来，放入袋中，疑疑惑惑地走出了这所房子。

王望梅仓皇地迎了上去，紧张地问："哥，怎么回事？"

罗琳摇摇头："打死了两名杀手，不知是什么身份。"

这时，一名便衣警察跑了上来，慌慌张张地报告："警长，刘夫人和使女一起被一辆黑色轿车劫走了！"

"什么？"罗琳心头一震，"快，快去找一辆车来，设法追踪。"

这刹那间出现的谲波诡云的怪事，后台的鲁平当然一无所知。此刻，他正在危险的感情旋涡中努力考验自己的定力。

吕静怡洗去铅粉，施上淡妆。眉如青黛，颊似桃花，更显得明眸皓齿，肌肤如雪。

她一手轻抚风鬟，一手微弄衣衫，明眸流波地向鲁平睃了一眼，轻柔地说："鲁探长真的不怀疑我？"

鲁平心头一片紊乱，但他语气十分诚恳："不，我与姑娘虽只有数面之交，但已知道姑娘的为人，何况，"他从兜中掏出簪儿递过去，"何况姑娘刚才还救了我一命。"

"彼此彼此，鲁先生不是也救过我一命吗？"她的语气中似乎含有一点讥讽，但眉梢仍然翘着笑意。

"你知道杀手是谁吗？"鲁平神色凝重，加强语气问。

"难道是我所认识的人？"她对鲁平这种态度有些惊讶。

"他是天狼眼！就是那个给我们算过命的药王常有德。"他把"我们"两个字说得特别重。

“真的？”吕静怡有点吃惊，也有点耳热心跳，“你知道他为什么要杀你吗？”

鲁平点燃一支烟，深吸一口：“不知道，但可以猜到一些。”他突然话锋一转，“姑娘，对于天狼帮，你到底知道多少呢？”

“你……”吕静怡脸上的微笑消失了，变得有些苍白，“你怀疑我与他们是一伙的？”

“不，我说过，不怀疑你。”鲁平眉宇间凝着正气，“但，你太神秘。杀刘天狼的是你，盗镯盒的是你，以后许多事件似乎都和你有联系，你能给我解释解释吗？”

“解释？”她哼了一声，从鲁平的烟盒中抽出一支烟，点燃后猛吸一口，两股烟从小巧的鼻孔中喷出来，她默不作声地察看这位探长的神色，似乎在揣测他的真意，“你既然知道了我是真凶，把我交出去好了，又有什么好解释的？”

“因为我知道你杀他必有原因。”

“什么原因？”吕静怡突然双目含威，“你以为我也是为了什么财宝？”

鲁平不置可否地一笑：“你身怀绝技，隐身风尘，卧薪尝胆，手刃贼魁，当然其中必有大原因。”他稍一停顿，声音陡然变得无比的恳切真诚，“我是你那位逝去的亲人的朋友，难道你就不可以把其中的原因告诉我吗？”

他尽管不相信她是个坏人，但她是否与某个黑集团有联系呢？是否与那笔珍宝有联系呢？他不能确定。

“我知道，你处处袒护我，为我掩饰，是看在你那位逝去的朋友分上。”吕静怡的脸色越来越苍白，她的眼光移到了自己脚上的一双红缎绣花鞋尖上，那里缝着一小块白布，“其实，就是已死的周文杰大哥，也不知道我这个原因。”

“你在为他戴孝？”鲁平看到了那鞋上的白布，从心里一直抖出来，连声音也把握不住。

“尽尽心吧。”吕静怡的声音含着无奈的凄凉，但她很快回到正题上，“所以，请你原谅，我现在还不想去揭我心头的这个伤疤。”

鲁平没有做声，似乎沉入了某种令人心悸的沉思。

她歉意的目光盯住了眼前的鲁平，在她的眼里，鲁平伟岸、潇洒、正直、剽悍，是一个真正的男子汉，更何况与文杰有千丝万缕的联系。不知从什么时候起，这个神秘的男人的影子走进了她的芳心，搅得她彻夜难眠。

现在，他实实在在贴她而坐，真诚而温柔。她开始仔细地打量这个像熟悉又像陌生的男人，在他布满皱纹的眼角，她看到了岁月之犁耕耘过的痕迹，那是沉寂了多年但从未荒芜过的皱纹，那是也许在私恋时就已经被划伤过的皱纹，这生命延续的痕迹，还要滋生蔓延，刻下更多的惊心动魄的经历。

她忽然觉得心中充满了那么多的柔情，迫切地想要支付。告诉他吧，把自己心中的秘密一股脑儿都告诉他，也许心头就会掀去一块磐石，从此变得轻松。多年来潜藏在心灵深处的酸辛的岩浆，在他的目光下几乎就要冲决了牙关。

“难道你这个原因在和周文杰分离前就存在了吗？”鲁平手神经质地颤着从嘴上拿开了香烟。

她咬着牙关点了点头。

“那么……那么你为什么没有告诉他呢？”

“唉！”她伤心地垂下头，“那时我太幸福了！有妈妈，有哥哥，那么多的温情，那么多的幻想，快乐都来不及，哪里还会去回忆苦难？”

“哦？原来那时，你心头就压着一笔苦难？竟然他都不知道？！”他木然地说，声音和脸色一时又都阴沉下来，显得如此的厚重。

她突然有些怕他。怕他的阴沉，怕他的神秘。谁知道这个怪人想的是些什么呢？她想一吐为快的念头退了回去，但另一种欲望燃烧了起来：“鲁兄，”她第一次这样称呼他，显得有些怯怯的，“你今天能给我谈谈文杰吗？”

鲁平似乎心头打了一个寒战，他倏地站了起来，觉得喉节发紧，下意识地打开了风纪扣，那条围脖里的手帕掉了下来。

“哎呀，你受伤了？”吕静怡发现他脖颈上血肉模糊，吓了一跳，连忙过来，按他坐下，掏出手绢，为他轻擦伤口。

“不要紧的，一点抓伤。”

在她温柔的双手下，鲁平一动也不敢动，口中推辞，心中却怦怦乱跳。

突然他觉得颈中有什么被拉拽出来，猛然想起一桩事，吓得他一下子慌了神。

果然，当他抬头看时，吕静怡脸白如纸，嘴唇在瑟瑟发抖。她的手里，托着从他颈中拉出的一块长命锁，更抖得像筛糠一样。

“你……你……这锁……是……哪里来的？”

鲁平心一横，将锁卸了下来，交到她的手中：“这……是文杰临终时送给我的，他……他一直都带在身边！”

“不，他就是死，也决不会把它送人，你告诉我，他为什么要送给你！”全身颤抖的吕静怡有些歇斯底里了。

鲁平站起身子，声音硬如铁石：“实在对不起，静怡小姐，今天我没时间了，包厢中还有一具尸体要处理呢！”他看了看她黯淡下去的目光，实在不忍，迟疑了一下，“这样吧，后天上午十点，我在小天鹅咖啡馆等你，我们再谈谈，好吗？”

吕静怡努力镇定下来，咬了咬牙：“好吧！”

“那么，再见！”鲁平站起身来，向门外走去。

“哎……”吕静怡突然想到一件早就要说的事，“鲁先生，还有一件事。那一对玉镯，我很喜欢，你能给我买下来吗？……我给钱。”说完，她的脸有些泛红，似乎很为后面一句话感到羞愧。

“对不起，我无法办到。”鲁平疑惑地摇了摇头，“何况，罗警长已经将它送给了望梅小姐了。”说完，他匆匆地走了。

吕静怡的脸又一阵泛白，一口雪白的牙齿紧紧地咬了起来。

黑色的轿车，飓风一般地卷来，岔进了一条荒芜的小道。

它碾过道路中间许多探头探脑的杂草，立即被灌木遮住了踪迹。从大道上再也看不到它的影子。除非有心人能仔细辨别车轮的痕迹，否则，谁也不会猜出这样冷落的小道上会有车开进去。

轿车几经颠簸，停在了一所蛛网封尘、破败不堪的木屋前。

连司机在内四条横壮的汉子将两个女人拽进了木屋。木屋空空如也，横梁上贼头贼脑的野鼠惊慌地躲藏，拨落下几股散着霉味的灰尘。只有一张发绿的旧书桌，桌面上放着一只积尘盈寸的笔筒，桌旁一只三条腿的烂椅，还能让人联想到这屋里过去的主人。

为首的一名大汉长着一颗酒糟鼻，两条板刀般的眉毛覆盖在很深的眼窝上。

“刘夫人，你很有胆识，竟然暗杀了浅见将军，把做的生意又收回去了。”酒糟鼻很深的眼窝像被野狗掏空的荒坟洞穴，里面发出幽幽鬼火般的光，“用你们黑道上的话说，这汤浑水，你蹚得太不仗义了吧？”

“这么说，你们是日本人了？”兰芳收起一颗忐忐忑忑的心，用手披拂了一下被弄乱的鬓发，镇定了下来，“这个误会就太大了。我当家的一直是皇军的朋友，我怎么会去杀浅见将军？更何况——”她饱含风情的桃花眼一眨，立刻泪水盈眶，“我当家的前不久也被人暗杀，莫非也是各位下的手？”

随着，她声色俱厉起来：“各位龙哥虎弟，不分是非，不分敌友，不讲道义，害了我当家的不算，难道还要斩尽杀绝，对我一个可怜的寡妇下手不成？”她放软了声音，换上可怜兮兮的媚笑，“当然，这绝不是各位的本意，我知道日本朋友本是够交情的，一定是受了别人的挑唆利用，把刀把子端反了。我一个妇道人家，不懂多少春秋大义，但也决不会打水线仗火，拉起袍哥架子寻朋友打架拼命。各位好朋友如有什么难处，发一声言语，我兰芳只要有的，决不会少各位一丁半点。”

她想先说几句过节话套交情，再凭着自己的几分姿色，投其所好化敌为友。却不知今天碰着了几位凶神附体的狠角色。

为首的酒糟鼻子一声冷笑，阴沉沉地盯着兰芳：“刘夫人，你很会说话，不过，”他一只手托起她的下巴，“今天我不想和你啰唆，我只要一句话，”陡地，他五官全部向红鼻子集中，凶神恶煞地一声喝，“说，藏宝在哪里！”

“藏宝？”兰芳一脸懵懂，“啊，你是说卖给浅见将军的一些什么吧？这我可不知道了。我那死鬼，平日里总是说我头发长、见识短，枕头边、屏风后也讨不到他一句要紧的话。这不，他脚一伸走了，害得我寡妇一个，不要说藏宝，连吃饭的钱都不知到哪儿去找，啊呀那短命的刘庆仁哪，”她一下子坐在地上，又哭又嚎，“你害得我好惨啊，难怪你会给人割了脑袋做个砍脑壳鬼啊……”

“啪啪啪！”

酒糟鼻一把揪住她的头发，仰起她的头脸，一连给了她几个结结实实带响的嘴巴，打得她鼻血迸出，和着眼泪鼻涕糊了一脸：“你不说？我有办法叫你开口！来，”他狞笑了几声，对三名手下喝道，“先用这小妞儿做个样子给她瞧瞧！”

那三名壮汉笑应一声，一把将阿菊拎了过来。

阿菊惨叫一声：“呀！……放了我吧……”她回过头，满脸凄怆，“夫人，救命啦！”

小小阿菊，在三名大汉手中，犹如小猫儿一样，尽管她又哭又嚎，又踢又打，完全无济于事。

“刺啦”一声，她的衣襟被撕开了，雪白的胸乳挺挺地露了出来。

“啊……”阿菊一声凄厉的惊呼，“夫人，救命，告诉他们吧！”

“哈哈哈哈。”三名壮汉狰狞地狂笑着，又摸又拧，阿菊像被宰的羔羊般呼天抢地、撕心裂肺地惨号着。

酒糟鼻满脸狞笑，用枪指着兰芳，瞪着双眼淫淫地旁观。

兰芳目睹着这场即将发生的兽行，她看到阿菊白得像纸一样的脸上那双望着她的眼睛，那目光，充满了对她的哀求和冀望，继而充满了对她的轻蔑和厌恶，接着充满了恐怖、绝望和冷漠，最后露出一副听天由命等待宰割的凄凉。

这目光刺痛了她，触动了遭遇的蜘蛛在她心灵深处编织起的早已尘封了的网。

她也纯洁过，她也天真过，她也曾像阿菊一样面对暴行向别人投去过这种求援以至绝望的目光。就是那次暴行，蹂躏了自己的处女地，在自己的心间烧起了一把冰冷的烈火。还有什么东西比扭曲的人格和糟蹋烂了的希望更能助燃的呢？人生冷酷、命运莫测、生途凶险，她千百次地躲闪，千百次地应战，但出路只有一条，以被糟蹋过的身体和被扭曲了的人格为武器去粉碎和烧毁挡在自己路上的一切！否则，生命就会毫无光泽。

眼前那待宰的目光，唤醒了她人性中残存的一丝野蛮的柔情，她仿佛看到又一个自己在遭受蹂躏。她忍不住了，怒喝一声：“住手！”

两个正在解裤带的壮汉将动作放慢了，骑在阿菊身上的壮汉也停止了猥亵的动作。

兰芳睃了一眼阿菊可怜兮兮的脸：“放开她。”威严地下了一道不可抗拒的命令。

酒糟鼻子手枪一摆，三人放开了阿菊。

阿菊双手护住胸襟，瑟瑟缩缩地退至了墙角，惊恐地等待着将要发生的事情。

兰芳铁青的脸上忽然漾起放荡的笑容：“嘻嘻，我道你们有什么本领！三个大汉来作践一个小姑娘，哼，算个屎本事！你们日本男人不是太差劲了吗？有什么功夫，来，”她一拍高耸的乳房，“尽管朝老娘来！比你们野十倍的男人老娘也见得多了，哼，就你们那点玩意儿！”她不屑地一撇嘴角，“老娘我统统接着！”

阿菊哆哆嗦嗦地过来拉她：“夫人，别……别……还是将东西给了他们吧！”

“你滚开！”兰芳怒火上涌，一声喝，一横掌，把阿菊直摔到墙角。

回过头来，她一边下流地艳笑着，一边自己解开了衣衫，用手托起硕大粉白的乳房，淫淫地嗲语：“来呀，动家伙整呀，脯子肉鲜嫩着呢！”

几个壮汉呆了，酒糟鼻子气得红鼻尖上冒汗，他怒气又化成凶残的冷笑：“×他妈，给这贱货消化消化，上！”

另三人一拥而上，将兰芳按倒在地上……

“哗啦啦！”

三名大汉还未入港，一声响亮，穿山甲一头撞开窗板，翻了进来，滚地龙紧接着滚入，人未落地，已甩手一枪。

“砰”，压在兰芳身上的那名壮汉被撂倒了，同时，穿山甲的铁头，也已砰地一声撞在另一壮汉的胸上。

只听见“咔嚓嚓”乱响，那壮汉胸肋被撞断了足足半打以上，翻倒地上大吐其血喘气不息了。

酒糟鼻一愣，才举起枪要打，兰芳乌龙绞柱，倒翻而起，脚尖一挑，已经踢飞了他的手枪。

酒糟鼻见滚地龙的枪口已要对准自己，亡魂大冒，急中生智，抓起桌上的笔筒一掷，准而有力，将滚地龙的手枪打落，接着和身而上，抱住了滚地龙；而另一名壮汉也已和穿山甲滚作一团。

这时，窗口探出了半个脑袋，又很快地缩了回去，却是蒙城晚报的记者张立。

兰芳起身，一边整理衣服，一边观看着四人激烈交手。

酒糟鼻精通东洋式摔跤，手腕灵活得很，几下擒拿，已抱住滚地龙的后颈和肩胛，一个扛梁大背摔，把滚地龙旋空翻过，重重摔在地上，接着不失时机地猛扑上去，恶狠狠地就要结果他。

兰芳腾身跃起，左脚侧锋干净利落地弹在酒糟鼻的前胸。

酒糟鼻踉跄了几步才站稳脚跟，吼一声，拉开架势，双手翻飞，左手穿首爪，右手连环探怀手，直取兰芳。

这厮招术怪异，手法奇诡，让人觉得漫天爪影不离胸腹。

兰芳凝神定气，使开了三阳拳，夹着连云掌，荷迎恶风，卷了进去。

两人以快拆快，一时过了数十招。

"夫人，使天狼爪，使天狼爪！"滚地龙在旁边急得大声提醒。不知何故，兰芳令他失望。

他希望见识一下传闻中的天狼爪——这是谁也没见识过的，凡是见识过的人都早已死了。——但夫人这绝招却不使出。

酒糟鼻一个物换星移，身法奇快地一闪，已抱住兰芳的细腰，又想轻车熟路，用大背摔摔昏兰芳。

不意兰芳后肘拳蝎尾针般快速捣出，正中他的前胸，他前胸第二次受到重创，立脚不稳，"呛呛呛呛"一连退了六七步，跌倒地上。"呀——"，兰芳大鹏鸟儿般腾起，半空中一个大车翻，落下时又准又狠，右脚踏上了他的前胸，左脚侧锋踩在他的脖上。他口中大朵大朵的鲜血喷出，立时气绝身亡。

那边穿山甲也已将最后一名壮汉压死地上，双手卡住他的脖子，两臂一叫劲，将他舌头卡出三寸长，一命呜呼了。

大家都大吐了一口气，站了起来。

兰芳一手一个，攥住两人的手："好兄弟，今天多亏你们了。"她满脸感激地问，"你们怎么知道我在这儿？"

穿山甲顺手在她手背上摸了几下："四爷让我们到剧院门口来接夫人，刚好发现他们对夫人下手，就赶着马车追来了。"他停了一下，想词儿，"啊，对了，四爷已经在您府上等您呢，夫人，我们快回去！”

“哦？等我？”兰芳有些疑惑，“怎么？出了什么事？”

两人摇摇头：“不知道，四爷交代我们，见着夫人，就请夫人快点回去。”

“好，走！”

兰芳回头拾起坤包，一拉阿菊，大家向外走去，阿菊仍是一副失魂落魄的样子，眼神似乎比刚才更恐慌几分。

马车载着他们飞奔。

马车底下，张立攀着后板，慢慢地探出半个身子，隔着车板的缝隙向里窥视。

兰芳问右边的穿山甲：“兄弟，你真不知道四爷找我有什么事？”

“真不清楚，反正夫人回了总坛，就会知道了。”穿山甲含含糊糊地回答。

兰芳觉得有点儿不对劲，可又说不出哪儿不对劲。

她思忖了一会儿，悄悄将项链拉下，塞入坤包，又将坤包塞进左边阿菊的手中，并轻轻地在她手背上拍了一下。

马车来到了刘家大院门外停住了。

穿山甲下车去叫开大门。

张立在车下藏着，早已发现大槐树洞中的暗哨潘祥，他忙写一张字条，包块石头向大槐树洞扔去。

大门轰隆隆地打开了。

张立立即重又缩回车下，攀住底板，随着马车进了刘家大院。

潘祥捡起字条，打开一看，上面写着：“兰芳有难，速找罗、鲁。”他想了想，立刻跑着离开，去找罗琳和鲁平去了。

马车沿着甬道，到厅门口才停下。

兰芳在阿菊的搀扶下走下马车。一下车，她便发觉情况有异。

她自己的手下全不见了，只有向婆婆驼着背扫着院子。

门前三三两两或站或坐都是董老四的手下，见她走近，谄笑着恭维几句，马上又放低音调继续去谈女人的大腿，全然没把她放在眼里的味道。

向婆婆见阿菊回来，向前靠了靠，脸露惊恐，才想和阿菊说句话，便被一名大汉推了个趔趄：“走开走开，别挡了夫人的道儿！”那神气，好像在自己家发号施令。

兰芳不由得怒火上升，厉声喝问：“董老四在哪儿？”

一个蓑衣头挂着挤出来的笑容：“夫人，四爷正在厅堂候着您呢！”

兰芳懒得和他啰唆，一拉阿菊：“走！”大步迈进大厅去。

院中的人也一拥而上，跟着她的后面进了大厅，只留下俩放哨的喽啰。

张立乘此机会，从车下溜了出来，混在众人之后，溜进了大厅，然后一晃身，钻到落地窗的窗帘后隐住身形藏了起来。

大大咧咧坐在太师椅上的董盛昌这时迎了上来：“嫂夫人，您回来啦？”

兰芳无名火涌上心头：“老四，你把我的人都弄哪儿去了？”

“哪里话，自家兄弟嘛，我的人不就是你的人吗？”董老四不正面回答，胡乱打着哈哈应付着。

“好，那我问你，今天兴师动众找上门来，有什么大事？”

“此处人多耳杂，事关重大，我想请嫂夫人进总香堂叙话。”

董盛昌也不等她答腔，自作主张走到中间，卷起正墙上一张关二爷夜读兵书的长轴，伸手进去按了按，“轰隆隆”一声响亮，当中一大块地板移开了，下面出现了一架石阶。

“哼，老四，你胆大包天，僭位专断，竟敢私自开启总香堂？你以为老大一死，就可以胡作非为了吗？老二知道了，你要吃不了兜着走！”兰芳又惊又怒，指着董老四大骂。

“老二？”董老四鄙夷地一笑，“实话实说，我还正是奉了他老人家的命令行事的呢，嫂夫人请吧！”

“好，我倒要看你们肚子里装着一副什么下水！”兰芳无奈，只好气冲冲地走了下去。

董老四一推阿菊，阿菊也跟着下去了。他再一挥手，滚地龙、穿山甲紧随其后，然后，董盛昌回头吩咐：“第一组同我下去，第二组警戒，不论是谁，闯进来一律格杀勿论！”

说罢，带着七八条汉子，鱼贯走下台阶，地板又“轰隆隆”回到原处。

石阶沿途有灯。

下了三十六级，是一条长长的甬道。

走了一会儿，有一扇很厚的红木大门挡在中间。门旁一副魏体梨木阴文楹联，上联是“山门镇地为财聚”，下联是“驿路朝天任我行”。门上头一块黑底金字匾，篆书“总坛”二字。

大门上雕着一只面目狰狞的狼头，左眼一盏绿莹莹的灯亮着，右眼黑洞洞的，似乎这头老狼在一眼开一眼闭地消受刚刚饱餐了的一顿骨肉。

滚地龙抢上一步，伸手一按老狼的左眼，左眼的绿灯熄了，右眼的绿灯却亮了。只听见“轧轧轧”的一阵响，大门向左边移去，移开五尺停住了。

兰芳瞪了滚地龙一眼，悻悻地进了总香堂。

总香堂上吊着八盏骷髅长明灯，一律用的是绿色灯泡，发出幽幽的绿光，照得全厅阴惨惨、冷飕飕的。

当中一把狼皮交椅，再是每边各三把小一号的狼皮交椅，每张椅子都镂着一只狼头，眼中也一律亮着绿光，一闪一闪，仿佛就要择人而噬。

正中一块匾，黑底金字“总香堂”，两边梨木楹联，镂的是“天造地设，帮威享誉朝野；狼藏虎卧，超人啸聚江湖”。联首分别嵌着“天”“狼”二字。

上联旁是一幅牛头马面图，下联旁是一幅黑白无常图。整个厅中阴风习习、鬼气森森。

兰芳才在中间站定，董盛昌和一群壮汉已经纷纷走进。

董盛昌二话不说，走上中间一把交椅安然坐下，“哈哈哈哈”仰天狂笑几声。

“你……你……好大的胆子！”兰芳面上变色，气得话都说不连贯，“你竟敢僭上篡位，难道不怕帮规了吗？”

董盛昌冷笑连声：“嘿嘿嘿，没有这点胆子，怎么给大哥报仇？”突然，他面一沉，大喝一声：“说，大哥是如何死的？是谁下的手？”

如何死的，谁下的手？说实话，至今兰芳都懵懵懂懂。

记得那晚十一点，她还在书房中。

刘庆仁靠墙坐着，摩挲着她弄回来的那张珍宝清单，隔着桌子对她笑着：“兰芳，真有你的，你算摸透狼性了，又狠又猾。才几天工夫连续立了两件大功。清单拿了回来，又神不知鬼不觉弄到了翡翠玲珑塔，我可服了你了，我的好夫

人。”

“老大，你别神气得太早，俗话说，‘鹤因丹顶兔因毛，鸟因声好坐笼牢’，我看，说不定这笔财宝倒是个祸根呢。你和日本人签了约，又毁约，他们虽说投降了，地下力量还不小，你以为他们会放过你吗？再说，王立威成立了警备司令部，正在整饬社会治安，特别是他的义子罗琳，人称神枪罗，是个狠角色，谁知哪天被他踩着尾巴？”

“哼，日本人大势已去，和他们做生意，如今叫我去哪儿拿钱？我可不会傻到背死人过河。他们即使还有点力量，也没几天好蹦了。至于王立威，倒是要防一防，明天我吩咐弟兄们收收手，别撞到他的枪口上。唉，说实在话，这些我还不顶担心，我担心的倒是黑道上的朋友，甚至老二、老三他们，虽说是自家兄弟，须知道青酒红人面、财帛动人心啦，要是给他们嗅到点什么，倒真有无穷后患。昨天我们去藏那座翡翠玲珑塔，我总觉得身后有人跟着似的，到今天也心跳跳的不安。”

“你呀，疑心生暗鬼。我看，把那张清单烧了算了，咱们心头又不是没数，留那玩意儿总是个祸根。”

“你懂什么，有这笔珍宝在，还怕没有买家？日本人倒了，还有美国人、英国人。把你那只镯盒拿来，只要藏得好，不怕小人翻。”兰芳拿出镯盒，打开，把玉镯放在桌上，将颈上项链的梅花形坠子，合在板底的凹痕中，左拧二下，右拧三下，“扑”的一声翻起一块翻板。

刘庆仁接过，将清单叠小，放在盒底，把翻板压上，立即严实合缝，绝没人能发现其中机关。

“钥匙你收着，盒子我拿着，别人就是神仙，也想不到其中的奥妙。好了，你去睡吧，我还要给吴参议写一对楹联。”

就这样，兰芳离开了书房，下楼梯时，她怎么也想不到这时便有两名黑衣人叶片儿般贴在楼梯壁上。

这些，现在她当然不会讲，就是讲了，又能知道那两个黑衣人是谁呢？

“那天的情况，我早派孔香主告诉你了，你怎么还问我？我怎么知道那两个蒙面人是谁？”她怒目而视董盛昌。

“哼，不知道？我看可能与你有关吧！”董盛昌一使眼色，七八条大汉一个个凶神恶煞般围拢来。

“好，好，老四，算你狠！阿菊，咱们走！”兰芳一看不妙，拉起阿菊，想夺门而出，但立刻被几把手枪和斧头逼了回来。

“嫂子，你今天不给兄弟们帮个忙，可就不怎么好走了。”董盛昌阴沉沉地边说边踱了上来。

兰芳又气又恨，破口大骂：“你们……你们这群忘恩负义的畜生！”她逼住一口气，强咽了下去，“好吧，说，帮什么忙？”脸上一时又浮现出冶荡忌刻的阴狠，“说呀！总不是要我这个风流寡妇再当一次龙头夫人吧？”

“哈哈，”董老四淫淫地笑着逼过来，“那倒不敢，比起大嫂您来，兄弟的家伙还嫩了点儿，今天只要嫂子交出那批东西。”

兰芳神态冰冷：“什么东西？”

老四再逼进一步：“西山的珍宝！”

兰芳心中陡吃一惊，他们夫妻俩将珍宝藏在西面凤凰山中，神不知鬼不觉，绝对没有第三个人知道，他是怎么知道的？难道给死鬼说中了，那天果然有人跟踪？可她口中却是一种愤愤然的神气：“西山？你是说凤凰山？哼，捕风捉影，莫名其妙！”

老四见她神情失措，心中暗暗得意：“哦？嫂子好健忘，八天前嫂子不是还和大哥一起放进去一只翡翠玲珑塔吗？”

“你……你盯梢？”兰芳大惊失色。

老四打了个哈哈：“我天狼心可没这个胆量，可是二哥天狼胆却从不敢拉下大哥一步。”

“原来是他！”

兰芳咬牙切齿，她趁老四得意忘形间，陡然发难。跨步抢进中盘，立掌如刀，一招二分明月，劈向董老四左胸。

谁知道看似富态肥胖的董老四，却诡如泥鳅滑如油，身子一扭，便避开了掌风，左手单掌一立云封秦岭，化去兰芳掌势，右手的四合拳竟然匪夷所思地从左腋下钻出，一招引针腰斩，击在兰芳腰上。

这犀利霸道的冲拳如铁锤一般，兰芳倏觉钻心疼痛，腰一软，双臂已被两名精壮如牛的大汉按住。

董盛昌两手拍了拍，笑嘻嘻地说：“说实在话，我怕只怕嫂子你那无人见识过的天狼爪，所以不敢和嫂子多玩几手。刚才发了个小人招，好在咱们是自家人玩玩，也不太丢面子。现在嫂子该说了吧！”“董老四，老大才死几天？你全然不顾兄弟情分，竟带着人打上门来欺侮我一个寡妇，你好不要脸！”

“哈哈，常言道：店大欺客，客大欺店，胜优败劣，强者为王。这可是咱们黑道上的规矩，嫂子总不会不知吧？”董老四神气十足地从手下手中夺过一把阔刃斧头，用手指面轻轻地在雪亮的斧头飞薄的刃锋上刮着，刮得嗖嗖地响，“原先老大有实力，我姓董的服他，现在老大已死，白云苍狗，移形易位，总不能叫我伏在雌裙下俯首称臣吧？好了，”他神色一凛，“废话少说，那藏宝你是鸡吃萤火虫——心知肚明的，你倒是说不说？”

“嘻嘻，说？说什么？你是要听荤的还是要听素的？”兰芳心一横，耍开了泼，“有种三刀六洞，杀了老娘，别在这儿扮老虎！”

“好！”老四一抹脸，杀气陡升，“你是自寻死路。”

他一横斧头，薄刃抵住了她的颈脖，冰冷冷的声音从牙缝中挤出：“藏宝的地方不需要你讲了，你立即将开保险箱的秘密说出来！”

他手上稍一用力，一缕鲜血顺着兰芳白嫩的脖子流下来，一直流入乳沟。

兰芳知道，说了她将死得更惨，不说或许还能留条命在，于是咬牙挺着：“你想敲骨求金？别跟老娘耍横，老娘是耍横的祖宗！有种你把老娘的六斤半割下来！”

董盛昌眼球鼓了起来，头发根直冒白烟：“好你个臭婊子，不要以为老子不知道，秘密就在你这只鬼爪子上！”

他一使眼色，两名大汉将兰芳掀翻。董老四杀气腾腾将兰芳的右手按在地上，用斧头比画着：“你最好自己说出来，要不然，我只好剁下这只鬼爪子，也许用它同样可以开箱！”

兰芳闭目不言，死死地熬着。

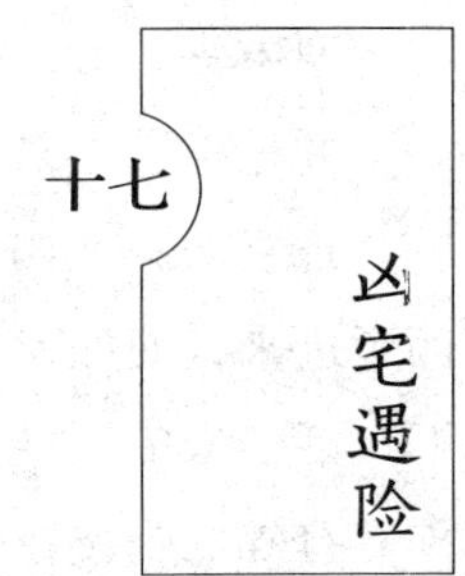

十七 凶宅遇险

院墙外，“嗤”的一声，一辆吉普车猛然刹住，潘祥、罗琳和鲁平不等车停稳，几乎同时翻身跳下车来。罗琳顺手从车上拿出一条卡宾枪，一挥手：“冲进去！”三人一拥而上。才踢开院门，“叭”，一声枪响，罗琳帽子被打飞。“叭叭叭”，又是几声枪响，罗琳就地一滚，极惊险地避开弹雨，单膝跪地，“突突突”一梭子子弹扫了出去。只见十来名提枪捉刀守在厅门前的大汉嗷嗷乱叫倒了一半。剩下的连声惊呼，纷纷散开举枪还击。

“奶奶个熊！”罗琳口里咒骂一句，“砰、砰、砰……”点射开了。真是弹无虚发，直打得那些大汉人仰马翻，血箭乱射，死尸顷刻便龇牙咧嘴横了一地，还有两个魂飞魄散才想溜进大厅，口中一个“四……”字还没喊完，“砰砰”，又是两响，两颗后脑立即弹开，尸体转了几转，才手舞足蹈地栽倒在门槛上。三人闯进大厅，罗琳发现一个人影，举枪就打。

“别打……”潘祥眼快，举手一托，“叭”一声枪响，打碎了吊灯灯泡，“哗啦啦”，玻璃碎片摔了一地。

“老罗，是我！”跑出来的原来是张立，他惊得一头冷汗：“哎呀，我的妈呀，要不是老潘，我这吃饭的家伙就给你神枪开啦！”

“是你张兄？”罗琳也吓出了一身冷汗，“怎么样？”他言不达意，也不知问的是张立的身体还是屋里的情况。

张立一指地板：“快，他们下了地道！”

说完，他飞蹿过去，掀起关帝像，一扳机括，地板又“轰隆隆”地移开了。

罗琳头一低，率先跳了下去，其他三人鱼贯而入。

冲过甬道，来到狼头门前，幸运的是此门未关，罗琳一梭子扫了进去……

香堂内，老四正在逼问，只听外面一片枪声，惊了一愣时，一名手下已经闯了进来，面如死灰地向外一指："警备队……"

话还未完，"哒哒哒哒"，一梭子弹骤雨般泼进来，惨叫连呼，打手们个个抱着打碎的脑袋在转着圈儿。

老四一咬牙，斧头一闪。兰芳尖声惨号，一只断手落地。

"你……好狠！"她才说了三个字，老四一声吼："去你妈的！"一斧头将她劈倒，利落地拾起断手，就地一滚，滚到牛头马面图前。

也不知他动了什么机关，那牛头马面图突然悠地一晃，开了一条缝，老四跃进缝中，"锵"的一声，暗门闭上。

等罗琳等四人冲进大厅，鬼焰般绿幽幽的光线下，除了蜷缩在墙角吓瘫了的阿菊外，就是倒在血泊中的兰芳和横七竖八碎头烂胸的死尸。此外，阒无一人。

他们首先扑向兰芳。罗琳托起兰芳的头，轻摇了摇，口中焦急地呼唤："刘夫人，刘夫人，你怎么了？"

他的心提到了嗓子眼儿上，如果这条线又断了，案情不知又要复杂多少倍，父母勘测到的珍宝要找回来，将更加遥遥无期。不将这批珍宝找回，交给国家，他如何对得起一生从事考古并因之殒命的生身父母的在天之灵！他无比焦灼地盯着兰芳青绿可恐的脸，轻轻地拍打着她的脸颊，呼唤了一声又一声。

兰芳喉头轻响了几下，微微张开了眼睛。

"文物，文物藏在哪里？"罗琳焦灼地问。

兰芳有了知觉，她听到了罗琳的呼唤，她认出了眼前年轻的警长。文物？是什么？就是那批藏宝吧？啊，绝不能让董老四那批丧尽天良的畜生夺走，要说，要说出来！

她嘴唇努力地翕动着，但发不出声音，用尽力气也只能使一缕鲜血从嘴角溢出来。

她想起了什么，侧过头去，眼睛动了动，一只左手挣扎着举起来，努力指向堂中的一副梨木楹联的下联。

罗琳有些莫名其妙，鲁平在旁边开了口："刘夫人，你是指那副对联的下联？"

兰芳点了点头，手一松，瞳孔扩散，一声未哼咽了气。

罗琳念着下联："狼藏虎卧，超人啸聚江湖。嗯，什么意思？"说着，走过去，摇了摇梨木联，很厚很重，实实在在的梨木，并无甚奇特处。

鲁平转过身来，见潘祥正在搜查兰芳的尸体，而张立已经扶起了阿菊。他向阿菊走去，看见阿菊手上拎着只犀牛皮的坤包，精制的装饰片一闪一闪地发着光，正是兰芳提过的。

他上前一步，从阿菊手中接过坤包："这是刘夫人的？"阿菊默然地点点头。

"你刚才听见些什么？"鲁平声音很严厉。

"那个董盛昌，就是横滨酒家的老板。夫人叫他董老四，他又自称什么天狼心，他要夫人交什么宝，夫人不肯，他就要杀夫人，接着我就吓昏过去了。"

"老潘，刘夫人身上找到什么没有？"他向站起身来的潘祥问。潘祥沮丧地摇摇头。

"项链、手镯什么的呢？"

"什么也没有。夫人身上中了一斧头，并且被剁去一只右手，奇怪的是，那只断手找不到了。"

"哦？董老四为什么要斫去她的右手呢？"鲁平自言自语。

"也许是逼供吧？"潘祥猜测道。

鲁平摇摇头："不，如果是那样，他就不会将那只手拿走……谜，难解的谜。"他双眉一蹙，突然想起剧院中兰芳把手镯放进了坤包中，那只手镯好像有点古怪。于是他将坤包中的东西统统倒出来：粉盒、口红、小镜子、小梳子、几只发卡、几张钞票，还有一双肉色的女人手套，偏偏不见了那只手镯，更不要说项链了。

他的目光转向阿菊："阿菊，这坤包夫人是什么时候交给你的？"

阿菊瞪着一双仍然蓄满惊吓和悲哀的大眼睛，抽抽泣泣地说："进院子的时候。"

"鲁兄，董老四是从哪儿逃走的？"罗琳走了过来。

"一定有暗门！"鲁平才答了一句，阿菊用手一指："你们打枪的时候，把我惊醒，我看见他是从牛头马面那扇门逃走的。”

“哦？”大家一听，一起拥向暗门，但无论怎么搞它，也不能将此门打开，它长在墙上，连缝都没一条。大家都无可奈何地走了回来。

“鲁平兄，今天真是一桩怪事接着一桩怪事，”张立苦笑着说，“看完戏出来，罗兄就遇到刺客，接着兰芳他们被轿车劫持，然后劫持者被杀，救她们的是天狼帮的人，又将兰芳诱至这儿，出来了一个横滨酒家的老板董盛昌，竟然是天狼帮的老四天狼心，现在他杀了兰芳，还抢去她一只手溜了。唉，这一大串的怪事把我头都搞晕了。”

“哼，罗兄，我们彼此彼此，你在剧场门口遇刺，我可在剧场中就走了一趟鬼门关！”

“哦？也有人刺杀你？”罗琳更惊讶。

“幸亏杏花女帮了我一把，我假说上厕所，去把他干掉了。你说他是谁？他是药王栈的老板常有德，也就是天狼帮的老三天狼眼！”

“天狼眼？这么说天狼帮也差不多了。老大天狼魁被老五天狼肝花姑和老七天狼鞭邱吟诗暗杀；老七又黑吃黑杀了老五，接着老七又被你魔刀干掉了。今天老六天狼爪被老四天狼心杀了，老三天狼眼又被你结果了，现在就只剩下了一个溜走的老四天狼心董盛昌，还有一个从未露面的老二天狼胆了。”罗琳扳着指头一个一个地数着。

“不错。”鲁平问罗琳，“暗杀你的人以及用轿车劫持兰芳的人是些什么身份，你查出来了没有？也许他们就是老二！”

“还不清楚。”罗琳从怀中掏出一些黄布片，“等我追到木屋，里面留下的两具尸体上都有这样的黄布片，我开车回来再遇到你，接着潘兄就赶来求援，当然也就来不及去查他们的身份。但从他们颈下都挂同样的布片来看，他们是一伙的，而且绝非天狼帮的人。”

大家都围过来看，每张黄布片上都画着一只黑色的野鸡。

“大概是了！”鲁平肃然地沉吟着。

“哦？你能猜出他们的身份？”罗琳很惊喜。

“你们知道大多数国家都以某种动植物为标志吗？”鲁平突然问。

张立不愧为记者，知识渊博，立即接口："当然知道。比如很多国家以某种花卉作为国花。如英国的月季、日本的樱花、泰国的睡莲、中国的牡丹、美国的山楂花、俄国和秘鲁的向日葵、新加坡的热带兰、墨西哥的大丽花、智利的野百合、菲律宾的茉莉花、荷兰的郁金香……"他一口气如数家珍，说出了许多的国名和花名。

"是了，"潘祥受到启发，抢着滔滔不绝地说开了，"还有很多国家有国鸟。如我国的天鹅、美国的白头鹰、英国的知更鸟、德国的白鹳、丹麦的云雀、澳大利亚的琴鸟、冰岛的白隼、日本的黑雉……"

"说得好！一语中的！"鲁平打断他的话，"这个组织就叫'黑雉'帮！是日本浪人的黑社会组织，也是日本的特务组织。"

"鲁兄怎么如此肯定？看来鲁兄对此组织十分清楚了！"张立以带挑衅的口吻冷冷地接了一句。

"不敢说十分清楚，却也略知一二。一九三九年，日本特务头子土肥原贤二到上海收容了中统败类李士群，在上海忆定盘路诸安滨十号建立了一个特务机构。这个李士群原是中统的中级骨干。家父受中统徐恩曾主任所托，亲自调查李士群一案，了解到他与蒙城一带一个代号'黑雉'的特务组织有联系。这个'黑雉'组织，原是一个地下黑帮，专干一些杀人越货、贩毒绑票的勾当，曾将我国大批的文物古玩劫去日本。后来，土肥原贤二派遣了一名黑道出身的日军大佐，打入此组织内部，杀了龙头，把它并入日本特务机构，隶属于日本大特务头子犬养健领导。从此，它不但骑在龙背上（为匪），而且打探情报，劫持文物，暗杀抗日精英，是个十恶不赦的间谍集团。"

鲁平言之凿凿地道出"黑雉"帮的来龙去脉，加之他父亲鲁又燃又是中统巨子，不由得人不信。

"情况越来越复杂，看来日方间谍'猎豹'正在猖獗活动，而且极有可能就在我们身边！"罗琳眼含疑虑，一个个地审视着潘祥、张立和阿菊。阿菊没心思听他们的谈论，只是越抖越凶地伏在兰芳身上哀哀地小声啜泣。

"这样吧，"罗琳被她啜泣得心中发酸，"你们三人先回去，我和鲁探长留下来再检查检查。"他有点担心阿菊，转脸问她，"阿菊，现在兰芳已死，你怎么办？”

张立很热心地出头说：“阿菊，你先到我们报馆去住吧！”

“不。”阿菊感激地看了他一眼，那美丽的眼睛哭得又红又肿，毫无精神，实在叫人爱怜，她垂下眼睑，婉言地谢绝，“这里还有个向婆婆，对我很好，我还是跟她住在这儿，也好看管房子。还有一个孔管家，这几天不知到哪去了，等这儿结了案，我再想办法回家乡苏州去。”

她声音很低，娓娓地叙说，脸上有点红晕，显然，她不到张立那儿去，有点避男女之嫌的意思。

“那好吧，”罗琳觉得她的打算不错，“潘祥会在院外给你们放哨，有什么情况，比如那个孔管家回来了，你就到门口那棵老槐树洞内去找潘警官。”

“嗯。”她点点头，然后在张立的搀扶下随着潘祥走出去了。

罗琳将坤包中的东西捡回坤包，把坤包塞进前胸，又和鲁平把那梨木下联合力取了下来，细细检查，发现不了一点异状。

鲁平又念了一遍上面的字：“狼藏虎卧，超人啸聚江湖？”他摇摇头，“难道其中隐着一道哑谜？”

“想不透。”罗琳也耸耸肩，“回去再说。现在再来弄弄那道暗门看。”

他拔出枪来，用枪柄狠狠地敲了几下，牛头马面画发出“锵锵”的声音，原来门是金属的，根本无法打开。他们失望了。

“这边也可能是道暗门。”鲁平指了指黑白无常画。

于是他们又来到黑白无常跟前，罗琳用枪柄一砸，也发出“锵锵”的金属声：“果然又是一道暗门！”

鲁平又推又扳，也是纹丝不动。

正当他们失望地准备离开时，有一种奇怪的声音响了起来。

“轧……轧轧”

“啊，铁门动了！”罗琳扶着黑白无常的手感到了一种强烈的震动，他兴奋得大叫起来。

“快走！”

陡然，鲁平白日见鬼般，极其惊恐地大叫一声，将罗琳向后猛一拖。

因为他看到了一种令他无法相信的怪事：那门松动了，门缝中渗出了一线水迹。

他话语未绝，门“轰”然一声向右缓慢地移开。“哗……”水迹立即变成一扇强大的无坚不摧的激流，打得罗琳倒跌了出去。

随即，陡然灯熄灭了，大厅完全埋葬在黑暗中，没有一丝光线。激流随着门的开启，越来越浩大。轰隆隆、哗啦啦，发出惊天动地的吼声。

“啊——”一声恐怖的惊叫，罗琳已被大水冲走，不知在什么地方狂叫：“鲁兄……鲁兄……”大厅中回荡着震耳欲聋的水声和罗琳的尖叫，把一窝黑暗搅得如同山崩地陷，仿佛世界末日已经到来。

鲁平也被冰冷的水柱打出老远，他觉得后腰被什么东西重重地撞了一下，痛入骨髓。他从声音中听出更大的水流从铁门中迅猛地溢泻而出，很快，自己的膝盖以下全是水，冷冰冰的水面还在犹犹豫豫地向上爬，发出死神才有的一种腥气，令人三万六千根毫毛根根倒竖起来。

他一面高声叫着“老罗——老罗——”，一面想向门口走，但四面黑得地狱一般，根本分不清东南西北。

水面很快地没过小腹。他经受过无数的险恶，甚至无数次面对死神而战，但从来没有像今天这样给这骤然而来的恐怖骇得亡魂大冒失去理智。

好一阵，他才从惊吓中挣脱出来，想起了自己身上的零碎，立即感到有一股勇气和力量。

这时，水位已经飞快地爬过了腰间。

他顾不得轰隆隆天塌地陷般的巨响中罗琳的呼喊，右手在左手手表上一按开关，手表亮了，发出一朵蓝幽幽的微光。这光，只能照二三尺远，眼前一片茫茫，全是冷森森的水面。

他将左手高举，大声喊叫：“罗兄，快到我这儿来！”

一个黑影向他挪来：“老鲁——”罗琳终于喘息着抓住了他的右手。

他感到罗琳冰冷的手掌在痉挛：“别担心，老罗，快跟我来，向门口走！”

他镇静下来，按水声相反的方向，向门口挪去，在快升到胸膛的水面上，不时有骇人的尸体撞来。

“他妈的，这是怎么一回事，哪来这么多水？”罗琳也镇定下来，一个劲地咒骂。

“老罗，我们中人暗算了。你还记得刘府后院的游泳池吗？这厅就在游泳池下面。那两扇门，一扇是逃生的，一扇是杀人的，一定有人通过机括开闸放水，那扇黑白无常的门就是水闸！啊……不好！”鲁平突然想到什么，一声惊呼。

“怎么？”罗琳一阵心颤。

“我想，他要淹死我们，一定在开闸灭灯的同时，关闭了厅门！”

鲁平一句话，听在罗琳耳中不啻一声霹雳。

“也许不至于吧！”他在恐惧中还残存着一线渺茫的希望。

“绝对！要不水位上升不了这么快！”鲁平说得十分肯定，但他又何尝不怀着这一线渺茫的希望呢？

水位极快地上升到胸部，等他们摸到关闭的大门时，才真正感到自己的心已经完全浸入寒透了骨的冰水中。

“完了！”罗琳几乎要哭出来。在枪林弹雨中，他从没畏惧过，死在那里，即使是荆莽丛杂，也上有蓝天，下有黄土，有空气、有花草，丽日高照、叶绿其绿、花艳其艳，甚至还有人迹，“头须经刀身方贵，尸不泥封骨始香”，他能觉得死得壮烈，死得安逸，死得无憾。可是死在这里，算怎么一回事？死在这地牢中，死在这冰冷冷的腥水里，他想象着自己被冷水泡胀的尸体，不由得全身泛起了鸡皮疙瘩，一股从未有过的孤雁泣寒的苍凉掠过心头。

“唉，鲁兄，想不到我们神枪、魔刀竟死在这儿，这或许就叫作死无葬身之地吧！”他自我解嘲地一笑，笑得像哭一般凄楚。

“罗兄，别绝望，凡大勇者，皆敢于死中求生，而大智者更以险中求胜、败中谋攻，至少现在我们还有一口气在！”

鲁平一边在门上四处摸索，一边安慰罗琳。他侥幸在水中摸到门上的一个钥匙孔，这才知道，这门在外面，用机关控制，在里面，却必须用钥匙开启。

水在上涨着，已快到下巴。鲁平高举着左手，右手从左手上取下发光的手表，交给罗琳："老罗，你捧着它，千万别让它湿着，这可是最后一点光源了。"

说完，他从左袖中摸出袖刀，将那小斧头般的弧形利刃，在门上用力一磕。

门发出“嚓啦”一声响，被挑出了一小片木质，他高兴得叫了起来：“或许有救，这门是红木的，如果也是铁的，那就真的完了。”

罗琳见他想用小刀将门挖穿，进来时，他注意到这门有半尺来厚，即使要挖开拳头大的一个洞，少说也要半个钟头，但那时，早已淹死了。

“恐怕不行吧？”他深表怀疑。

水已没过头顶，他们浮了起来。

“行，看我的！”

鲁平长吸一口气，沉入水底，摸着了钥匙孔，在钥匙孔边上用力地掏起来。

掏了一会儿，他憋不住了，探出头来透了一口气。这时，水已淹过门顶，离天花板不到四尺了。罗琳摸着墙在水面漂浮，见他上来，一指天花板：“只有三尺多了，不要三分钟，就全完了！”

鲁平抹了一把脸上的水，露出雪白的牙齿灿然一笑：“用不了三分钟，放心吧！”

他又长吸了一口气，潜了下去。一上一下，到第四次，水距天花板不足一尺，再有一分钟，他们将失去生存的空间。

“怎么样？”罗琳一手托着天花板，气喘咻咻地问。

“已经打了一个三寸多深的洞。”

罗琳一听，全绝望了：“天！那有什么用？”

“你别急！”

鲁平不再和他说话，一边踩着水，一边从袋中掏出一只烟盒，打开，烟全湿透了。他就着微弱的光线，选出一支撕开，里面有一个小金属管。

然后，他对罗琳喊一声：“你快游开，起码一丈开外。”

“你要干什么？”

“我要把锁炸烂，这是烈性炸药！”

“好你个家伙，真有你的！”罗琳又是兴奋，又是激动，在他肩上狠狠地捣了一拳，然后拼命地游开去。

鲁平又长吸一口气，摸着门潜到小孔边，将炸药管插入小孔中，按了一下启动开关，两脚猛一蹬门，回身蹿了出去。

还未等他游出七八尺，一声闷响，他感到身后被人猛击一掌，双脚几乎断去一般麻痛。

门，连锁炸开一个半尺多大的窟隆，水立刻凶猛地喷射而出。

鲁平浮出水面，找到了罗琳，两人等了一等，见水面还在上升，不过速度慢了一点而已，看来洞口太小，出水远没进水多。

“不行，罗兄，现在我们一起去推门！这是孤注一掷的事，能不能活着出去，就在此一举了。”

鲁平说着，顺手捞过一张浮着的太师椅，用力朝天花板上一撞，椅子散开，他弄出两根椅腿，递了一根给罗琳：“来，老罗，撬门用！”

两人四目相对，都感到热血沸腾，他们觉得，相互的生命联系在一起了，不由得紧紧地拥抱着。不必说什么，同生共死、同呼吸共命运，一起面对死神的挑战时，一切语言都成了多余的。他们相互点了点头，同时长吸一口气，潜入水底。

一潜入水底，立刻感到一股极强大的吸力，把他们吸住，越向前去那股吸力越大。旋转的力量，把他们拉向一个中心，仿佛那里是宇宙的黑洞。

那股力量压得他们手脚不能伸展，压得他们大脑血管像要炸裂。他们双手握着椅脚朝前伸着，像水中的两支箭，身不由己向前射去。

“砰”，当两根椅脚同时自动地插入洞中时，两人头部猛烈相撞，都被撞得金星乱冒，几乎就要失去知觉。但他们明白，这是生死关头，于是努力捕捉住自己就要离去的意识，顽强地控制自己的神经和意志。

罗琳觉得鲁平握了一下他的手，示意用力的方向。于是他全身向右压去。用力、用力！脑中一片空白中只有这两个字电光火石一般闪着。

门没动。用力，再用力！突然，他们觉得手中的椅脚一下子失去了着力点，在一声巨大的响声中，他们被一股强大得无可抗拒的力量拥着，炮弹一般发射出去，再从水中跌出来。那水，又以无穷大的压力，铁棍一般打在他们身上。

他们挣扎着，爬着，手触到了台阶。

爬上去！爬上去！求生的欲望，激励着他们。越往上爬，水越少，终于，水在他们脚下了，他们看到了亮光。

等他们爬上了厚厚的地板，进了外面的大厅，已经躺在地上一动也不想动了。

身下的水声越来越响。鲁平突然翻身跃起，跌跌撞撞走到关帝像前，卷起画像，按下机关，那地板轰轰地关上了，把那个水的地狱关在了脚下，他这才四仰八叉地躺在地板上喘起大气来。

空气、阳光、房屋、沙发、桌子、酒杯……天！这一切是多么美好啊！

好大一会儿，他们才从惊悸中苏醒、从麻木中挣脱，满怀着重新获得生命的心情相视一笑。罗琳甚至伸了伸舌头，仿佛两个刚刚玩完一场危险游戏的孩子。

鲁平很响地擤了擤鼻子，找到两只酒杯，倒满两杯酒，两人兴冲冲地碰了碰杯，一饮而尽。

“如果这地板也关上了，又够咱们忙活半天，为什么那人不将这个机关也关上呢？”罗琳似乎很为对方的失策而惋惜。

“因为，”鲁平卖关子地停了停，“潘祥他们还没有离去，一关地板就会被他们发现。”

“我的天！你们怎么啦？”像是为了证明鲁平的推断，几声带叹息的惊叫响了起来。

潘祥、张立、阿菊，还有那个佝偻着腰的弓背向婆婆，个个一副白日见鬼的怪相，出现在楼梯口前。

鲁平双肩滑稽地耸了耸：“没有什么，有位好朋友把游泳池搬了个家，照顾我们冲了一个凉。”……

当罗琳和鲁平一副狼狈相出现在司令官邸时，王望梅的惊讶也不亚于他们。

“梅妹，快去给我们找两套衣服来，我和鲁兄要洗个澡！”自从罗琳解开了和张立的心结后，对王望梅反而随便得多了。

“哎呀，你俩在哪儿搞得这样一副鬼样子，跑回来就使唤人！”王望梅又惊又嗔。

“哈哈，有趣极了，回头和你讲，肯定听得你饭都不想吃！”罗琳哈哈大笑，顺手从怀中拉出兰芳那只坤包，往桌上一摔，“另外，服务有奖，这些女人的玩意儿统统奖给你！”

“什么东西？”王望梅稀里哗啦把坤包中的东西倒出来，什么口红、粉盒之类都被水渍了，“哼，什么稀罕东西！不过，这双手套倒不错，”王望梅将那双肉色手套试戴了戴，满意地笑道，“嗯，蛮合适的，好吧，今天就为你们服务一次，不过，等下你们可要将所干的勾当从实招来，嘻嘻嘻！”她笑着跑去找衣物去了。

鲁平两臂伸了伸，打了个哈欠：“今天一天碰到的麻烦够多了，洗完澡我要回去好好睡一觉，一直睡到明天中午！”

罗琳也深有同感。

可是，他们有这种福气吗？

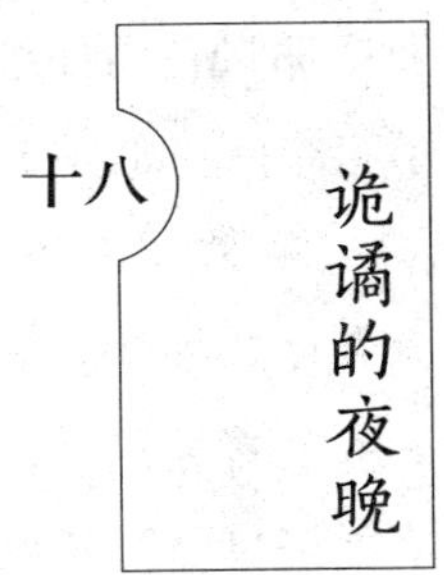

十八 诡谲的夜晚

夜降临了，那不敢正视人间诡谲的月光躲躲闪闪地在黑暗中飘移；那看厌了人间阴谋的寒风依然麻木地锯着什么，单调而凄厉，像一盘磨房中录下的磁带一放到底，让人倦怠和郁悒。

董盛昌躲在一家小客栈的客房中，一如丧家之犬。

夜风是那样冰凉，他感到整个胸膛都灌满了这样冰凉的风。他恍惚地望着窗外恍惚的风和恍惚的月光，瞳孔中闪动着一些幻象，犹如密林深处溅落的星光那样迷茫。

一日之间，全输光了，多年来培植的亲信，千方百计集聚的力量和家当，全完了！还没有全死去的只有胸间勃勃的野心和微茫的希望。

他拿起那只血淋淋的女人的手。这真是天狼爪吗？这真能打开藏宝的魔箱？他心底并不相信老二神话般的故事，虽然老二硬说那是他亲眼目睹的，可是不信又有何用？除了依靠老二那老贼，他已经无路可走了！不要说打开宝箱，连宝物藏在哪儿都毫无所知，知道的只有跟踪过老大的老二了，可这老贼只让他卖命，却不透半点口风，还不是为了把他紧紧地抓在手上？

他无比地怅恨，将那只冰冷冷的手搁在了桌上，回身又倒了一碗酒一饮而尽。

等着瞧吧！你这该死的天狼胆，一旦取出藏宝，我要叫你认识我天狼心到底有多狠！

一杯烈酒下肚，他觉得心发烧，头有些昏眩。窗前迷蒙的月光下，他突然发现那只苍白如纸的女人的手恍恍惚惚地动了起来，接着，很优雅地在空中划了半个圈，似乎要伸过来摩娑自己发烧的脸。

“啊哟，有鬼……”他吓得倒跌几步，一股凉气从心底冲上鼻尖，化为斑斑点点的细汗。酒意骤然吓退，擦擦眼睛，定睛一看，才看出有一个高大的黑衣人拿着那只手，正炯炯地盯牢了自己，冷飕飕如猎刀般的眼光中蕴着无边的杀气将自己紧紧裹住。他认出了这个人。

“……二哥，”浑身激灵灵打了几个寒战，牙齿“咯咯”地碰碰撞撞起来，舌头也不听使唤了，“小……小弟已按您的吩咐，取来了天狼爪。”

“嘿嘿嘿嘿……”黑影一阵恐怖地怪笑，“你干得好，干得很漂亮！”那声音忽地一变，变得又沉、又硬、又冷，“可我要的是活人，你拿来一只死人的手，还惊动了魔刀、神枪。现在竟然还来表功。……嘿嘿嘿。”笑声又变，变得暗哑而冷酷。

“二哥、二哥，你听我说……”董老四倒抽一口凉气，觉得有几条冰冷的蚯蚓似的东西在顺着脊梁往上爬。

“不必说了，你也去吧！”

那低沉的声音刚止，风声凛然，董老四心口受到致命的一击，像一粒铅弹恰恰击中心房。

“你……你……你……”他冷汗满面，圆瞪双目，一句话还未说完，头顶上又受了沉重的一击……

黑衣人上前查看了一番，确认他已咽了气，才低声道：“事已至此，我不能留下你这条线索。老四，你别怪我手辣。”说完，一按桌沿，穿窗而去。

冷风摇着窗扇，疏月投射在老四扭曲的面庞上，恐怖地映出许多谜一般的幻象……

十点多钟，夜色正浓。

王司令官邸的院墙上，一条黑影似乎凉风吹落的一片阔叶，轻轻地贴在墙垛上。

他停了停，一缕轻烟般地从墙头滑落。黑色的面罩下，一双精光闪闪的眼睛机警地打量着周围。他看到，朦朦胧胧的月色下，大宅漆黑地雄踞着，只有二楼阳台上还漏出一片灯光。于是，他狸猫般向那阳台下掠去。

二楼司令的书房中，吊灯煌然地亮着，伍专员正与王司令密谈。

伍专员将烟蒂揿进烟灰缸："司令所谈的案情实在是曲折有趣极了。只是，如果那笔珍宝落在司令的手里，司令准备如何处置？"

王司令嘿嘿冷笑一声，心里寻思，这老滑头手下那只"白狐"真厉害，什么情况都瞒不住他，刚才逼得自己不得不半真半假地应付，可你孤家寡人一个，就想来打珍宝的主意，真是妄想，口里却说："天狼帮这个黑帮组织的案子，牵涉到日本特务机构，兄弟只希望军统谍报予以配合，至于什么珍宝，那只是一种臆测，如果真有那档子事的话，"他语气肃然起来，"当然上交党国。只是，怕只怕那只是你老兄杜撰的'天方夜谭'啰。"

"好吧，有司令这句话就够了！这件事就谈到这里吧，兄弟相信司令对党国的忠诚。"说着，他拉开身边的公文包，取出一卷档案，正色道："司令，我今天来的第二桩事才是正事。'ＰＭ'计划已经批下来了，有四个执行点，蒙城可是其中重要的一个。戴局长再三交代，执行中一定要绝密，做到神不知鬼不觉。委员长口谕：有泄露者，杀无赦。你今天过过目，明天上午好好考虑一下执行方案，明晚我再来和您具体商量。"

"好吧。"

司令沉重地应了声，接过文件，对着台灯翻阅起来。

这时，阳台上，蒙面人已经轻捷地翻了进来，贴近了窗口。他听得室内王司令的声音："南郊机场正在秘密扩建，十天之内……"于是好奇地向里窥探。

"……就可以完工。"王司令一边浏览着计划一边说，他翻到一页，看后一怔，"什么？还要增加两架'Ｂ 17'？"

"所以，机场还得扩大规模。在和谈的空气正浓时，对共党首府延安采取闪电式的袭击，要干，就必须一举得手，否则，只能画虎不成反类犬。所以美国朋友准备将最新式的'Ｂ 17'轰炸机也投入赌博。王兄，这可是委员长和盟国共同下的孤注一掷的决心，你要慎重而又慎重啊。"

王司令叹喟一声，带几分讽刺的口吻："好一个国共和谈！谈到半中腰重庆来个‘擒贼擒王’，延安来个釜底抽薪！哈哈哈，老头子的这一手，真够咱们学一辈子的了！”

说着，打开保险柜，将“ＰＭ”计划锁了进去。

“这柜子保险吗？”伍专员不很放心。

“放心！我这保险柜，装有世界一流的警报系统，错不了！”

“老兄，还有一个情况，我必须向你透露，鲁平这个人你可要注意。此人城府很深，我手下发现他曾和英国教堂的詹姆士神父有过几次接触。那红头发的家伙，是英国皇家谍报头目，我们有点怀疑，鲁平是英国间谍！”

“啊！”王司令大吃一惊，“他不是中统方面的？”

“也许是双料货。我从一开始就怀疑他。早已发电英国我们的谍报网，了解此人在英国的情况，可能很快就有回电了。那时，”他冷笑一声，“他不管是个什么东西，都要原形毕露的。目前，你可要多防着他！”

“好。”王司令心中很乱，他倒不担心“ＰＭ”计划，鲁平如果真是英国间谍的话，他感兴趣的只会是藏宝，而绝不会是共党首府的安全。可现在，他正在唱调查藏宝一案的主角。怎么办？看来自己要当机立断了。

窗外黑影听到这个消息，更是骇了一跳，心神恍惚间发出了一点声音。

“谁？”老牌特务伍漫天十分警觉，惊喝一声，手枪已经上了膛。

黑衣人燕子抄水，翻下阳台，惊动了一只蜷缩在窗台边睡懒觉的猫。

伍专员冲上阳台，那只花猫从窗台上跃了下来，叫了一声：“喵！”

伍漫天一颗提到嗓子眼儿的心才松弛了下去：“他妈的，鬼东西，吓了老子一大跳！”他大声地咒骂着那只逃走了的猫。

罗琳晚上回到警署，一整天失惊打怪的经历，把他折磨得十分疲惫。潘祥这晚在刘府门前值班监视那所凶宅。他便来到鲁平房中，睡在潘祥床上，与鲁平同房而眠。

两人阎王殿走了一遭，身心极为倦怠，才聊了几句就睡下了，并且决定好好睡一觉，养精蓄锐，至少睡到明早红日满窗。

他们哪能知道，将要来到的第二天，命运会把如何奇诡莫测的凶险掷到他们身上呢？

曙色还未完全展露腰肢，他们便被急促的敲门声唤醒。

“这个老潘，风风火火地跑回来，一定是有什么发现了。”

罗琳嘀咕了一句，和鲁平一起起床，披着衣服上前开门。

门一开，他们吓了一跳，站在门口的不是潘祥，而是神色惊慌的张立和披头散发衣衫不整的阿菊。

“出了什么事？”鲁平预感到情况严重。

“潘警官和孔管家都死了，死在刘家大院外。”张立声音十分紧张。

“什么？”鲁平一把揪住张立的胸衣，猛摇几摇才松开手，极力压下心头的狂跳，“怎么回事？”

“我也不清楚，是阿菊说的。刚才阿菊失魂落魄来报馆敲我的门，我就把她领这儿来了。”

“走！边走边谈！”罗琳穿上衣服，迅速带上枪，果断地一挥手。

四人来到刘家大院门前。现场十分惊心。

那棵中空的老槐树在曙色中伸着铁一般的杈丫，俯视着发生在它面前的惨案：离老槐树十几米远，向婆婆佝着腰，十分痛苦地蜷缩着，颈骨折断，口中喷出的鲜血把暗绿色的草丛染红了小片，满脸的惊恐，嘴张着，仿佛在大喊什么；槐树前，互相紧挨着倒了两具尸体，满地有搏斗过的痕迹，一把手枪掉在老远。潘祥衣服撕破，脸上浮着惊疑，似乎不相信自己会死得这么早。他左手握着沾满血肉的半截酒瓶，右手紧拉着一根带钢爪的细铁链，肚子被一把刀划开了近尺长，五颜六色的肠子流了一地。

倒在他怀里的孔香主更是可恐，一张原来鹰鼻鹞眼的脸如今皮开肉绽，鲜嫩的面肌倒翻着，分明是被潘祥手中的半截破酒瓶瓶口锋利的玻璃戳得稀烂。潘祥手中的细铁链在他颈脖上绕了一匝，爪链头被他握在右手上，左手握着一把带血的匕首，那正是剖开潘祥肚子的凶器。

阿菊描述的情况是这样的：昨晚深夜，她突然肚子疼，起来上茅房，没有叫醒与她同睡的向婆婆。等她回来，屋里亮着灯，听到一个凶巴巴的声音在低低地喝问：“阿菊那小丫头到哪里去了？快说！”

她吓了一跳，从窗缝间向里一看，吓得她几乎叫出声来，原来是孔管家一手揪住向婆婆的头发，一手拿着一把亮闪闪的匕首，凶神恶煞般逼问自己的下落。

“哎哟哟，……孔大爷，您松松手。阿菊和我睡在一起，我刚才睡得正香，您把我揪起来，我真不知道她溜到哪儿去了。”

孔管家并未松手，揪住头发把她从床上拖下来：“起来！你这个老贼婆。老子到普贤寺才避了几天，一大家子人全死光了，怎么就你老少两条母狗没死？快穿衣服，给我把那个鬼丫头找来！”

接着，孔管家押着向婆婆满楼搜，从屋里搜到院里，从院里搜到院外。

阿菊担心向婆婆，一直提着胆子悄悄跟着他们。

来到院外，突然听见槐树洞里传出“嘀、嘀、嘀”的微弱的响声，孔香主从腰间摸出一件东西，大喝一声：“阿菊，滚出来！”

向婆婆怕阿菊遭殃，拼命叫了起来：“阿菊，快逃！”

“死老婆子！”孔管家横掌猛一斫，向婆婆倒在了地上。

接着，槐树洞中蹿出了潘祥，举枪就打，孔管家带爪的飞索甩了出去，一爪便抓飞了手枪。同时，孔管家黑虎出洞般扑上去，抱住了潘祥，两人在地上翻滚厮打，潘祥被挤压在底下，并被孔管家卡住了脖子。潘祥双手在地上乱摸着，左手摸着了洞边一只空酒瓶，紧急间，他将瓶子往地上一磕，听到了瓶子破碎的声音，他举起左手，用尽全力把破了的瓶口向孔管家脸部猛戳，锋利的玻璃口仿佛插进奶油面包中一样，鲜血喷射而出，孔管家杀猪似的号叫起来，但双手并未松开。潘祥只得继续他残酷而可怕的工作，以杀人的疯狂一下比一下猛地捣在对手的脸上。孔管家一声比一声更惨地号着，双手开始松动了。

潘祥的右手摸着了孔管家的细铁链，他敏捷地一缠，铁链套住了对手的脖子，于是，他以其人之道还治其人之身，紧收铁链。猛力地勒起来，直到对手脸色变紫，舌头吐出，直到听到对方喉骨“咔嚓”一声断裂，但他想不到，与此同时，对方痉挛的手抽出了匕首，剖开了自己的肚子……

此时，月亮和太阳在同一片天空遥对，彼此都没有灿人的光华，只有泫然的哀静。此情此景此境是如此的惨烈，让所有在现场的人都胃中发酸，直想呕吐。

“鲁兄，你看这铁索飞爪，不是你上次告诉我夜盗镯盒的那个蒙面人玩的家伙吗？”罗琳打破了沉寂。鲁平一声不响，轻轻地点了点头。“原来那蒙面人就是这个姓孔的！”罗琳说得很激愤。“哼！”鲁平鼻中一声，不置可否。

张立发现槐树洞口还有一本书似的黑乎乎的东西，上去拾起来，沉甸甸的。

“这是什么？”他递给了鲁平。

鲁平接过，脸色阴沉中掠过一丝诧异。他摆弄了几下：“这是一架微型收发报机。不过，已经摔坏了。”

“发报机？……难道……”罗琳眼露惊色，他没有说下去，却急忙去搜查潘祥的尸体。

撕开的衣领下露出一根细绳，罗琳一拉，拉出一块画有黑雉的黄布片，他又惊又怒：“果然潘祥就是‘猎豹！’这个日本特务，竟然混到我们中间来了！怪不得有一点动静，‘黑雉’就都知道了。老鲁，亏你还称为神眼，我们都是他妈的瞎子！”

他声音越嚷越大，气得狠狠朝潘祥的尸体踢了一脚。

鲁平一把拉住了他，那手腕就像铁钳一般有力，但罗琳依稀觉得这铁钳在颤抖：“人死仇灭，别动他了。”

鲁平单腿跪在潘祥面前，将潘祥的手扶正，并缓缓地抚摸着他的右手，再轻轻合上了他圆睁的眼睛。

他站了起来，两眼幽深得像两个黑洞，仰首视天，一动不动，仿佛潘祥的鬼魂正站在老槐树铁一般的枝丫上。

“罗兄，我求你一件事。”他说得很轻很慢，但语气却是不容置疑的铁硬。

“鲁兄请说。”罗琳悚然了。

“托你给他买一副好棺木，暂时停柩在本地，案结后我要把他运回南京。”

“可他……他是日本间谍！”罗琳不知怎的有些结巴了。

“不管他是什么人，他却是和我一起出来的，共事多日，感情深厚，如今他死了，此地只有我一个朋友，我不愿看到他暴尸荒郊。”鲁平仍然看着天，但眼眶湿润，有两抹雾气在眼中凝聚，语气却平缓而压抑。

“好吧！”罗琳违心地同意了。

半晌，鲁平恢复了常态，他微笑着走到脸色苍白的阿菊面前，像对孩子似的抚了抚她的头发，温和地说："阿菊，你连遭不测，受惊了。如今你无家可归，听说你和张先生是同乡，就让他来照顾你吧。"

说着，又拉起了阿菊的右手，如一个大哥哥般轻抚着："你年纪轻轻，不容易啊，自己要多加小心。"

说得阿菊鼻子发酸，一头扎在他胸前抽泣起来，嘟囔着说："鲁大哥，谢谢你。"

鲁平很响地擤了擤鼻子，将她拉到张立面前，推给张立，意味深长地说："希望你好好照顾她，同甘共苦，生死与共！"

"鲁大哥……你……"阿菊妩媚地白了他一眼，羞涩地低下头，两手无措地摆弄着发梢，张立却俊脸一红，嘿嘿地傻笑起来。

鲁平又轻轻摇了摇头，叹息一声："好，你们去吧，这里的事我们来了结。"

阿菊依偎着张立去了。

不一会儿，又一个凶讯传来。一家野鸡客栈里发现了董盛昌的尸体。死者心房中了一枚玲珑梭，头顶被大力金刚掌之类的掌力劈碎。

"天啊，越来越复杂，线索现在全断了！"罗琳长叹一声。

"不，阿菊说，孔管家曾对向婆婆无意中说到，他到普贤寺避了几天，我看，这普贤寺或许就是一条线索。"鲁平思索着说。

"好，那咱们立即上普贤寺。"

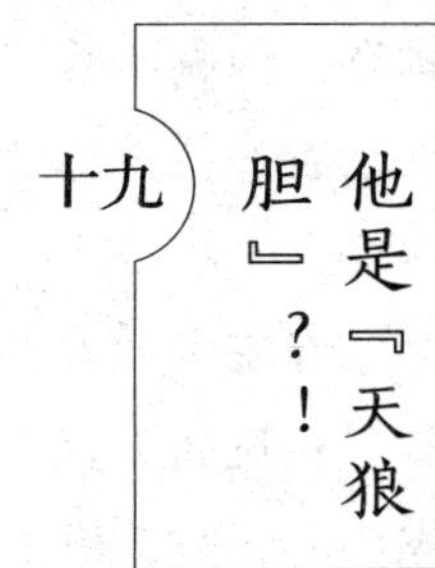

十九 他是『天狼胆』？！

普贤寺在蒙城近郊，建在明初。

相传大明开国皇帝朱元璋在红巾军中为将领时，曾被困此地，夜间梦见普贤菩萨显灵搭救，后来果然脱困。朱元璋登基后，念普贤救驾有功，在此立寺庙一座，让普贤受人间烟火，以示嘉奖。

寺院前不远，是很大一块集市，名为十里街。

今日适逢庙会，集市上熙熙攘攘。茶摊、果摊、杂货摊、香摊、烛摊、纸锭摊，有的热气腾腾，有的香烟袅袅。

卖烧饼果子的像杂技演员那样，头顶食盘沿街叫卖；饭馆厨师把锅勺敲得叮当作响，跑堂的叫唱声响遍一条街。内蒙的骡马五台的牛，平原的肥猪沟沟里的羊，老奶奶的鸡鸭丫头片子的猫，真是应有尽有。

集市上除了正儿八经的买卖商贩外，更有三教九流的骗子：卖假药的，卖灵符的，卦棚赌摊，展览怪人怪兽、三脚猫二头蛇的。另有一帮帮卖艺的，有生意扎实（技艺高）的武案（说武侠书）先生坐的馆，有跑马耍刀的江湖豪客摆的场，最不济也有俩变戏法的、耍猴的、被单戏、拉洋片的，还有卖针的有韵有味地唱一些戏剧故事及洋针的好处，间或天女散花般的手臂一扬，一把洋针齐刷刷地钉在面前的桌子上或木板上……直看得人眼花缭乱。

寺院好香火！

朝山队的锣敲鼓唱，唱着善歌《父母恩情重》《二十四春》《目连救母》之类，宣着佛号，抬着供礼盒，举着神枪、功德簿，一队又一队。更多的是挂着佛珠，佩着印有“朝山进香”的红字黄布袋的善男信女，一群又一群。其中还夹杂着一些苦行者，戴铁链，背马鞍，额上别针，头悬水碗，刺血书经，千奇百怪，三步一叩，五步一拜，拜进寺院。看得罗琳鲁平摇头拭目，喟叹不已。

寺院中，古木参天，青石铺地，好大的气派。

只见庙堂森森幢幢，香烟缥缥缈缈，衬着幽奇孤峭的远山。远山那边，有亮丽的云霞，更不知是个什么清远的世界。

正殿金碧琉瓦，斗拱飞檐，佛相庄严，题字古意。来往僧众，一脸肃色，浑然一副不食人间烟火的神情。

二人一路看过去，大殿的普贤菩萨、十八罗汉、南海观音，或慈眉善目，或宝相庄严，或凶神恶煞，无不栩栩如生。

才转过正殿，一名五十来岁的值日僧拦住去路，单手当胸，作了个无畏印诀：“二位施主雅淡闲逸，必非凡人。今日是来瞻仰随喜，还是另有公务？”

罗琳一看此僧，面如紫铜，目有精光，心中一怔，忙从袋中拎出一叠钞票递给值日僧，自我介绍说：“我是本城警署警长罗琳，这位是探长鲁平。今日一来瞻仰宝刹，添点香火；二来想拜访拜访宝刹方丈，讨取教益，望师父引见。”

值日僧念了声佛：“二位施主盛意拳拳，小僧替神佛谢了。现时方丈元善大师正在后面劝善堂早斋，贫僧去替二位通报通报，请二位施主稍候。”

“不必客气，我们就在后殿随便走走，等大师用完早斋不迟。”鲁平客气地答道。

“阿弥陀佛！”值日僧人躬身念佛，转身进了后殿。

两人跟着转入后殿。

后殿几十名僧众正在用早斋，一片寂静，无人理会他们，他们也就津津有味地看了起来。

这些僧人先向法座合十礼拜，然后归座。每人面前有一只碗、一只盘、一只盂、一把匙、一双筷，由香积厨僧人分配好稀粥之类的饮食，然后由监寺带头念过揭斋经，方可吃喝。吃喝时不许说话，不许碰响，不许有咀嚼声，吃完不足仍要的，可放下空碗，只须用筷子画上一个圈，香积厨便来加添，但以两碗为限，菜不多加。用完斋，筷子平搁空碗上，合十静候，等到全体斋毕，再念一遍经，才可散斋。方丈及执事不参加集体用斋，但据说供应一样，只是自己有钱的话，可添些私菜，以素食为限。

罗、鲁二人看了一会儿，不耐烦，又转出后殿。后殿后，又是一个院子，种了些枫树，枯而老，地上很多或红或黄的落叶，树丫上只落剩不多一些红彤彤的巴掌大的叶子。

正在探看间，两人同时听见不远的树后，地上落叶沙沙一响，骤视间，有什么一闪，鲁平一推罗琳，“叭叭”两声枪响，子弹从两人耳边擦过。

罗琳手一晃，短枪已经在手。

“留活口！”鲁平急得大叫一声。

罗琳这才枪口稍一动弹，“砰”，枪声响过，一名黑衣人捂住右肩一晃而没。

两人追了过去，见地上丢着一把勃朗宁手枪，落叶上有点点鲜血。

罗琳一笑：“老鲁，不是你叫得快，这家伙脑袋早已开花了。”

“你呀……快追！”鲁平来不及多说，循着血迹追去。

这几声枪响，惊破了寂寥。

两人追到一座题名“劝善堂”的偏殿前，未发现那人踪迹，便不管三七二十一，闯进殿去。

殿中背着他们坐着一位僧人，听见脚步声响，回过头来。

这位僧人须眉俱白，爽爽朗朗，根根见肉，面色红润，前额精亮，目光慈祥，一脸凝肃，很有点得道高僧的仙风道骨：“阿弥陀佛！刚才值日僧来通报，想必二位就是罗、鲁施主了。”

“老法师是……”罗琳深施一礼后询问。

“老衲正是此寺方丈，法号元善。”

鲁平趁他们寒暄之机，迅速打量了一下殿堂。

堂中有一块匾额，上书“至诚格天”四字，颜体风骨，笔力苍劲，落款“元善”。是此僧手迹无疑。两旁黄缎长幔，寂然垂地，显出一派肃穆。

堂前一榻，上放一碗、一盂、一盘、一筷、一匙，碗中也是稀粥，盘中有大蒜胡萝卜丝，还有两个窝窝头。看来此僧清苦一如众僧，毫无特殊之处。堂旁另有几个蒲团。

“二位施主光临寒寺，老衲深感荣幸，只是二位不该在寺内鸣枪，造杀孽于净土，惊神佛于庭院。还望二位能给老衲一个交代。”

他的声音温文、淡定，令人听来在古刹初晨时有一种暖意。

“方丈大师，我二人本来只想向大师打听一个人，不料刚才在庭院遇到刺客，只好给予还击，现已将贼人打伤，估计贼人逃来了此处，望大师指点。”罗琳语意率直，咄咄逼人。

“你二人艺业甚高，虽只一技，但已款通天曲，只是杀孽太重。遇事一味狠辣好杀，嗜血无情，绝非慈悲之道。要知道，罪心绝非菩提树，杀心不是明镜台，必须了却恩怨，无树无台，才能免堕苦海，归于净土。”老和尚答非所问，满口论佛。

罗琳急了：“我问你到底看见凶手没有？”

鲁平一推他，使了一个眼色，抢着回话：“老法师，我们追捕的是罪大恶极的黑帮头目。佛曰‘除恶即为向善’，不知是也不是？望老法师指教。”

“善哉、善哉。二位性子太急，既有妄心，又少定性。须知，一切罪恶，全因不晓一个戒字，而生妄心、而生嗔念。二位要除恶向善，必先恢宏宁定之心。法性空寂、法相如幻，一切佛法无不是戒。戒是佛之根，要常思己过，要存心诚厚，然后要定，定是正根。世人病根，在终日动乱，罪孽于是出焉，必须以定来对治。故佛曰，一切法，无不在努力修定，然后能慧。慧是慧照，惟智慧观照，方能去妄，破除分别心。故佛曰，一切法无不以慧为导。戒如防贼、定如缠贼、慧如杀贼，至末了不防不缠不杀，恶亦不除自灭。故除恶之首，在于明悟自心、彻见本性，这是一切之元。心是幻生幻灭，终日随缘的，它暗钝无明，能障覆自性为业障，动扰不安为烦恼，固执自是为执见，贪恋不舍为情爱，总是生灭的妄心而已。总而言之，向善即为除恶，阿弥陀佛。”

老僧说完，合起凌厉的双目，在缥缈的香烟里，宛如一座森峭的大山。

罗琳耐着性子听完，气不打一处来。这个老畜生，全不说人话！真想上前给他两耳光。但鲁平一直向他使眼色，他也就只有按捺不动了。

“老法师说得太对了，我知道，佛法不论是非，只谈一个缘字，今日我们相逢，可谓有缘。老法师一番话，使晚辈明心见性，让悟理法，修密教理，行果悟化，得益匪浅。好吧，打扰了，告辞。”

说完，恭恭敬敬地行了一个礼，拉着罗琳返身就走。

才走到殿口，他猛然一转身，目光炯炯，盯住了左边幔幕。

果然，那幔幕动了一下。

老僧发现他目光有异，一回眼，也看到幔幕在动，他脸色一变，大喝一声：“什么人？”手一抖，一串念珠夹着风声向幔幕飞去，念珠还未到幔幕前，黄缎长幔已经鼓动如波，可见那力道确实骇人。

说时迟，那时快，鲁平手中忽然漾起一阵秋水波光，飞瀑般泻过去，泻至半途，忽分两道激流，一道撞开念珠，发出铮然之声，一道稍下，插入幔幕之中。

幔幕立现血迹，随即，“咣”的一声，一个人从幔幕后面栽出。

那人身穿黑衣，右肩流着血，左腿上插着一把小小的手术刀。一张紫脸膛白得发灰，全身抖得像一片风前的落叶，正是那名值日僧。

鲁平瞟一眼满目惶然的元善大师，哂然一笑：“老禅师好纯的内力，如果不是晚辈的薄技献丑，那一串念珠将正中心窝，不是要了他的命吗？老禅师也就有违刚才以戒为本、潜心向善的宏论了。”

一片死寂中，大殿佛笑依然，烛火融融恐恐地映着元善时红时白的脸，显得十分哀静而暧昧。

“阿弥陀佛！”

元善念了一声佛，声音很有些凄凉：“悟仁，原来是你！你过来。”

他叫着那名值日僧。

“大师！”那叫悟仁的值日僧爬着向前，伏在元善脚下。

“想不到果真是你！悟仁，你本是黑道出身，老衲几年教诲，只望你摆脱尘缘孽债，醒悟皈依佛祖，归于清净，想不到你仍要自寻烦恼，永坠孽海，如今已怪不得为师了。”元善声音发颤，双目中似有泪光。

“是烦恼来寻弟子，不是弟子去寻烦恼！”悟仁突然抬起头来，双目倔犟地射出凶光。

“唔！”元善鼻孔中长哼一声，双目陡睁圆大，精光四射，“孽根大胆！”

那目光将悟仁钉住，像冷电般使他一下子萎缩下去几寸，不敢再行发威：“我且问你，你背着师门，加入了什么帮派？担任着什么职务？你要敢做敢当，佛祖或许能大发慈悲，为你了却宿怨，如果你敢肆口妄言，诳师欺祖，叫你死无葬身之地！”

“这个……”悟仁抬头一触元善精光暴射的目光，打了个重重的寒战，“大师，小僧愿意在佛前忏悔。……商会会长刘庆仁是小僧出家前的朋友，后来，他搞了个天狼帮，硬拉小僧做了个老二，封小僧为天狼胆……”

“好吧！”元善打断他的话，“悟仁，须知唯我佛心中能恒寂天地，觉知一心，生死永弃，无相无明。你随二位施主去吧，为师会用佛法给你觉悟，渡过苦海，同登彼岸。阿弥陀佛，波罗蜜、波罗蜜，南无般若波罗蜜……”

老僧阖起了双目，双手合十，再也不闻不问，口唇翕合，兀自密密地念起经来。

鲁平哈哈一笑，大声说：“佛家诚于天，我只诚于人。佛家要舍身入地狱，我主张好人上天、坏人入地，否则天理不公。老禅师，我们后会有期了！”

说完，不再理会元善。

“走！”提起悟仁，押出殿去。

两人押着一瘸一拐的天狼胆，一边走，一边小声嘀咕。

罗琳十分钦服地说：“老鲁，你真会弄玄虚，你怎么知道他躲在幕帏后面？”

“猜的。我看此殿似乎没有后门，要藏也只能藏在帏后。我知道这贼受了伤，失血过多，所以引老和尚谈经，希望拖长时间，他站立不住。他果然有点站不住了，因为我发现帏幕有些微的颤动，但还不能确定他人立的地方，所以告辞回身。我想，他见我一走，一定会精神松弛，所以走到门口，猛地回身看去，果然帏幕大动起来。这就是利用了他的疏忽，而疏忽永远是个最可怕的错误，结果往往就是死亡。”

“说得好。但愿我们不要有疏忽的时候。”罗琳五体投地，也大受启发，“现在，天狼帮最后一名头目天狼胆也被我们抓到，天狼帮就全部算是覆灭了。只是那批宝物，仍难找到线索。”

“天狼帮是否覆灭还不能言之过早……只是那批文物，我想现在找到的希望却大了。”

"你是说……"罗琳疑疑惑惑。

"我现在还不想说得太多，因为只是一些猜测，等将来证实了再告诉你吧。不过，我现在要告诉你一个重要情况。那只镯盒，是被张立盗去的，而打开镯盒秘密的钥匙，是兰芳的梅花坠子项链。它大概落在了阿菊或张立手中。"

"你是指张立和阿菊……"罗琳没有一点思想准备，大吃一惊。

"我并没有指什么，只是一种猜测……好了，注意犯人。"鲁平说到这里，他们已经进入了庙会圈，人越来越多，鲁平煞住话头，提醒罗琳注意。

集市上嘈杂喧闹比先前更甚.

摊贩中还杂着许多乞丐。有叫街的（坐地讨）、有寻子的（跟人讨）、有文讨（写地状）、有艺讨（唱善歌、玩蛇），还有开红山的武讨（刀插在手腕或身上、血淋淋的吓人给钱），看到他们押着犯人过来，都自动地躲开，好奇地远观，有些还指指点点地小声议论。

"怎么是个和尚？不知犯了什么罪。"

"谁知道？也许是别人拿来顶缸的，唉，现在的官府……"

"和尚也不见得就是好人，你看他，肩上腿上都受了伤，血淋淋的一瘸一拐，眼中还仍然凶光外露，保不定是失风落马的大盗呢。"……

鲁平、罗琳也不管人们怎么说，一径搡着悟仁快走，可悟仁此时却突然耍起赖来。

"二位，我实在走不动了，你们招子也没瞎，不见我伤得厉害吗？喝碗茶、歇歇脚，刀山火海我跟你走，决不拉稀摆货，要不然，就让二位请人来抬我了。"

罗琳考虑了一下："好吧，老哥是道上的好汉，该听过光棍犯法、自绑自杀这句话，要是想要花招儿，给老子变戏法，可小心我的枪子儿。"

三人在一个茶摊边坐下，摊主赶快筛来三碗子午茶。

鲁罗二人怕中计，不敢喝，悟仁一口喝干，用袖子抹了抹嘴巴，赞了一声好茶，便摇头晃脑地哼起金钱板的唱腔："咳，哪怕你雪山高万丈，太阳一出化长江……"与那和尚的装束一对比，实在有点滑稽可笑。

"好了，走吧！"鲁平有些烦，催促着。

"喂，你这和尚，掉了东西啦！"

突然，跑出一个“寻子”的乞丐，递给和尚一个鼓鼓的纸包。

悟仁接过诧异地看了乞丐一眼，心中一动，想将纸包放进袋中。

“等等！”鲁平止住了他，“打开看看！”

悟仁一副很不得已的神情，退开一步，将那纸包慢慢打开。

那“寻子”的叫化笑嘻嘻地伸着一张好奇的脏脸，也想看看包的是什么东西。

“砰！”

一声响，纸包打开，突然弹出一股烟雾。

“不好！”鲁平一按罗琳，两人一起趴在地上。等两人爬起来一看，全傻眼了。悟仁和那个乞丐，都满脸发蓝，七窍流血，死在地上！

鲁平反悔不迭：“杀人灭口，杀人灭口！”自己明明发现事情有异，一个叫化子怎么能拾金不昧？可只想到递来的是越狱工具之类，怎么也没想到这一招！一时全街都乱作一团，当然也就无法搞清这乞丐是什么人指使的。

“唉，到手的一个天狼胆又完了！”罗琳简直泄了气。

“哼，他真是天狼胆？只怕未必！”鲁平见罗琳又想问他，不想多说，便道，“快找人来处理这副烂摊子吧！”

好容易等这桩事件处理得差不离了，鲁平一看表，已九点多，他想起了与吕静怡的约会，焦急地对罗琳说：“老罗，我和静怡十点有个约会，希望能掏出一点东西来。你事情处理好后，立刻前去监视张立和阿菊，有什么情况，打电话到警署和你家找我。刚才我们已经犯了一个疏忽的错误，让人钻了空子，我们千万不能再有疏忽了！”

“老鲁，你放心，我会接受这个教训的。”罗琳说得很诚恳。

鲁平走了。

他急匆匆地前往小天鹅咖啡馆，去会约好了的杏花女。

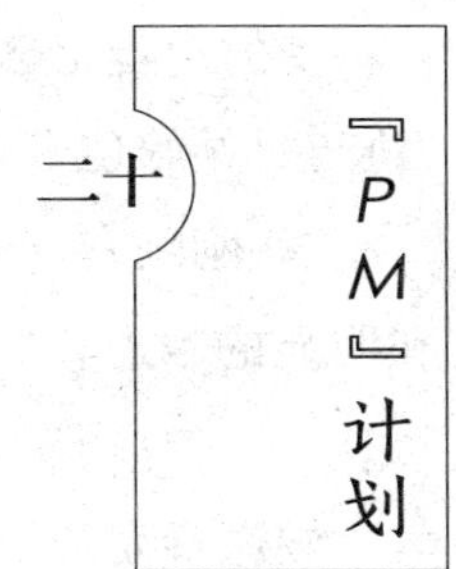

小天鹅咖啡馆小巧别致。

白色的橱窗、白色的柜台、白色的墙壁、白色的小单间、白色的桌椅，只有桌上白色的花瓶中插着一束艳红艳红的蔷薇花，让人感到神清气爽，食欲大振。

吕静怡穿着湖蓝的旗袍，蛋青的镂花嵌肩，围着一条翠绿的纱巾，清丽脱俗，美艳而又倨傲，只是目光却十分的阴沉，那阴沉又是一兜儿水般单一，单一得像一串晶晶润润的烛泪、一支檐下快要融化的冰凌，叫人不能不看又不忍看。面对着鲁平，她喉间的郁结、胸中的孤愤，一如店前嘈杂的人群。鲁平感受到了他们之间出现了不和谐的律动，看到她眼中那霜末般的阴沉和冰冷，心中有诧异也有悲怆，他不知前天她那春色送暖的眼神为何会一变如斯。

“吕姑娘，发生了什么事吗？怎么今天你……”他有些慌乱，竟不知如何措辞。

“没什么。”吕静怡声音中溢着凄凉，“鲁先生，你曾经被你所相信的人骗过吗？”

被自己所相信的人骗过？啊！他的心仿佛被重锤狠狠地击了一下，发出破碎的声音。他眼前又出现了海潮、峭壁、一具鲜血淋淋的尸体和一张清癯文静的脸。……是啊，生活中有些事，有些理智辗碎感情的经历，一旦融入血脉，那胸中便会有一种怎样的悲怆、怎样超拔的创痛。

“是的，我有过。”

他的声音也透出凄凉，不仅是凄凉，还有某种自嘲，某种被迫的残酷意味：“难道吕姑娘也有过？”

“我刚刚有！”她抬起了眼睛，眼睛里除了凄凉之外，还有压抑不住的愤懑和明显的敌意，“有一个自称是我朋友的人，我昨晚发现，他竟然是一名英国特务！”

她声音充溢着鄙夷，心间却充塞着痛苦的爱和痛苦的恨。一切真诚都戴上面具，一切虚伪都赤身裸体，这是怎样的一个世界啊！

“你……”鲁平惊震中感到一种碎心的痛楚，沉积在心底的悲凉和屈辱感与自尊心交织在一起，向着回忆和展望挑战。但他无法说破，留待将来吧，只期待她将来能谅解并释出幽怨的隐衷。不过，此刻，他知道自己身份可能已经暴露，也许没有什么将来了。他突然有一种“风萧萧兮易水寒”的怆凉和超拔，他觉得自己是一匹流血太多的战马，就在倒地之前也得发出一声猎猎的嘶鸣。

“静怡，有些事情你还不懂。你是使刀的行家，应该知道，有时候，刀是需要刀鞘的。为了这个国家，为了很多很多流下了太多的血和泪的人们，你会看到这把刀不惜断裂也要出鞘的！”

她有些吃惊，脸上铺盖着冰霜，眼里却蓄满了泪水。

她抬起头来，瞥了他一眼，这一瞥，却成了愕然的长视，因为她看到，他眼里那种阴沉的神秘已经荡然无存，闪动的苦楚和凄迷中有一种坚定的光，诚实而热烈。这光彩她似乎十分的熟悉，又十分的陌生，她陷入了茫然的回忆。

“吕姑娘，现在形势很复杂，国共正在和谈，相信不久的中国可以走向光明，到那时候，我会将许多事情告诉你。”

“和谈？你以为你们国民党会有诚心？”

提到和谈，吕静怡从记忆的大海中拉回思绪的网，一种新的敌意浮在她的眼中，昨晚在阳台上听到的王立威的话又重新在她耳边响起。

“你这话是什么意思？”鲁平敏锐地感到什么，心中疑云顿生，目光惶遽不安。

“哼，再过十几天，等你们的飞机往延安慷慨地送上一批炸弹的时候，你们的诚意就昭示于天下了！”一种无比的激愤使她非一吐为快不可。

“什么？你说什么？”鲁平，“呼”地一声站起来，面色陡地惨白。

吕静怡自觉失口，不想再谈下去了，也起身站了起来：“好了，我还有事，鲁先生，再见！”

鲁平顾不得失礼，一把拉住她，眼色和声音都在恳求：“杏妹，为了拯救千万人的生命，为了中国的前途和命运，请你告诉我实情吧！”

“什么？你叫我什么？”吕静怡也大惊失色。

“明天，明天我会把一切都告诉你，杏妹，现在快告诉我实情！”

吕静怡牙齿咬着发颤的嘴唇：“好吧，有一份‘PM’计划，藏在你们王司令书房的保险柜里，你去问它吧！”

话才说完，鲁平猛地跳起来，用力握了握她的手：“谢谢你，杏妹！”说完，如飞般冲出咖啡馆。

“哎，哎……那只长命锁是怎么回事？”

“明天告诉你，明天——”

他飞快地跑了，声音拖得很长。

他！？他是谁？吕静怡一脸苍白地站在那儿发愣。

她沉寂的心宫中又浮起了新的希望。希望是什么？谁会问它贪婪、吝啬、瑰丽、丑陋、葱郁还是苍凉。明天！纵使你受过它千百次欺骗，你还是要把它盼望！

蒙城晚报报馆张立房中，阿菊坐在床头羞赧地垂着头，小手儿还是不停地绞弄黑亮的辫梢。从窗口投进来的阳光，泼洒在她脸上，越发显出迷人的魅力，怡静而纯真，秀气而媚柔。

张立痴痴地看着她，觉得她有如一条溪水能慢慢渗进心来，让自己缓缓地消化。他不断提醒自己，决不能被痴情编织的网，把自己斑鸠一样罩进去，他几乎要失败了，原始的情感在挣扎着要求复活，但想到任务，他一次次强制地把一腔欲念压下去，转入正题对阿菊说：“阿菊，你拿了兰芳一条项链吗？”

“你怎么这样认为呢？”声音很低但很柔媚，同时，阿菊抬起了闪耀着光彩的眼睛，那眼，深湛如黑夜，澄清如天空，张立又感到某种摄人心魄的力量。

“不是认为。其实我趴在马车后面，亲眼看见夫人将项链塞进坤包，然后交给你。这项链很重要，你还是拿出来吧，好吗？”张立也坐到了床上，一只手不自觉地搭到了她的肩上。

阿菊晃了晃肩，却有意无意地靠在了他的胸上。

她怯怯地低下头：“项链是我拿了，但——”她轻咬了一下嘴唇，声音更低了，有种羞愧夹在其中，“那是金的，我要用它做回家的路费。不过，你如果先告诉我它的用途，我可以拿出来。”

“路费？那好办，我可以给你钱，给你很多钱！”张立兴奋得心尖儿都在发颤。

“不！”阿菊的倔劲上来了，“我要你告诉我，它有什么用！”

“这……”张立想临时编点什么谎话来搪塞。

阿菊一扭腰，赌气地坐开：“你不用临时编了。我知道你不信任我。”她眼中有了泪光，“其实我知道。我看过夫人用项链开那只首饰盒，后来首饰盒被人偷了，那人为偷这只盒子把先生都杀了。我又不是傻子，我猜得到，那盒中藏着秘密。”她停了一下，泪眼汪汪地看了张立一眼，“这些天来，发生了许多怪事，董老四和许多人争来夺去，争一笔什么财宝，一定和这盒子有关，可是，你却不相信我……”

说完，一颗又一颗晶莹莹的泪珠扑扑地落下来。

那泪珠儿仿佛落在张立滚热的心上，发出滋滋的声音。

张立再也忍不住了，一把攥着她的双肩：“好阿菊，你真聪明，我相信你！”他把阿菊的头扶了起来，两眼热烈地看着她，“说真的，我从没真正喜欢过一个人，可是第一眼看见你，我就喜欢上你了。好阿菊，跟我合作吧！”

“你有那只盒子？”阿菊惊讶又天真地看着他。

“嗯。”张立点着头，感情炽热地说，“等找到了宝藏，跟我一起远走高飞吧！”

阿菊羞涩得满脸通红，她向前靠一靠，紧贴在他的胸膛上，充满喜悦地颤声问：“往哪飞？”

“随你！”

阿菊的声音充满梦幻：“我妈告诉我，共产党的解放区没有人欺侮人，是穷人的天下，咱们能往那儿飞吗？”

张立一震：“你妈？谁是你妈？”

“死了。”阿菊说得很轻很轻。

“是吗？”张立叹了一口气，“真可怜，唉……阿菊，你是穷人出身，我信得过你，实话对你说吧，我就是共产党。为人民夺回这笔财宝就是我这次的任务，阿菊，帮助我吧！”

“真的？”阿菊喜欢得心尖儿乱跳，“总算找到你们啦！”

“快把项链拿出来。”张立欣喜异常。

“你还没拿出盒子呢！”阿菊嗔怪地一噘好看的小嘴儿。

“好，我叫一、二、三，大家一起拿出来。”

“好，好！”阿菊孩子似的喜得乱叫。

“一、二、三！”

张立叫完，两人同时拿出了盒子和项链，喜欢得四目相对，春光四射。

“打开看看！”阿菊声音有些发抖。

“好。”张立把盒子交给阿菊。

阿菊打开，将项链坠子按在凹处，左转二下，右转三下，盒底一块很薄的板儿跳了起来。中间放了一张折叠的道光纸。

张立双手发抖地拿起，展开，正面是一张宝物的清单：

“麒麟宝珠一枚、合欢宝珠一枚、避尘宝珠一枚、翡翠核桃四颗、金蛤蟆两只、金玉九连环一只，玉如意三只、珍珠凤冠一顶……”

以下金银古玩写了一大串，总计六十七件。背面是一张地图，标明了宝物埋藏的地点。

“啊！”

两人高兴得互相拥抱起来，张立原始的冲动又火一般燃起，俯下了身子对着阿菊美丽的莲花瓣儿嘴唇狂吻起来。

王司令官邸门前，王望梅顺着大道策马而来。胭脂马精神，红妆女气爽。她一抹汗涔涔的额发，兴致勃勃地跳下马来。

门卫一见小姐回府，满脸谄笑地招呼：“大小姐，玩得痛快吗？”

王望梅笑着点点头，洒脱地一扬马鞭：“喂，我爹在家吗？”

“在，司令在客厅呢！”

王望梅兴冲冲牵马入院，拴了马，一径向门厅走去，听见她爹在与钱副官说话。这钱副官一直跟着爹爹，几乎形影不离，可是近几日爹说他出门办事去了，现在又神秘兮兮地回来，不知搞些什么名堂。她不由得站住步想听听他们谈些什么。

“瑞士银行的事办得怎样了？”

“报告司令，我亲自和他们的代表谈妥，瑞士银行已经答应，只要司令将那批文物珍宝弄到手，立刻会派人来估价，并以最优惠的条件为司令秘密存入瑞士银行。”

“好，办得好！”王司令十分高兴，“这件事绝不能让任何人知道，包括罗琳在内。特别是要防着伍漫天那条老狗的耳目。”

“司令放心，我懂得。”

听到这儿，王望梅心头又气又火，爹明明向琳哥和张立保证过，珍宝找到后立即上交国家，怎么能出言无信，私自侵吞？这叫自己如何在张立和琳哥面前做人？

她猛地一推门，砰地闯进去，大声叫着：“不行！爹，你不能这样做！这批文物是国家的，你答应过，要还给国家。”

王司令大吃一惊，他怎么也没想到，这秘密会给女儿听去，别的人还好办，这小妮子又娇又横，天不怕地不怕，还不给捅出一个“死了龙王满河掀”的大乱子来。

“梅儿，你乱嚷嚷个啥？”他压低声音制止她，向钱副官一使眼色，钱副官知趣地连忙溜了。

司令走到王望梅跟前，轻声哄着她：“梅儿，爹还不是为了你？你知道吗？时局前途莫测，爹这是为你和琳儿准备一条退路，将来，你们一起到瑞士去，就有了依靠了。”

王望梅一听把她和琳哥拉到一起，又气又急，火气更盛，大叫大闹：“我不要，我不要！我要你把它们交给国家！”

“放肆！你眼中还有爹吗？”王司令气极，扳起了面孔。

王望梅从未受过爹这样的斥责，一怒之下，忘乎所以，回嘴说：“你利欲熏心，贪赃枉法，哪里像个爹！”

“啪！”司令气昏了头，重重地甩了她一个耳光：“你浑蛋！”

王望梅一下子愣住了，她简直不敢相信这是真的，用手捂住又辣又痛的面颊，两眼陌生地大瞪着：“你……你打我？！……好！……你打我！”她一步步向后退，突然，她“哇”地一声大哭起来，“妈妈呀——”回身疯跑出厅，跳上马背，狂奔而去。

“望梅！望梅！”

王司令叫着，追了出来，她已经跑远了。他抚着那只麻木的手脸色发青地呆立着，眼下的积肉，一下一下地跳动起来。

钱副官惴惴不安地走上前：“司令……电话……伍专员来的。”

王司令长叹一声沮丧地走回客厅，接过电话。

“喂，你是王司令吗？请你到我这儿来一下好吗？”

“什么事？”王司令很烦恼。

“刚才接到电报，鲁平的问题有了新的发现，十分重要，你必须马上来一趟。”

“好吧！”

王司令又气又恼又疑惑，六神无主地放下电话，向钱副官喝道：“备车！”

王司令刚出去，鲁平来到了司令部。大厅中无人，他立刻来到电闸前，迅速拔下保险盒，将保险丝弄断。

正在这时，王望梅又策马跑了回来。她要找罗琳哥，将真情告诉他，或者就再找到爹，大闹一场也好，要不然，心里窝着的这股闷气无从发泄。她将马系在门侧的树上，风风火火往里闯。

鲁平刚把保险盒插了上去，她就闯了进来，一见鲁平，大声喊了起来：“鲁大哥，鲁大哥，琳哥呢？”

鲁平吓了一跳，掩饰地说：“鬼丫头，什么事？火烧屁股似的，吓了我一跳。”

“鲁大哥，可不得了啦，我爹要将文物珍宝偷偷卖给瑞士银行，我要赶快告诉琳哥。”

王望梅心直口快，三棒子两夹板地全告诉了鲁平。

“宝还不知道藏在哪儿，八字没一撇的，你急啥？”鲁平安慰她，“罗兄有事出去了。喂，你爹书房有《犯罪学》一类的书吗？我想参考参考。”

“谁耐烦看那种书？鬼才知道有没有，你自己去找吧！”

“鬼丫头，有气朝我身上撒呀！这样吧，罗兄和张立过不多久就会来，你是在这儿等他们呢，还是陪我上楼去找点儿资料？”

“我懒得去，要去你去吧！”王望梅听说张立要来，心里早急了，把书房的钥匙递给了鲁平。

“好，那我去了，你在这儿等他们吧，可别让人来打扰我啊。”

“知道，知道，烦死人了，你快去吧！”王望梅用手绢扇着风，六神烦躁地催促。

鲁平进了书房，将门锁上，立刻奔向那个天蓝色的保险柜。他一看便知，这种保险柜，是德国造的，装有压发式报警器，只要一触动数码盘，警报立响。自己虽然切断了屋内电源，但保险柜本身的蜂鸣器，也尖啸得惊人。

他在柜脚上，找到了一个暗门，小心地打开，里面凹进去的部位，有两个小环，他轻轻地将红色的小环打倒，将绿色的小环扶起，再把上面一根横着的头发般粗细的金属丝小心地剪断，这才长嘘了一口气，将暗门关上。他耳朵贴在柜门上，开始熟练地对起数码来。

楼下大厅中王望梅百无聊赖地坐在沙发上等着，低着头愣愣地发痴。一个人的影子无声无息地贴近来，慢慢地罩着了她。

“张……”她惊喜地一抬头，惊喜马上变成了惊诧，“是你？吕……吕小姐，你找谁？”

吕静怡站在她的面前，阴冷着脸冷冷地说：“找你！昨晚我已经来过一次，可惜不知王小姐的闺房在哪里，现在，我想还是正大光明地来更好些。”

“找我？昨晚？干吗？”王望梅一脸莫名。

“我想要你手上的那对镯子！”吕静怡冷冰冰地盯着她的双腕，直截了当地说。

王望梅火气上冲：“岂有此理，我凭什么要给你？”

“非给不可！不然，我可要用强了。如果小姐胆怯，尽可以叫进几个奴才把我抓起来。”吕静怡声音冷得叫人发毛。

谁知这更激得这位天不怕地不怕的千金小姐火冒三丈，一跳跳开身，拉了一个架势，一股不屑的神情：“胆怯？我会怕你？你算什么东西！有种你过来。”

“好！算你有种，三招赢不了你，我杏花女立马就走。接招！”话音未落，一招凤尾扫虹，右脚横撩，撩向王望梅后腰。

王望梅将门之女，跟着父兄学了一套短打拳，步履矫健，出招狠辣。她一个跨虎，避开腿风，腰身一侧，单鞭冲拳，捣向吕静怡面门。

不料拳到脸边，被吕静怡太极掌一带，带偏拳头，将一只衣架击翻，发出“扑通”一声响。

“有两下子，看，这是第二招！”

吕静怡一声冷笑，身法一变，飞絮掌轻如鸿毛，飘飘落向王望梅前胸。王望梅急退一步，掌如双钩，挂向吕静怡手腕，不料吕静怡那只手腕灵蛇般一滑，滑了过去，在她胸前戏谑地刮了一下，王望梅觉得奶峰上一阵热辣，她又羞又急，使开了拼命的招势，喝一声，分拳并步，跃将起来，左右双拳二环套月，击向吕静怡右太阳穴。

“好狠心的丫头！”吕静怡声未落，优雅地胯肘一旋，王望梅双拳才落实时，吕静怡喝一声：“第三招，去吧！”人一后仰，一脚支地，一脚撩天，脚面正好托住下跌的王望梅，稍一用力，王望梅便被她脚板底蹬飞，“通”地一声，跌倒在墙脚边。

楼上的鲁平刚刚试开了保险柜，突听楼下乒乓作响，忙将保险柜门虚掩，出外观看动静。

这时，王望梅扶着墙站了起来，双颊通红，两眼怒火喷射。她的手在墙上摸着了父亲的一把指挥刀，盛怒之下，也不思量，“哗”地一声将刀拔出，贴墙站着，双手高高地举起了那把闪光的军刀。

吕静怡一声冷哼：“哼，想动刀？你还嫩得很呢！”话音刚落，她手中白光一晃，如同打了个闪电，一把柳叶飞刀将王望梅的发髻钉在了墙上。王望梅脸色陡地变得惨白。

吕静怡手掌一伸，不知怎的又多了一把同样的飞刀：“这一刀，要给你漂亮的脸蛋上留点儿记号，省得你小姐太骄狂！”

“当！”

又如同打了个闪，她手中的飞刀被一把小小的手术刀击落，鲁平一只飞燕般从二楼口飞落：“吕姑娘，这是为何？”

吕静怡见他这时出现，又竟然帮着王望梅，心中又妒又恨，敌意更盛：“哦？原来是魔刀鲁，要比飞刀吗？”她手一展，掌心又多了一把柳叶刀，惨白的刀映着惨白的脸，有雪的凄艳、雪的孤清。

鲁平不理会她手中的刀，回身将王望梅发髻上的刀拔下，才转身婉言相劝：“这又何必？吕姑娘和王小姐有仇？”

王望梅气得嘴唇发抖，一手扶着鲁平，一手抖抖地指着吕静怡：“她……她平白要抢我的八音镯。”

“哈哈哈！”吕静怡见鲁平扶着王望梅，悲愤交集，“明抢暗夺，那是你们官家的拿手好戏！什么抢夺你的八音镯，这对八音镯，本来就是小时候我妈给我的！”

提到母亲，她心痛如绞，泪承双睫。

“什么？”鲁平惊得跳起来，“你母亲不是凤姑姑？”

“凤姑是我的养母，是她把我从三岁带大，”吕静怡下意识地回答，突然，她心中又一颤，嘴唇哆嗦起来，你……你怎么知道凤姑？”

鲁平不管她的问题，急问她道：“你的生身父母是不是一对考古工作者？你还有一个哥哥？”

“对？”吕静怡惊得瞪大了眼睛，接着又悲愤填膺地恨声道，“他们都在十七年前被刘天狼杀害了！”

“你父母是被害了，但你的哥哥没死！”

“没……没死？……你……你难道就是我的……亲哥哥？”吕静怡又惊又喜又疑惑。

“不，”鲁平笑得很苦涩，“你亲哥哥是她的义兄罗琳警长。”一听此话，吕静怡和王望梅都同时惊得大叫一声：“啊！”

“事情是这样的……”

鲁平开始简单地叙述从罗琳那儿听来的故事。

专员公署伍漫天专员的办公室，伍漫天正拿着一份材料严肃地告诉王司令：“我们军统人员，已经核实了这个鲁平的指纹，经过调查，搞清楚了他的身份。你老朋友鲁又燃的儿子鲁平，三年前一次和他的师弟周文杰，不知为了什么事，双双从英吉利海峡的一座悬崖上摔下去，真的鲁平摔得稀巴烂，默福利警长——此人我们也已查清，是英国皇家秘密警察的一名头目，有意将周文杰整容成鲁平，作为英国的间谍打入中统，以窃取他们认为有价值的情报。这事，连鲁平的老子鲁又燃都被瞒过。现在，我已经请示了最高当局和鲁又燃先生，上面下达命令，立即将这个冒充鲁平的英国间谍周文杰秘密逮捕。你看，这是调查材料和上峰的命令。”

王司令看了材料，气得连脖子都歪了：“好你个浑蛋，竟然玩到我的头上来了……”突然，他想到“ＰＭ”计划，由于和女儿的争吵，昏了头，一没有拿出来，二没交代人守护，不由得脸色大变，双手一拱道，“告辞！等我去将这王八羔子抓来！”说完，气呼呼地回身就走。

他走后一刻，伍专员的一名手下送来一份“白狐”的情报……

“……这就是你被抛下河去的情况。”

鲁平尽量简单地将事情的始末讲完，听得吕静怡双泪直流，啜泣着说：“我是被凤姑救起的，一直叫她妈妈，过了九年，我十三岁那年，有人送来一个叫凤姑作姑姑的哥哥，就是周文杰。”吕静怡说到这里，抬起泪眼，幽幽地看了鲁平一眼，见他无动于衷，又接着说下去，“这件事我没有告诉过文杰哥，因为那时我很幸福。三年以后，我十五岁那年，有人来抓文杰哥，妈放他孤身逃生去了，把我藏在灌木丛中，可是她，被来抓文杰哥的那帮匪徒杀害了，临死前，交代我来蒙城投奔她的师妹花姑。鲁大哥，现在你应告诉我文杰哥的情况了吧！”

她那闪着泪光的漆黑的眼睛，死死地盯住了鲁平，鲁平心如刀绞，又如火焚：文件！那份“ＰＭ”计划还未到手，没时间了！

正在这时，一名卫兵跑了进来向鲁平报告：“报告探长，刚才值班室接到罗警长的电话，说发现张立带着阿菊前往西山，他已经跟了去，要探长也立刻赶去。”

鲁平心头一震：“西山？好，你去吧，我会马上行动。”等卫兵下去，他回头望着吕静怡，满怀歉意，“看，又没有时间了。明天吧！我会告诉你的。”

“走！快去西山！”王望梅听说张立和阿菊跑了，心中妒火如炽。

吕静怡也想立即见到亲哥哥罗琳，也嚷着要去。

“好吧，大家都去。只是，西山，也就是凤凰山，有十八座峰，我们去哪儿呢？”

鲁平沉吟了起来。

“管它哪儿，先去了再说。”王望梅性急如火。

“等等……”鲁平突然记起了那副下联，“狼藏虎卧，超人啸聚江湖”，他口中喃喃自语：“狼藏虎卧……啊！”他恍然了，“有凤凰山地形图吗？”

“有！”王望梅应着，立刻从书桌中取出地图铺开。

鲁平细看一会儿，手指着图移动，口中念着：“狼藏虎卧……”突然他大叫一声，“是这里了！”顺手从笔筒中取出一支红蓝铅笔，在图上画了一个圆。

二位姑娘伸头过去一看，红圈圈着一个地名：浪沧峰、福窝洞。

鲁平兴奋得手指点点：“这里就是藏宝之地。”他眼光一扫大门，“你们在门口等我一下，司令的书给我弄乱了，我去整理一下就来。”

说完，他急促地上楼而去。

王望梅气嘟嘟地嘟囔：“真啰唆！”她一拉吕静怡，“静怡姐，我们走！”

楼上书房中，鲁平匆匆写了一张字条，在水仙盆中拣了一粒雨花石，用这字条包着它，走到后面窗前，打了一个呼哨。

院外有一个卖烧饼的老头，听见呼哨抬头一看。“噗”，字条包着的雨花石打在了他的面粉团内……

然后鲁平火速打开保险柜，取出文件，打开一页，拉亮台灯，掏出打火机，对准文件的第一页，“咔嚓”将打火机揿燃……

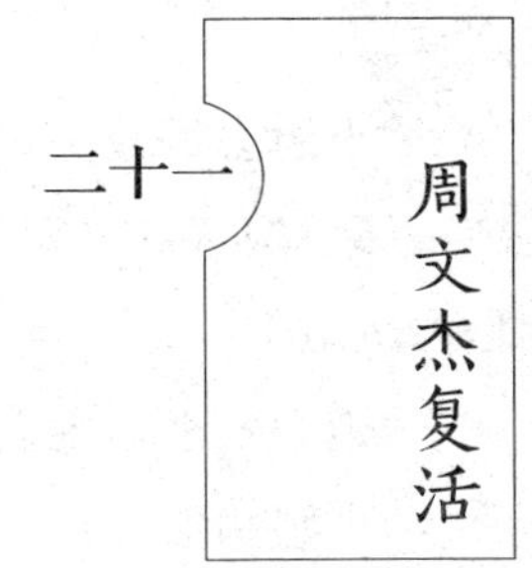

二十一 周文杰复活

吕静怡心里十分焦急，嘀咕着："鲁先生怎么磨磨蹭蹭，真急死人。"

她没注意到，一名值日副官正从她们身后经过，好奇地站下来听她们的谈话。

王望梅又焦急又兴奋："是啊，他在书房搞些什么名堂，收拾几本书怎么要许久？"停了一下，又拉着吕静怡的手说："怡姐，这下可好了，藏宝总算找到了。凤凰山不远，我们开吉普车去，要不了多久。"

吕静怡突然想起不久前在小天鹅咖啡馆的事，有点意识到了鲁平在干什么，心里不由得一阵紧张。

"哎呀，急死人了，怡姐，不等他了，我们先走！"王望梅赌气地拉起吕静怡就走。

"还是等一会儿吧！"吕静怡心神不定。

"不等，不等，让他自己再找一辆车，活该！"王望梅将吕静怡强拉到车库，上了一辆小吉普，一拉火，发动了车子。她使劲揿了两下喇叭，将车子开了出来。

那名值日副官慌慌张张上来阻拦："小姐，你们开车去哪儿？"

王望梅吼一声："你管得着吗？滚一边去！"一踩油门，车子一冲，差点没把副官辗死。

吉普车飞快地冲出大院，拐向左边的马路。与此同时，王司令的轿车从右边驶了进来。他透过窗玻璃，仿佛看见女儿王望梅坐在那开出去的吉普车中，心中暗自诧异。进了院子，他和钱副官钻出轿车，正碰上那名狼狈不堪的值日副官。

“小姐去哪儿去了？”他皱着眉头问。

那位副官一见司令，连忙扶正军帽，打了个立正：“听她们说……听她们说，是去凤凰山，说是找到了什么藏宝。”他紧张得有点儿口吃。

“她们？谁是她们？”

“小姐和那位吕……吕什么的旦角。”

“那鲁平呢？”

“听她们说，鲁探长在司令书房。”

“什么？浑蛋！”王司令一听，心头一阵发冷，吼一声，大巴掌扇过去，将那名莫名其妙的副官打得滚进冬青树丛中。

王司令向钱副官喝一声：“快，带警卫班，立即逮捕鲁平！”很快，一群警卫在钱副官的率领下，向楼上冲去。

王司令满头大汗在后面喊：“小心他的魔刀！”

“砰！”

书房门被撞开了。

“哗啦！”

所有警卫一字散开，子弹上膛，冲锋枪的枪口齐刷刷地指着，众口齐喝：“不许动！”

只见一个人悠悠然坐在沙发上看报，一张《中央日报》遮住了他的脸。报纸慢慢挪开，鲁平略带惊讶地看着他们。

王司令提着上膛的手枪，站在卫兵的身后，瞟了鲁平一眼：“钱副官，去看看保险柜！”他怕鲁平的飞刀，命令着钱副官。

姓钱的立即跑到保险柜跟前，仔细检查了一番：“司令，保险柜锁得好好的。”

王司令这才放心地擦擦额上的冷汗，用森严的目光打量着嘴角挂笑的鲁平，手枪点点，冷气森森地道：“好一个周文杰！竟然混到我的身边来了。”

鲁平内心打了一个寒战。

周文杰！终于有人叫自己周文杰了！

三年前，那些永世难忘的画面，又闪电般在他心中掠过：脚下是多美的英吉利海湾啊，海浪从天边如一线又一线的白链，滚滚地向前推移，触到崖岸，“哗啦”一声响，链条断了，散成无数洁白的明珠，撒落在一池碧水之中。贴着平涛，几只水鸟一掠，双翅一剪柔静碧蓝的绉绸，啁啾一声射向天空。

一切都让人胸襟豁然，遐思邈远。

篝火舔着壶底，发出“吱吱”的轻响，像野餐前的心弦在鸣奏，恬静而温暖，令人忘却了自己异常沉重而苦涩的历史。

他捧着捡来的一把干柴，兴致勃勃地跑近篝火，他要将它烧得更旺，让他和鲁平哥这次假日野餐更让人难以忘怀。

但是，他怀中的干柴撒落了，因为他看见鲁平哥手上拿着几张纸，几张淡绿色的信笺纸，在皱着眉头读着。糟糕！那信纸后面有经过湿影的密写药水写的文字，自己竟然看完没有舍得毁掉，大意地放在上衣口袋里，一热又将上衣脱下放在了火边的草地上。

好在发现它的是鲁平哥，这与自己有四年同门之谊，同床共枕得像一个人的同学兼师兄鲁平哥，自己本来就打算将来要告诉他的。他们之间发过誓，不许有任何个人的秘密，他们相信，一份幸福，两人分享，幸福就会变成双份；一筐痛苦，两人分担，痛苦就会变成半筐。

火仍然不熄地跳动，映在鲁平哥的脸上，映得他十分的英俊：高额头，高鼻梁，刚毅的下巴，饱满的两颊。他喜欢他就像喜欢自己一样。别人说，自己不但身材像他，而且连相貌也像他，就像亲兄弟一样。是啊，像亲兄弟一样，四年前，自己在青岛偷偷地爬上一艘轮船，想到上海找父亲——他打听来的似是而非的消息——却不料这条船将他拖到了伦敦。当自己流落异国街头，是鲁平哥救了他，帮他渡过了窘境，使他过上了新生活，给了他友谊和温暖，有了知识和技艺，鲁平是他的兄长、朋友，也是他做人的老师。如果人世间有最伟大纯真的友谊的话，他敢对天起誓，那已经为他和鲁平所拥有了。

想到这儿，他放心了：“平哥，那是我刚收到不久的信，是别人转来的。我不想瞒你，只是绝对不能让第三个人知道。”

“不，这个秘密不是我们两人所能够拥有的。”鲁平抬起了头，脸色很是肃杀。

“你的意见是？……”

“我的意思是，既然我已经看到了它，就必须把它交给一个组织。”

“你说什么. 什么组织？快把信还给我！”周文杰惊而又慌了，他不知道鲁平是否在开一个玩笑。

“唉！”鲁平长叹一声，将信还给他，“文杰弟，信我可以还给你，但我要把发信人的地址和信中所说到的几个人交给我的组织。不过，我绝对不会牵连到你。”

“你……你……你有什么组织？”周文杰开始真的慌了。

“好兄弟，请原谅我一直瞒着你，因为这是纪律，不能告诉任何人的事。我是国民党中统的谍报人员，我父亲鲁又燃是中统的高级干部。”

“什么？你是特务？”周文杰惊而又怒了，他看到鲁平肃然地点了点头证实了他绝对不愿相信的事实。

“你……你……你欺骗了我！”

他心中翻起一种懵懵懂懂的痛苦和酸楚，来得如此凶猛和惨烈，他倒跌了几步，脸色死灰般发青，将一口唾沫狠狠地咽了下去，像吞下了一枚破裂了的蛇胆。

“没有，我从没想欺骗你，在我们认识之前我就是了，这秘密是不能告诉人的，这是组织原则。”鲁平的脸上泛上痛楚的刚毅。

“好吧，”周文杰咬着牙挺着，“我不怪你，只请你看在我的面上瞒下这桩事。”

鲁平眼中闪出一丝冷酷，他缓缓地摇了摇头。

“什么？你真的要害我的朋友和亲人？”周文杰激怒了。

“兄弟，这不是个人间的感情问题，这是信仰，这是对组织的忠诚，我要对党国负责。”鲁平声音冷如铁石，但又透出一种无可奈何的烦恼。

“你……你敢！”周文杰愤怒如烧荒的野火般燃着了，他看到鲁平受了肌肉与神经牵动的影响，英俊的脸孔变得狠毒、残忍和阴诡。

“这是没办法的事。”

“那……那……那我们就拼一个你死我活！”周文杰狂吼起来。

“也许只有这一条路了。唉！谁叫我看到这封该死的信呢？”鲁平的声音傲然而凄凉，“好兄弟，下手时决不要留情，我是不会留情的。如果你死了，我会好好安葬你，如果我死了……唉，但愿老天让我死在你的手里！”鲁平语毕，向着山崖一声长啸，啸声凄厉而豪壮。

“我不会留情的，”周文杰铁青着脸，“为了我的亲人和朋友，为了正义，我一定要杀死你！然后我会自杀，以谢你的知遇之恩。大哥，我进招了！”

“来吧！”

这是一场无比悲壮而惨烈的搏杀。

从辉煌的黄昏直杀到月凄迷、露寒重的中宵。

两人都没有使用暗器，尽管他们都是一脉相承的暗器之王。只是从拳足到短刀，在悬崖顶上搏命。

波磔森森的刀锋，竟将雾意卷开，招来一阵比一阵更浓的杀气，直到两人气力殆尽，浑身鲜血。

周文杰已经将鲁平逼到悬崖边上。

鲁平一刀风回柳岸，从周文杰项下擦过，陡然回臂，肘拳递出。

周文杰刚躲过一刀，万没料到他神出鬼没地杀来一招回马枪，躲闪不及，正中前胸，被打得跌倒地上。

鲁平兔起鹘落，和身跃起，刀光闪闪插向周文杰心窝。

周文杰危急中，突然记得凤姑教过自己反败求胜的一招，未等刀光及体，双膝一屈，蜷了起来，接着猛地一蹬，一招兔蹬苍鹰，将鲁平蹬得飞了起来，向崖下跌去。

“鲁平哥！”周文杰惊呼一声，翻身跃起，扑向崖边，探头下视，见鲁平只手挂在一棵小树梢上。

哀静的月光泫然照着他惨白的脸，全身悬在呜呜嚣叫的山风中，崖罅生出的那小树快要折断了。

周文杰想也没想，“呼”地一声跳下去，攀住了小树，在树梢折断的一瞬间，一把捞住了鲁平的手腕。

树梢“咯”地一声断了，鲁平猛向下一沉，将周文杰带得半身悬空，但他用双足夹住了树丫，死死地抓住鲁平的手腕。

山风鼓帆般鼓着他们的衣衫，拼命要将这游丝般的两条生命撕进幽不见底的山谷。

那黑黢黢的谷底可听见海水“哗啦哗啦”的喧嚣。鲁平抬起头，月色下，他血红的眼中是无法用语言描述的情感，惨白的脸上每一块铁一般僵硬的肌肉都在搐动。

突然，那眼中露出了惊骇，他看见了小树的根部在松动。

“快松手，树要断了！”鲁平高声嘶呼。

“不！”倒挂的周文杰脸上被充血涨得通红，倔犟地吼着。

“好兄弟，你松手吧，救你自己！”鲁平在哀求。

“不！”周文杰圆瞪两眼，仍然倔犟地吼着。

“你找死！”鲁平野狼般地号一声，使劲挣脱他的手。周文杰看到了他眼中的泪光在一闪一闪。

“要死，咱们死在一起！”周文杰拼命吼着，死死抓牢他的手腕。

挣扎，加快了树根的松动。终于，小树从缝隙中连根拔出，两人一起落进了雾气蒸涌、黑不见底的深渊。

不知在黑暗中浮沉了多少个时日，周文杰醒来，已经是全身除了眼睛外都被绷带缠裹着。他看见了他俩的老师——默福利警长。

警长把周围的人遣走，小声地对他说：“你们掉下了山崖，第二天才被渔民发现。鲁平已经摔死在海礁上，血肉模糊，而你，却被树挂住，侥幸留得一条命在，但骨头断了几根，脸部也被挂得稀烂。”他四处望了望，把声音压得更低，“现在我要告诉你一桩事。我向大家宣布你是鲁平，并且让医生按鲁平的照片给你整了容，其中的原因等你好了我再告诉你。总之，周文杰已经死了，从现在开始，”他的声音变得十分威严，“你就是鲁平！这事只有我一人知道，鲁平的父亲鲁又燃，是我的中国朋友，我已经给他拍了你出事的电报，明天他就会飞来看你。好了，现在听我把他家庭的详细情况全部告诉你，你要认真地记住……”

从此，周文杰死了，他成了鲁平。三年来，他顶着魔刀鲁这个名字，在英国大显身手，侦破了一连串的奇案怪案，使这个名字家喻户晓。他，使这个既恨又爱的名字蜚声海外，享誉警坛。

而今，周文杰这个名字又在王立威口中复活了，他可以和“魔刀鲁”这个认贼作父、充满屈辱的名字告别了，他将再以“周文杰”，这个早已陌生的名字毫无愧色地走向新的死亡！

周文杰面对王立威的枪口，自豪地站起来，笑笑，将报纸一叠，丢在桌上：“不是司令自己请我来帮忙的吗？”

“就算是这样吧，现在你的忙已经帮到头了。”王司令揶揄地一笑，“说实话吧，你的真实身份和目的到底是什么？”

周文杰伸手向后拢了拢头发，平静地反问：“你说该是什么呢？”

他的这一动作，吓了王司令一跳。

他一跳，跳到一名卫兵身后：“不许动，再动一下就打死你！”

他觉得自己的嗓子发紧，怎会不呢？他见识过魔刀，那玩意儿太不可思议了，简直防不胜防。

想了一想，他想出一个高招：“脱！把所有的衣服全脱光！”

周文杰耸了耸双肩，用开玩笑的口吻说：“怎么？难道司令想请我洗个热水澡？好吧！”

说着，他无所谓地脱起衣服来。

一件、两件……

“这个要不要解下？”他指了指光胳膊上的皮囊，右边插着六把小手术刀，左边一把装着弹簧的小斧刀。

众人吓得一缩脖子，手指更紧地扣住了扳机。

“也许司令要的正是这个吧？”周文杰嘲讽地一瞥，不等回答，自言自语地将刀囊一起解下来搁在衣服上。

“裤子、鞋、袜，统统脱光！”王司令紧张地催促。

周文杰一副无可奈何的神情，又将裤子、鞋、袜统统脱掉，脱得只剩下一条巴掌大的三角裤衩，其中绝不可能藏下刀具。

“还要不要脱？如果还要脱，请司令把门给带上，谨防望梅小姐闯入，让司令难堪。”周文杰继续嘲讽着。

午后的斜阳，从阳台的落地窗中斜照进来，投射在他赤裸裸的身子上，股股腱子肌受光处与阴影处反差强烈，显现出醉人的强健之美和勃勃的阳刚之美。

王司令放心了，他走上前来，一样一样地检查鲁平的刀具：“手刀，好，袖刀，不错，嗯这是肘刀、膝刀，还有靴刀。果然名不虚传，五绝刀，很好，魔刀五绝！”

他森然一笑，站起身来，用枪指着赤精条条的周文杰：“周文杰，我现在以英国间谍的罪名逮捕你。嘿嘿！”满脸狞笑，“这下失去了刀，魔刀鲁可就成了一条光脊梁的癞皮狗了。”

卫兵们都被那奇形怪状的刀具吸引了注意力，周文杰笑嘻嘻地轻声对司令说：“如果我还有刀呢？”

王司令从鼻孔中嗤出一股冷气：“哼，除非你是刀魔！”

“可惜我就是刀魔！”

周文杰话毕，嘴唇动了一下，口中飞出一点白光，正叮在王司令握枪的手上。

王司令“哎哟”一声，虎口钻心地疼，手枪脱落。

还未等其手枪落地，周文杰一欠身，握枪贴身而起，枪管冷冰冰地抵在王司令的太阳穴上。

他很客气地笑笑：“请他们都出去一下好吗？我要穿衣服了。”

王司令左手握着滴血的右手，这才发现，虎口上叮上了一片又小又窄又薄的手术刀片。

他倒抽一口凉气，龇牙咧嘴地向那些在猝然变故中惊得呆若木鸡的部下乱嚷：“滚，都滚出去！”

众人往后退着，一个个腿有点儿打战。

“请带上门，钱副官！”周文杰平静地交代最后退出去的钱副官。

钱副官无奈，只好垂头丧气地将房门带上。

周文杰这才用左手从右腮边取出一个很小的带吹管的刀鞘，笑嘻嘻地解释：“魔刀鲁有五绝，可我周文杰有六绝！喏，多了这一绝：救命的口刀！王司令，今天让你一饱眼福了。”

“你准备把我怎样？”王司令觉得鼻尖开始冷湿。

“我不准备把你怎样。你别忘了，我可是罗琳的好友呢，只是现在，”他稍一考虑，“请你转过身去，向前走！”

王司令不敢不依，转身向前走，一直走到贴着了墙，才听周文杰厉声喝道：“双手举起，紧贴墙上，不许回头！”

司令摆开了大字，像壁虎一般贴着，直到汗水浸湿了墙壁。

周文杰开始飞快地穿衣服，一会儿工夫，就把衣服穿好了，向王司令的背影说了一声：“再见了！”他穿过落地窗，飞身跃上阳台。

他早已看见王望梅的桃花骢正系在阳台下的树上，于是两臂一张，飞鹰一般落下，轻捷准确地落在了马背上。

这时，才听见楼上王立威的狂叫：“来人啦，开枪打死他！”

他一刀挥断马缰，手拍马背，两腿一夹，宝马立即如飞向院门外冲去。阳台上乱枪齐发时，他已冲到院门口，门口一名哨兵听见枪声，懵懵懂懂举枪来拦，周文杰轻舒猿臂，一把抓过卡宾枪，膝盖中弹出半尺刀刃，穿透了哨兵的胸膛。

桃花骢四蹄轻弹，腾云驾雾般向凤凰山方向飞奔。确是一匹宝马，稳如车、急如风，远远看去只见一朵红云速飞，山道弯弯，只在一阵骤雨般密集的“哒哒”的蹄声中，一弯又一弯地被它甩在后面。

周文杰心急如焚，快马加鞭往前闯。

王望梅和吕静怡，驾着吉普飞驶，开往凤凰山浪沧峰，刚到山脚边，吉普车没油了，“呼哧呼哧”地空喘，再也不肯向前滚半步。

王望梅懊恼地一拍方向盘：“嗨！也忘了加点油，这鬼车咽气了！”

吕静怡一拉她：“走，不远了，咱们抄小路，要不了多久。”

凤凰山很柔静，绿树披履，山脚下自有羊肠小道，她俩于是丢掉了这辆该死的车，从小路钻进了山林。可是她们三转两转，只见近处四面都是静静的林子，远处四面都是起伏的山恋，终于辨不清东南西北了。

王望梅望着四面相同的景观：绿树、古藤、青苔、乱草、山岚、水汽、乱石、小溪……忍不住绝望地哀叫：“怡姐，咱们迷路了！”

吕静怡也心中乱跳，脸上发烧。她双手合十放在嘴边大声地嚷起来："喂！有人吗？"

喂……有人吗……有人吗……有人吗……

四面回声轰然，一起向两位突感孤独和恐惧的姑娘涌来……

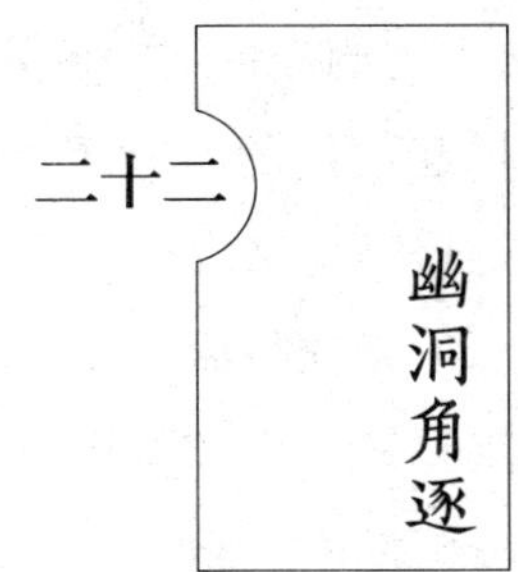

二十二 幽洞角逐

这时，张立和阿菊按图索骥，早已进入了窝福洞。

洞，深邃而幽暗，时高时低。四壁犬牙交错，长满了滑腻的青苔，不时有冰冷的水滴蚕虫似的落进颈窝，更增重了阴寒逼人之气。

张立心头有些发怵，紧拉着阿菊柔软而温暖的小手，两人依依偎偎地向前摸去。也不知走了多少时间，也不知弯了几道弯，他们逐渐适应了眼前的黑暗，看出洞的空间越来越大，怪石狰狞中，光线也强了许多。

突然，他们听到了窸窸窣窣的声音，两人对看了一眼，张立摸出了手枪，一示意，紧贴在壁上，阿菊也跟着他，抱着一个小坤包紧贴在壁上。

他们贴着石壁小心翼翼地一步一步摸上去。听见的声音越来越大。

“在这里了！”有一个很粗的声音兴奋地叫了起来。

他俩趴在几根相连的石笋后探头望去，只见前面是一个形如大厅的大洞，洞的一边有三个蒙着面的黑衣人，一个身材高大的弯腰站着，指挥另两个趴在地上用手把碎石浮土扒开，七八寸深的土下，好像露出了点什么。

张立和阿菊心中一阵狂跳，探起身子，想看得更清楚些，突然觉得后腰被一个硬硬的东西顶住了，他们心中一沉，知道那是枪管。

阿菊惊叫一声，张立的手枪被一只手接去了。

“出去！妈的，跑来找死！”一个粗重的声音凶巴巴地喝着。

他们只得站出来，这才发现是被两名暗哨用枪指着。

他俩被推搡得磕磕绊绊，走到那个身材高大的为首者面前。

“当家的，是晚报社那个姓张的小白脸和贱婢身边那个小妞。”一名黑衣人托起他们的脸看了看，顺手在阿菊脸上拧了一把，“他娘的，还他妈真水灵。”拧得阿菊又发出一声恐惧而诱人的惊叫。

张立偷眼向土坑看去，那坑有四尺见方，中间露出了一个硕大的铁箱盖，整只铁箱嵌在石块缝隙中。铁箱盖中央，镌着一只龇牙咧嘴的狼头，两只眼睛绿溶溶的。狼头前，举着一只人掌大小的爪子，做抓物扑人状，映着箱盖上阴暗斑驳的锈迹，十分恐怖。

又一名黑衣人偎上前来，在阿菊鼓鼓囊囊的胸前一捏，捏得她又发出一声嗲人的惊呼。

“他奶奶的，熟透啦，哈哈！当家的，留下这嫩妞，宰了那小白脸！”张立从那又淫又狠的声音中听出了唾液在喉节间的滑响。

这时，山道上策马飞驰的周文杰，发现前面有一辆带篷的中型卡车在疾驶。

很快，车厢内五名持枪的人也发现了他。其中一名惊呼起来：“大佐，快看，魔刀鲁！”那名被称为大佐的人，正是豪华别墅里接取“猎豹”潘祥电报的西装客。他探头细看后，恶狠狠地下令：“快，干掉他！”

五支长短家伙一起炒豆似的响了起来，枪声震荡山谷。

周文杰不但不像他自己说的不会骑马，而且骑术极精，他轻飘飘地来了个镫里藏身，一滚滚到马的一侧，平贴着马身，一只手使劲策马飞驰，一只手举起了卡宾枪还击。

“哒哒哒哒”一个长射，车内立即有两人中弹，其中一个，双手抱额闷声不响地从车厢中翻跌出来，滚到了马路边上；另一个平伸着两手趴在车厢沿上一动不动了。

“八格呀噜！”大佐骂了一句日本话，从里面拖出一挺轻机枪，架在同伴的尸体上，一扣扳机，“突突突”，子弹泼水般呈扇形扫去。

尖啸的弹雨罩住了周文杰！

然而，马是通人性的灵驹，人是通马性的豪杰。他翻上马背猛一勒缰，那马长嘶一声，前蹄吊起，后蹄弹直，一跃数丈，避开了弹雨，继续狂奔。

周文杰在马上不断变换姿势，手中的卡宾枪火舌喷吐，好！又一名大汉倒卧不动了。

骤然，一梭子弹尖啸而过，周文杰晃了一晃，血顺着他的脸流了下来。他一摸鬓边，被子弹擦出一道血槽，他牙一咬，又是一梭子弹射出去，同时，双腿使劲驱马，桃花骢发起神威，四蹄如风，离车越来越近。

突然，周文杰的枪哑了，原来子弹已经打完，他丢了枪，两眼充血，盯着五六丈外飞驶的卡车，一横心，双脚一弹，靴尖弹出一对靴刀，亮光闪闪，足有三寸，他脚尖一侧，靴刀插入了马腹。那马儿负痛，凄厉地长嘶一声，发起狂来，只见一溜红色闪电一般飞掠，惊得车上正在换梭子的大佐如见鬼怪，梭子都吓得脱手落下。

在山道的另一处弯口，也有一辆中型敞篷吉普车在发狂般飞驶，车上是伍专员和九名军统特务，他们听到前面隐约传来的枪声。

伍漫天侧耳谛听，眼露焦急而又懊恼的神色："快！快！有人赶在了前面！"

司机的脚在油门上踏下，再踏下，吉普车嘶哑地吼起来，拖着一条烟尘，向前飞掠。

马蹄飞溅。

周文杰终于追上了卡车，与卡车平行前进了。他一勒马缰，桃花骢向车厢靠拢。周文杰一屈腿，站在了马鞍上，再一点马鞍，人跃了起来，落在了卡车的厢顶。

他站稳脚后，向车厢口爬去。

日本大佐听见了车顶有动静，他从车厢口探出头来，举起了手枪。周文杰一把抓住他举枪的手，向车厢沿一磕，手枪掉下去了，再一拧一提，想拧断他的手腕甩出车去。

不料大佐是位柔道高手，借着他一拧一提之力，猿猱般顺势翻上了车顶，用头猛一撞，周文杰被他撞了个趔趄，他趁机立刻抢把，双手搭住周文杰肩头，横着一摔。周文杰只觉一股大力撞来，在飞驶的汽车上立脚不住，身子一歪，跌下车去。他在身子下坠之际。右手五指如钩，运起鹰爪功，掐住了厢沿角铁，身子一晃，左手又搭了上去。

这时，那大佐已经在车上立稳，见周文杰双手搭上车沿悬在车壁上哪能放过？踏上一步，提起穿着大头皮鞋的脚，便要狠命地踩去。这一踩下，指骨定碎无疑。谁料周文杰双手既已搭牢，脚尖一弹车壁，人已一个大侧翻，翻了起来，双脚正好夹住大佐脑袋。他一个乌龙绞柱，不但人已跃上车顶，还把大佐绞得金星乱冒，双脚浮动。

双方喘足了气，大佐左手一引，人又向前扑了上来，精于柔道的双手又变魔术似的抢住了把位，死死地搂住了周文杰。周文杰有了上一次的经验，立马沉桩，气压丹田，稳住下盘。大佐摔了几下没能将他摔倒，这时，另一名日本人已经从车厢口爬了上来。他一上来，便从身后一箍，死命箍住周文杰后腰。周文杰前后有敌，便把左手一松，后肘拳向后撞去，肘中突地弹出半尺雪亮的刀刃，洞穿敌胸，接着一个后弹腿，将那名被开了膛的敌人蹬下了车。

大佐乘他一脚悬空，两手巧力一提，一个大背摔，又把周文杰摔倒，正要扑上去卡住周文杰的咽喉，谁知周文杰左手一撑，身子迎了上来，右手挥了一挥，手中白光一闪，一把小小的手术刀片恰好切开了大佐的喉管。

大佐两眼使劲地瞪了几下，双手捂住咯咯发响的脖子，从车头上顺着玻璃滑了下去，趴在车头上不动了。

开车的司机突然被从车上滑下的尸体挡住了视线，心中一慌，车子失去控制，一头重重地撞在转角的岩石上。

“轰隆”，卡车车头大火喷起，烧得司机哇哇乱叫，想出去，已来不及了。

周文杰一个斤斗翻下车来，向后跑了几步，在先前摔下车的尸体颈部一拉，果然拉出吊着的一块画有黑雉的黄布。

他回过头来，愤然地凝视着大火浓烟中的卡车，脸上露出极为鄙夷的笑意，然后，向小路跑去。

窝福洞内。

那名黑衣“当家的”瞅了张立一眼："先留着他。"他的声音洪亮而又沉郁。

“当家的，这宝箱撬不开！”两个撬箱的匪徒一叫，把所有的人的注意力都吸引过去了。

“当家的”从怀中摸出一只断手：“我上次亲眼看见，兰芳贼人将她的这只右手，按在箱盖的狼爪上，箱子就自动开了。现在我来试试她这只天狼爪灵不灵验。”他说得十分得意。

“真的？”所有的人听了都又惊又喜，只有张立和阿菊面露惊疑之色。

所有的眼睛都盯在了那只血淋淋的女人的断手上，“当家的”也小心翼翼地将断手向箱盖的狼爪上按去。

洞里的空气紧张得就像一根要拉断的弓弦。

“砰！”拉满的弓弦断了。一声震耳欲聋的枪响，那只断手掉在地上，“当家的”右腕已和地上那只手差不离了。

这枪声在山洞中被回声淹没着，听不出来自什么方向。

众人都惊得四处乱躲。

“神枪索命，谁都不许动！”

一块巨石上威风凛凛地站着一个人，一声断喝，犹如天神临凡般骇人，正是神枪罗琳。

五名匪徒见只有一个对手，胆壮了许多。

捧着受伤的右腕的“当家的”一使眼色，四人同时出枪。

“砰、砰、砰、砰！”

四声枪响，这四人枪才出手，立即倒下，每人前额炸开，无一例外。

“当家的”一看不妙，就地一滚，向洞深处呈“S”形的飞蹿，罗琳几次举枪，视线都被石笋挡住，“当家的”很快跃入黑暗中看不见了。

罗琳轻蔑地吹了一下枪口，从大石上跳了下来，把枪插入枪套，向张立走去。

“张兄受惊了。”他一面给张立松绑，一面叹喟，“唉，你一个读书人，何必跑来赶这汤浑水呢？还带着一个不懂事的小姑娘，我劝你还是及早抽身吧。”

张立摸着绑疼了的手腕，微微笑着不吭声。

罗琳摇摇头，肃然道：“张兄，不管你是什么人，你爹终归对我有恩，我不会难为你的。但是，这批文物是国家的，我决不会让任何人染指，这一点，请你听明白了。”

张立思忖了一下，答应说："好吧，今天，你救了我的命，我听你的！"

"嗯！"罗琳赞许地点点头，扫了一眼惊魂未定，小鹿儿般依着张立的阿菊，捡起断手，审视一番，半信半疑地向狼爪按去。

站在他身后的张立，悄悄拾起了手枪，向阿菊一使眼色，将枪口对准了一无所知的罗琳的后脑，阿菊吓得退后一步，捂住了自己的嘴，张立的手指缓缓地扣动扳机……

山林中，王望梅和吕静怡转来转去，急得满头大汗。突然，吕静怡惊喜地一指："看，原来这里就是窝福洞！"

王望梅顺着她的手指看过去，野花丛中，露出一个洞口，洞旁有一块缺了一角的石碑，上面书着"窝福洞"三个字。她喜出望外，一拉吕静怡："快走！"

"嗖！"

一把小手术刀飞来，插在张立正要搂火的手腕上。

"啊！"张立惊呼一声，手枪落地。

周文杰愤愤地从黑暗中走出来，他那张阴沉的脸上，红色网络此时格外地清晰，与他变得惨白的脸色形成鲜明的对比。

张立一怔，吼一声，立即像一只野兽般猛扑过去。

周文杰骤然出手，使出飞絮掌绝招，那掌飘飘忽忽，看来十分缓慢，陡然掌影漫天，张立避无可避，才一愣神，立觉前胸遭到重击，一口鲜血喷出，倒在地上。

罗琳转过身来，不知所以然。见周文杰捡起地上张立的枪，两眼杀气腾腾地逼视张立，口中还恶狠狠地骂道："你这条疯狗！"说着，便要搂火。罗琳便赶忙上前拦住："鲁兄，这是怎么回事？"

"他刚才在你身后，举枪要打死你，你还把他当好人！"周文杰愤愤地揭露。

罗琳简直不敢相信，刚才得自己解救的张立会做这样的事，他鄙夷地盯住张立："真的是这样？张兄，你也太卑鄙了！"

"嘿，好笑，好笑你只听一面之辞！"张立强自镇定，嘿嘿冷笑。

“哦？”罗琳沉吟一下，侧脸望着阿菊，“阿菊，你说，到底是怎么回事？”

“我……我也没看清……好像……好像张先生并没有怎样。”阿菊结结巴巴，含含糊糊说不清楚。

“不管怎样，我现在非宰了这条疯狗！”周文杰猛地将阿菊推开，举枪就打。

“不行！”他的手被罗琳攥住了，“他爹对我有恩！”

“你还相信他的鬼话？实话告诉你吧，那只烟盒是我爹的！他四二年在太原做地下工作，被叛徒出卖，惨死在军统，而这个张立，正是出卖我爹的叛徒。从他得到烟盒看来，我爹也是他亲手杀害的！”周文杰无比的悲愤。

“哼，血口喷人！你在英国六七年怎么会知道四二年的事？”张立反唇相讥。

“你这条见谁咬谁的疯狗！你以为你干的那些卑鄙勾当无人知道？党组织早已把你的罪恶调查得一清二楚！”

“哦？你也是共产党？”罗琳又是一惊。

“我就是你们说的‘满月’！”周文杰直言承认。

“不，不，罗警长，别相信他！”阿菊指着张立，“我知道，他才是共产党，他才是‘满月’！”

罗琳满腹疑团，不知相信谁的话好，他突然拔出手枪，剑眉一横，指着周文杰和张立：“二位的话我都不敢相信了。我罗琳不会和共产党为敌，但也不想帮他们夺宝。不管你们谁是‘满月’，都别想夺走文物！文物是国家的，我要交给王司令，转送中央文化部门。至于你们，事后我决不为难。可现在谁要动一动，可别怪我神枪无情！”

周文杰友好地一笑：“你说得对，这财富是国家的，但你以为国民党能保住它吗？你不知道，军统要将它送给美国，换飞机大炮打内战，王立威也已经予先将它们以私人名义押给了瑞士银行！”

“胡说！你敢污蔑我义父？我崩了你！”罗琳七岁跟着王立威南征北战，义父英勇、果断、正直、威严的形象早已铸在了他的心中，怎容周文杰诋毁？

“是真的！”

说话的是王望梅喘咻咻的声音，她和吕静怡刚刚赶到，听到了周文杰最后一句话，立刻站出来作证：“琳哥，鲁大哥说的是真的！我今天亲耳听见爸爸交代钱副官。瑞士银行马上秘密派人来验收，我争了几句，他还给了我一个耳光呢！”

这突如其来的证词，打垮了罗琳的自信，他能够不信周文杰的话，却无论如何不能不信王望梅的话呀！他仿佛凝滞了，信赖在震荡中瓦解，他觉得除了太阳没有改变初升的方向，似乎一切都颠倒了。在一片空空荡荡的心间，能升起的只有压抑不住的怨怼！

王望梅却把热情投向了张立。她发现脸色苍白的张立手腕上鲜血直流，吓了一跳，急忙扑上去，又惊慌又心疼地轻声问：“张立，这是怎么了？”

她见张立只苦笑了一下没回答，也顾不得许多人在身边，立即从内衣边上用力撕下一条薄绸，给张立细心地包扎手腕。

坐在石块上的阿菊看着她，眼里流露出又妒又恨的冷笑，气恼地将手中的坤包重重地摔在石块上。

周文杰听得响声有异，悄悄向坤包靠了上去……

吕静怡自从来到这儿就一声不响，死死地盯着罗琳看。啊，他就是她的小鹤哥，她的亲哥哥！她感到一种未曾经历过的情感悄悄爬进心田。哥哥！那么遥远了，那么遥远了的骨肉亲情此刻又再度降临，像森林里回旋的风，把刮走了很久很久的东西又给送了回来！这是她世间唯一的亲人了。吕静怡两眼润湿，畏畏缩缩地走到罗琳跟前，小声地嗫嚅：“哥，小鹤哥！”

这声音轻得如同洞中飘荡的烟岚，但听在罗琳耳中却像雷轰炮鸣，将他从绝望的阴影中震醒。他惊骇地呆呆盯住了吕静怡：“你……你叫我什么？”

吕静怡羞得满面绯红，不敢再叫了。

“她是你的亲妹妹。她没有死，被人救了，我也是今天才搞清楚的。”周文杰在旁解释着，很为他们兄妹劫后重逢而庆幸。

“小杏儿？”罗琳呓语着。

他看见了沙漠，听见了驼铃。

“小鹤哥，我渴。”

“爸说，前面就能找到水。我这儿还有一块薄荷糖，小杏儿，你吃，吃了就不渴了。”

“不，小鹤哥，那是你的，我的那块早吃了。”

“我还有。”

“真的？”

“骗你是小狗，吃吧，啊。”

“嗯。……咂咂。”

“阿妹，甜吗？”

“嘻嘻，甜。哥，你真好！”

他舔着干裂的唇，咽下一口干巴巴的口水，也笑了。

啊，知道自己叫小鹤的，除了死去的父母外，只有一个人，那就是自己当年三岁的妹妹。罗琳眼中流出了泪水。

“阿妹，小杏儿！”他扶住了吕静怡搐动的双肩。

“哥，小鹤哥！”吕静怡一下子扑进了他的怀中，失声痛哭。

“阿妹，杀害咱们爹娘的就是刘天狼！这狗东西，可惜不是我亲手宰的。”罗琳恨恨地说。

“我早知道，这畜生，是我在那晚亲手宰的，我割下了他的头，祭奠了父母的在天之灵！”吕静怡骄傲地仰起了头。

“真的？不是花姑和邱吟诗？”

“不，花姑同我去的，动手的是我！”

“太好了！”罗琳惊喜地看着妹妹。她长大了，长得又漂亮，又英挺，我的好妹妹！

周文杰含笑地注视着他们。突然，他发觉了动静，大喝一声：“有人！”一把手刀飞出去，石后倒出一名手持冲锋枪的特务。

罗琳刚来得及把吕静怡按倒地上，密集的弹雨蜂窝般打在石壁上。

罗琳甩手一枪，又有一名刚探出半个脑袋的人栽了出来。

“罗琳！你好大胆！竟敢向我开枪？”伍漫天威严的声音在石后响起。

罗琳吓了一跳，小声说：“糟糕，是伍专员！”

他想站起来，被吕静怡一拉一按，又是一梭子弹扫来，打得石屑向四面八方飞溅。

罗琳大声喊："误会了，伍专员。您来这儿干吗？"

伍专员从石后探出半个身子，七名特务拥着他，所有的冲锋枪口都对着罗琳他们。

"罗琳！你勾结共党，盗窃文物，还不知罪吗？"

罗琳也探出了头，愤愤地说："我不知道谁是共产党，文物嘛，是我奉司令之命来取的赃物，我只能交给司令！"

"我命令你们，赶快放下武器滚出来，否则，统统就地处决！"伍漫天口气十分的嚣张。

罗琳不知如何是好，犹犹豫豫看了看周文杰，周文杰甩手一枪，随着又一名特务的一声号叫，所有的冲锋枪都响了。

罗琳他们被弹雨压在石后，头都抬不起来，只有被迫应战，抓住空隙偶尔还击一枪。

对方慑于他们的枪法，没人敢露出头来，也只是伸出枪管毫无目的地乱放。

于是，大家就这样不进不退地干耗着。

王望梅依偎在张立怀中，不知所措。她想，这下事情可闹大了，真后悔没有把这地点告诉父亲，父亲不来，今天的事真不知是何结局。

张立一手搂着王望梅，一手从地上摸起那把自己手腕上拔出来的小手术刀，悄悄地将刀刃向前一伸，陡然大喝："统统放下武器！"

那嘶哑的声音如同受伤的狗在狂吠。

罗琳、周文杰吃了一惊，回头看时，只见张立一手挟着王望梅，一手将锋利的刀刃压在她的喉管上，那张脸，早已失去了温文尔雅的书生气，泛起铁青色的杀机："如果我叫一、二、三，你们还不放下枪走出来，我就切断这小婊子的喉管！"

王望梅蒙了，她怎么也想不到温情脉脉的恋人何以一下子变成了豺狼！天哪，自己怎么会被这条毒蛇缠住，喝了迷魂汤一样追着他，莫名其妙地倒入他的怀抱？她想叫，但被卡住的喉头发不出声，她想挣扎，双臂像被巨蟒缠紧动不了半分，她又恨又惧，用力向上一挺，喉头被划破一块，鲜血顺着洁白的脖子往下流。

“梅妹！”

罗琳疯叫一声想扑上来。

“不许动！”张立恫吓地动着刀子，“我喊了：一、二……”

还未喊到“三”，罗琳手枪丢了出去，脸如死灰，失魂落魄地走出来，两眼露出哀求的光：“放了她，你杀了我吧！”

王望梅的心一阵绞痛，那深深的负疚感压得她心碎。负疚是一种残酷的惩罚，这远较其他痛苦更痛入骨髓。

“还有你们！”张立充血的双眼又盯住了周文杰，“统统把枪丢掉，举着双手走出来！”

周文杰和吕静怡对望了一眼，不甘心地丢下枪，举着手沉重地走了出来。

伍专员和剩下的六名特务一哄而出，围住了他们。

“干得好，‘白狐’！”伍漫天对张立大加赞赏。

“原来你就是‘白狐’！”罗琳狠狠地盯着张立，“你确实是只狡猾的狐狸！现在该放我妹妹了吧！”

张立粗暴地将王望梅一推，王望梅向前跌去，罗琳一把扶住了她。

张立得意扬扬地一指周文杰：“专员，他就是共党间谍‘满月’，也是三年前，被我们干掉的前八路军军医周浩的儿子，这家伙像他老子一样，又臭又硬！”

“哦，好，很好！”

伍漫天一脸得意的娇笑，走了过来，用手枪口挑起了周文杰的下巴。

他无论如何也没料到，就在此时，变起腋间。

周文杰给他手枪一挑，好像负痛站立不稳，一跌跌入一名特务的怀中，手一捞，抓住了冲锋枪的枪身，同时脚一挑，正挑在伍漫天的肚子上，“噗”一声响，靴刀弹出，插入了他的小腹，伍专员怪叫一声，捂住肚子倒退几步，双手捧着汩汩涌出的污血和大截肠子莫名其妙地瞪大了眼睛，等他感到疼痛时，已经一头栽倒在地上了。

几名特务正惊得不知所措之际，周文杰手中的冲锋枪喷出了火舌，长长的火舌横向一舔，所有的特务都在这猝不及防降临的死神前哀号倒地。

最后的一梭子弹，周文杰把它全送给了张立，张立被打得跳了几跳，脸肌扭曲着抱住蜂窝般的身子滚到一边。周文杰还不解恨，一枪托砸在那张可怖的脸上，把那张原来颇为英俊的面孔砸得稀烂。

罗琳心中热血沸腾，他扑了上来，一把抱住周文杰："鲁大哥，真亏了你了！"

周文杰双臂箍紧罗琳："老罗，希望你相信共产党，只有共产党，才能为祖国保住这批珍贵的文物。"

"我信！"罗琳一脸都是泪水。

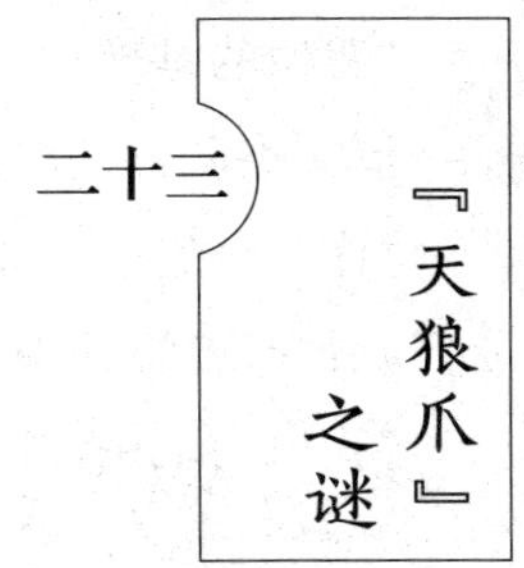

二十三 『天狼爪』之谜

阿菊满脸惊喜与敬畏地走了上来，站在周文杰的面前，仰着小脸打量着周文杰："鲁大哥，你真是'满月'？真是共产党？"

周文杰一丝不苟地点着头："假的真不了，真的假不了！"

"好大哥，要不是你，我就被张立这狗特务骗苦了。他，"阿菊一指张立的尸体，"他说他是共产党，代号叫'满月'，说这次为人民夺宝是他的任务，要我帮助他，还花言巧语说取到珍宝，带我到解放区去，这狗特务！"她恼恨得咬牙切齿，又天真地走上去踢了尸体几脚。

"这不是你的错，姑娘，"罗琳上前安慰她，"连我都被他骗到了，何况你一个天真的小姑娘，只怪这条狐狸太狡猾阴险了。"

王望梅含着泪深有感触地点着头。

"这下可好了，所有的坏人都消灭了。"阿菊拍着小手，高兴地嚷道。

"不！还有一个，而且是最危险的一个！"周文杰淡淡地笑着，声音很平静。

"是的，鲁大哥，还有一个又高又大的黑衣人，他朝那儿逃跑了！"阿菊露出惧色，指着黑洞洞的深处。

"没错！只怪我一时疏忽，那的确是一个危险的敌人，很可能是天狼帮的余孽！"罗琳证实着她的话。

"我不是说他。"周文杰摇了摇头。

"那是谁？"阿菊四面张望，好像害怕黑暗中随时都会跳出来一只怪物择人而噬。

“我说的是你！”

周文杰此言一出，所有的人都大吃一惊。

“你……你……你……说我？”阿菊惊得倒退几步，紧紧地抱住了坤包，满脸又吃惊又可怜的神情。

“我说的正是你，日本特工总部高级间谍‘猎豹’小姐。”周文杰满口的讥讽。

“她是‘猎豹’？”罗琳惊得一跳，他明明查清，“猎豹”是南京来的警官潘祥，怎么又……

“你胡说……你血口喷人！……你欺负我……呜呜……”阿菊急得小脸儿通红，说了几句，说不清楚，可怜巴巴地“呜呜”哭泣起来，小肩头一耸一耸地，满脸都是泪水。她一边哭，一边伸手到坤包中去摸手绢拭泪。

两位姑娘看得心软，走过去哄她。

罗琳也实在看不过，上前劝周文杰："老鲁，不要随便猜疑，‘猎豹’不是潘祥吗？你说她是‘猎豹’，总要拿出证据来！"

“证据，她这就拿出来了！”

周文杰话音未落，阿菊突然跳开一步，从坤包中摸出了一只袖珍手枪，厉声喝道："都不许动！"

众人毫无戒备，一个个愣在当场。

“哈哈，我说她这就会把证据拿出来，老罗，这不？”周文杰泰然自若，笑嘻嘻地对罗琳说。

“你再动，我就毙了你！”阿菊又恶狠狠地将枪口对准周文杰。

“没有用的，你那破玩意肚里早就空了，弹夹在这儿呢！”周文杰说着，摸出一只小小的弹夹丢在地上，不屑地撇了撇嘴。

阿菊脸色大变，一搂扳机，果然一声空响。

她将手枪撂了，长叹一声："算你赢了，魔刀鲁。只是，"她很悲哀，"你是怎么怀疑到我头上来的呢？我倒真想听听，否则，我确实死不瞑目。"

“为了满足你的好奇心，我可以告诉你。”周文杰脸色平静，“其实，早在旋风李和刘一手在九洲大厦客房中被暗杀时，我就发现了疑点。当时，刘一手尸体的脸上有女人的唇印，又红又艳，旋风李面前两只杯子中的一只，杯口上也有唇印，不过很淡，而且带橙色，我怀疑凶手是两个女人。后来，刘天狼被静怡杀了，在检查现场时，我发现了你是兰芳身边唯一的年轻女人，当然，这只是引起我的注意罢了。你不久主动跑到警署来报案，说了那晚的经过，那倒是事实，只是你窥视刘天狼的书房绝非偶然经过，而是有目的地对他进行监视，想搞清藏宝图的下落。后来，兰芳对镯盒的重视，使你认定藏宝图在镯盒中，可镯盒被人盗去，你又没有力量出面追查，便想利用我们，希望我们帮你找到凶手和镯盒，你再从我们手中夺过去，这就是你报案的动机。后来，你打听到镯盒回到了警署，就开始行动了。当晚来了三个蒙面人，不瞒你说，第一个从保险柜中拿到镯盒的人是我，第二个与我厮打，第三个被抓伤了手臂，那就是这位‘白狐’张先生。你也认定了是他，所以在第二天看戏前，你装作不小心碰了碰他的手臂，他的呼痛，使我明白了他是手臂被抓伤的一个，而你当时的眼神告诉了我，你应该是与我厮打的蒙面人。接着，你派了两名杀手来杀我和罗琳，因为你认为镯盒到了张立手中，我们已经是有害无益的人了。可惜那天我没及时出来，害得罗兄一人受了惊吓。同时，你为了保险起见，双管齐下，又布置了人劫持兰芳，为留后路、避嫌疑、又牵制和胁迫兰芳，一石三鸟，你也装着被劫持，至于你的被强暴，不过是为了胁迫兰芳，你和同伙演的一场色情戏罢了。兰芳被杀，项链既没在她颈上，八成应在坤包中，坤包却在你手里，你当然可以私吞了。你有了项链这把钥匙，又肯定张立掌握着镯盒，何况那天在密室中罗兄又谈起掌握到了‘黑雉’组织和‘猎豹’的情况，你感到有暴露的危险，我和罗琳当然就更该死了。那天，你们从密室出来，后来我问过潘祥，他说张立和你走在后面。那么将门关死、弄断电源、打开水闸的只能是你了，因为只有你才可能熟悉刘家的机关，想来是你趁张立不注意时下的手，这对你只是举手之劳了。我说得不错吧？”

“说得不错，只是，你怎么知道这些都是我干的呢？”阿菊似乎很有兴趣地在和别人讨论问题。

“当然，当时都是一些模糊的想法，一切有待于后来的证实，怎么？你还有兴趣听下去吗？”

“我太有兴趣了。只是，请你讲详细些好吗？如果跳过一些环节，我怕我的思维会跟不上。”阿菊甚至有些眉飞色舞了。

“后来，我们竟然从密室中上来了，你的吃惊和害怕是不必说的。张立邀你去和他同住，其实你是很乐意的，因为他正是你下饵的目标，你正可趁机将这个落在你情网中的猎物锁得更紧些，可是你急于要和上司联系，报告情况的变化和接受新的指令，便不得不借口与向婆婆做伴留了下来。当晚，你等向婆婆熟睡后，悄悄地起来，来到某一间房间，用电报机与上司联系，可正在这时，那个孔香主回来了。他回来的目的，是受天狼胆指示，找你再摸点儿兰芳的情况。他找到了向婆婆，问你的下落，向婆婆说不出，他一怒之下，把向婆婆杀了，接着，在你发完电报还未收拾好时找到了你，你们一场格斗，把电报机砸坏了，然后，你用飞爪索勒死了对手。这时，有一个非常巧妙的想法跳进了你的脑中。找一个替身，做出日本间谍‘猎豹’出现并死了的样子，那么，你就可以金蝉脱壳稳如泰山了。于是，你想到了潘祥。老罗不该出于好意，将他藏身的地方——老槐树洞告诉你。你装着去找他，要告诉他孔香主的消息，潘祥毫不提防，被你一刀杀了。于是，你便精心布置了现场，布置得好像真的一样。哈哈，坏人杀坏人，同归于尽，真是天衣无缝。早晨，你跑来报案，编出一套谎话，并把我和罗琳引向普贤寺去找天狼胆，于是，你好引张立中圈套，乘机前来此处取宝。你说是这样吗？”

“你真不愧为神眼，说的好像亲眼看见一样，太神了，太了不起了。我告诉你，你说的全是真的。只是，我实在弄不明白，你到底是怎么知道这些的？”阿菊十分固执，一副打破砂锅纹（问）到底的天真。

周文杰一笑，也不嫌烦，继续为她解说：“你不要懊恼你的演技，你的演技是一流的，毫无破绽，简直空前绝后，现场布置也是一流的，真是太像了，绝对可以以假乱真，瞒天过海。可惜你碰到了我，蜚声海外的神探。我找到了你几个致命的缺陷。其一，是潘祥脸上的表情，这你是无法改变的。他脸上的表情不是恐惧、悲愤、狂怒、仇恨或别的什么临敌的表情，而是吃惊！这就告诉我，他不是死于搏杀，而是死于暗杀，而且杀手是他绝对相信的人。其二，那台发报机是在砖头上摔坏的，可是现场没有这样的砖块。其三，是你那条飞爪，你本来以为这一石二鸟的神来之笔其实正是一个破绽。你的本意，是想让我们把孔香主认为是盗盒的第三个人。可惜有天晚上我和潘祥一起窥视过孔香主和刘一手交手相搏。他的招术多是以少林罗汉拳为主的外家功夫，以凶猛见长。可是我也和使用飞爪的黑衣人交过招，那黑衣人招式诡谲狠辣，刁钻古怪，绝不是八大门派的武功，事后想来，应该出自东洋忍术中柳生一脉，所以，飞爪绝对是别人硬塞给他的，目的只想让我认为找到了第三个盗盒者。其四，我摸了潘祥的手，指尖绝无常使用发报机的痕迹，所以又很亲切地与你握了手，还很不庄重地抚摸了你美丽的小手，也许你以为你的美色和演技让我动了情，实在对不起，我使你浪费了表情，只不过摸出了你食指上有一层薄茧而已，你知道，我是玩刀的，手触觉敏锐绝不在眼睛的敏锐之下。那薄茧当然是在电报机的键盘上磨出来的玩意儿。加之我了解潘祥的为人。可惜这样一位热血警探，竟被你扣上了这样一口黑锅冤死在岗位上！你这条花花蛇，这才花上了张立。还记得我对你俩的祝词吗？我那天曾祝福你们‘同甘共苦，生死与共’，看来我的话要灵验了。好，我们继续说下去。张立这儿根轻骨头，早就被你玩酥玩软了，怎会不落到你的网中？你想利用他来助你取宝，如果有敌人也可给你做炮灰，当然，如果宝藏到手，按你的心肠论，你是绝对不会再留这个活口的了，我说得对吗？”

阿菊叹道：“对，简直太好了，太好了，太妙了，完全说到了我的心坎儿上。唉，老天哪老天，在这个世界上，真真了解我的人算来也只有鲁大哥你了。这不由得使我体会到当年周公谨的心情，难怪他会对天长叹：‘天哪天，既生瑜，何生亮！’想当年……”

阿菊仿佛佩服得五体投地，根本无视眼前的生死，似乎找到了知音一般，竟然滔滔不绝，开始说古道今起来，全不把对方的四人放在眼里。

“哈哈哈哈！”周文杰一阵大笑，笑得她一愣。

“你笑什么？难道我说错了吗？”

“没有，一点没说错，我只是笑小姐你想错了！”

“什么？”阿菊心中一颤。

“你不过是想用和我扯淡来拖延时间，希望早已接到你的通知的‘黑雉’

来救你，我说得对吗？”

“你……你……”阿菊一脸惊恐。

“如果确是这样，我劝小姐别一厢情愿了。告诉你，他们来得比你想象的快得多，我在路上正好和一车‘黑雉’相遇，就顺便把他们打发了。现在，他们倒是在黄泉路上十分焦急地等着小姐您呢！”

“你……你……简直是魔鬼！”阿菊失却了先前的妩媚，一脸绝望，对着周文杰牙齿咬得嘎巴嘎巴响，再也说不出话来。

罗琳等人听得惊心动魄，想不到这样一位娇小可爱的姑娘竟是如砒霜拌辣椒——又毒又辣的恶魔。

“唉，阿菊姑娘，你好好的一个中国姑娘，干吗出卖良心，为日本人卖命？”罗琳不胜叹喟。

“哼，从她的武功路数看，她本来就是日本人！”周文杰替她作了回答。

“不错，”阿菊镇定了下来，“我真名叫吉野文子，百分之百的日本人。好吧，”她双眉挑煞，一声冷喝，“魔刀鲁，算你狠，我承认斗智输给你了。如果你有胆量，咱们单打独斗，决一个生死！如果你这中国堂堂七尺须眉，连一个日本姑娘也害怕的话，你就早点儿开枪吧！”

周文杰冷笑连声，正要上前，罗琳气得脸膛发黑，一把拉住周文杰：“鲁大哥，让我来收拾这只雌豹！”

吕静怡拦住了他们：“哥哥，如果你们和她动手，她可以说中国男人欺侮日本女人，把这条小母狗交给我吧！”

两人一想，不错，便全停了下来。

周文杰在她耳边轻声交代：“用醉八仙夹以螳螂拳，小心她的怪招。”

他早已悟出了克制阿菊的办法，并且熟悉吕静怡的武功底子，所以心中有数。

吕静怡感激地看了他一眼，点点头，堂堂正正地走上前，也不答话，一出手，便是正宗螳螂拳的狠招——引针腰斩，双臂如镰，剪向对手腰际。

阿菊一弹腿，轻易避过，在侧身之际，右掌突从右腋下递出，四指紧骈如刀，插向吕静怡心窝。

吕静怡心中一惊，连忙踏坎位、走离位、转震位、占艮位，脚踩八卦步法，使开了醉八仙拳路。

她人似醉非醉，如柳絮飘风，俯仰摇曳，将阿菊的奇招怪式避之无形。而在婀娜优美的姿势中时有不意的杀着，柔中夹刚，犀利逼人。

阿菊招招被制，不到三十招，已经手忙脚乱。“呔！”她发一声喊，一条腿笔直地升起，一个大车风，那条腿变成无数条腿影，从四面八方横扫过来。

罗琳看得心惊，大喝一声：“小心！”

与此同时，周文杰叫道：“翻车手、辘辘捶！”

吕静怡正使到一招左右献桃，如果此招使出，双腕正好递进阿菊腿风之中，听得周文杰一叫，她心中一凛，双掌一缩，也不管用得用不得，一扭腰躬身，双肘狠狠朝后一撞，同时立即翻身一掌斫出。

阿菊腿风刚好在她躬身时从她背上扫过，等阿菊向前一扑，她双肘狠狠撞在阿菊两乳之上，疼得阿菊鼻酸泪出。还未回过神来，那翻车手又斫了过来，正中耳根。阿菊觉得耳中钟鼓齐鸣，人已晕头晕脑跌出几步，半晌醒不过神来。

她定了定神，双眼中射出无比的怨毒，“嘿！”一声暴喝，一只带链的飞爪，劈脸向吕静怡抓来。

“呔！”吕静怡手向腰间一摸，一抖，一条丈余软鞭“啪”带着脆响飞出。

鞭梢击中飞爪，飞爪抓住鞭梢，两件软兵器缠在一起，分不开来。

“嘿！”双方一叫劲，将它们拉得笔直，都在运功相抗。

半晌，兵器发出“轧轧”的响声，但仍然谁也占不了优势。

阿菊突然一松手，吕静怡猝不及防，马步不稳，向后跌倒。

罗琳、周文杰看到心中一惊，害怕阿菊陡下杀手，一起护了过来。

谁料阿菊不进反退，一个后空翻，翻起丈余高，落在一块巨石之上，企图趁机逃之夭夭。

只见吕静怡跌下去时，左手一撑地，右手极快地插入衣襟，等她手一拔出，五道白光同时飞出，惊心悦目，煞是好看。

阿菊双脚刚刚落在巨石上，“扑扑”连响，五把柳叶飞刀如一朵梅花，齐刷刷插在她的胸上。

只听阿菊惨叫一声，两只杏眼一瞪，“你……”手指向吕静怡，极不甘心地从丈余高的巨石上“轰”然栽下来，蜷在石角不动了。

“阿妹，好手段！”罗琳高兴得扶着吕静怡大赞起来。

周文杰却走向了保险箱，考虑起如何开箱来。他本来是此道行家，但这只保险箱实在太奇怪了，一无数码盘，二无钥匙孔，连箱盖缝都找不到，简直令人无从着手。

“现在的问题，是怎样开箱！”周文杰沉吟着自语。

“这好办，听那个高大的蒙面人说，兰芳的这只手就是天狼爪，将它按在箱盖的狼爪上，箱子就会自动打开！”罗琳捡起了兰芳的那只断手，告诉周文杰开箱的方法。

“这怎么可能？”周文杰听后实在难以置信。

“别管它，试一试再说。”罗琳说完，兀自上前，心情紧张地将断手的五指对准狼爪按下去。

众人将信将疑，一颗心提到了咽喉，等待着奇迹的出现。

然而，按了好一会儿，奇迹并没有出现，铁箱如故，毫无动静。

罗琳失望地将断手一丢：“他妈的，这一定是兰芳的独门功夫，如火焰刀之类，你们可记得浅见和刘一手尸体胸前的掌印？那是要将内功化成能量发出。可是，如今人死了，这断手还会有什么用？我们也太幼稚了。”

“能量？”

周文杰突有所悟，他怔怔地看着自己的手表，自己的手表电筒，不就含有能量吗？那么兰芳呢？他根本不相信人体能发出火焰刀之类的能量，因为自己就是一个武术行家，知道人体的能量有一个极限，是无论如何达不到把人肉烤焦的程度的。她的能量哪里来？他脑中像划过一道闪电，照亮了很多曾产生过的疑点。

“对了！”他喊一声，人已向阿菊的坤包扑去。

他将坤包的东西统统倒了出来，并未发现他要找的玩意儿。

于是，他又扑向阿菊的尸体。

“他要干什么？”大家都莫名其妙。

“我找到了！”周文杰从阿菊的手腕上撸下了一只金属镯，“看，这就是能量！这是一只高能量的强力电源。”

说着，他又回过头来担心地对王望梅说：“望梅，兰芳的那双肉色手套你没丢掉吧？”

“没有，我刚好带着呢！”王望梅从腰间将那双手套抽出来，交给周文杰。

周文杰大喜过望。他接过手套仔细一看，手套两只相连，右手套后有一个小小的双瓣钩儿，正好钩住左手套后的一个鼻儿。

他将那只右手套戴在右手上，举了举：“要是我没猜错的话，这只手套是特制的，是一个通电导体。你们看，这个小钩的两个头，就是导线，只要把它们插入这手镯的两个小孔里，强力电流就接通了。这就是天狼爪的秘密！也就是兰芳为什么不敢当着许多人使用它的原因，因为这玩意儿只能偷袭，在短时间内对着人的心脏放电，将人击昏！”

说着，周文杰将镯儿戴上，把手套上的钩儿插入金属镯的两个小孔中。

然后他用那只戴手套的手按在了箱盖的狼爪子上。

立刻，狼头两只绿幽幽的眼睛亮了，狰狞可怕地盯着人，箱中也发出了“嘀、嘀、嘀”的响声。

响了十五下，“咯嚓”一声，箱盖弹开了一寸。从那开了一寸的箱盖中，射出了莹莹的宝光。

“啊！”

众人悬着的一颗心落了下来，一起发出了欢呼声。

“真有你的，鲁兄！”罗琳高兴得狠击了周文杰一拳。

“快，打开来看看。”

周文杰脱下手套，兴致勃勃地掀开了箱盖。

宝光四射，晃得人睁不开眼！

箱中三只小玉碗，分别装着三颗硕大的宝珠。旁边放着翡翠玲珑塔，被宝珠的光泽照得碧色溶溶。另外，还有四颗翡翠核桃、金蛤蟆、金玉九连环、玉如意、缀满珍珠的凤冠、玉玺金印、金杯银盏、古书字画……这巨大的财富简直把人惊得张着嘴说不出话来。

罗琳一把拉着吕静怡："阿妹，这就是当年咱们爹妈发现的宝贝，今天，我们只有把它们还给祖国，才能偿二老的遗愿，让二老瞑目！"

吕静怡眼眶一热，滚下了又兴奋又悲伤的眼泪。

王望梅也兴奋得不知说什么好，只是不断地嘀咕："这要用什么来装才好，这要用什么来装才好！"

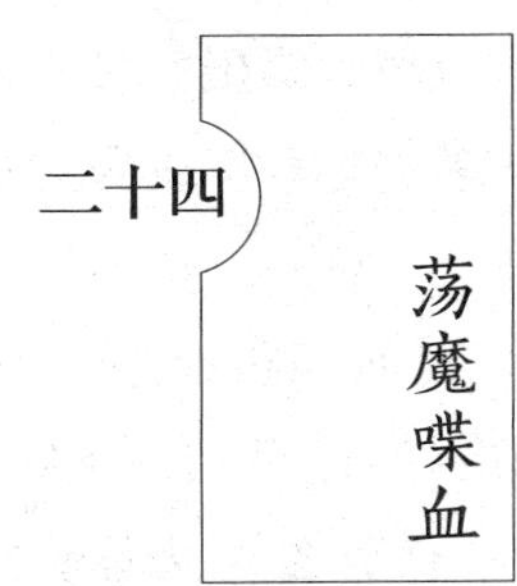

二十四 荡魔喋血

突然间，四面响起一片拉枪栓的声音，四人这才从忘乎所以的喜悦中惊醒过来，原来他们已被密密地包围了。

“呵呵，哈哈，干得好，琳儿，梅儿，你们简直干得太好啦，所有的障碍统统扫除了，连伍漫天这条老狗也给解决了，实在是太漂亮啦！”王立威司令喜气洋洋地走了出来。

“呵，王司令，你怎么也来凑这份热闹了？”周文杰沉下了脸。

“哦？你也在这儿？这太好了，我还要感谢你在地图上画的那个红圈呢！要不，偌大一个凤凰山，叫我上哪儿找你们去？”他见周文杰没有逃走，越发高兴起来，“来人，先把宝物给我取出来！”

“慢，”罗琳一举手，阻住对方，“义父，听说你把这批文物偷卖给了瑞士银行？”他脸色凝重得怕人。

王司令心中一惊，矢口否认：“胡说，哪有这种事？”他一指周文杰：“你是受了这个英国间谍的挑唆吧？”

王望梅站了出来：“不，爹，我亲耳听见你和钱副官的密谋。而且，鲁大哥也不是英国间谍，他是共产党！”

“什么？他……他是共产党？罗琳，你还不把他抓起来？”王立威吓得倒退一步。

“共产党光明磊落，又不盗金卖宝，抓他们做什么？”罗琳铁青着脸冷笑连声。

“你浑蛋！来人……”王司令恼羞成怒，但还未等他下令，王望梅大叫一声：“爹，你要不改变主意，我就死给你看！”

“你……你……”王司令看见爱女一副凛然的悲壮，心中又气又疼。

他只得换过一种口气：“梅儿，琳儿，实话跟你们说，现在时局不稳，前途莫测，我留一条后路还不是为你们打算？我已经老了，还能活多久？只是想，在有生之年，为你俩的将来铺一条平坦的路啊，你们要理解做父亲的一片心啊！”说完，心中一酸，老泪纵横而下。

罗琳心中感慨万端，他动情地踏上一步，大义凛然地说：“义父，我知道你的心，你对我恩重如山，我会报答你的，只是，这批文物，是我亲生父母找到的，他们为了国家的考古事业，双双死于非命，我怎能眼看着别人把他们用生命换来的东西盗卖给外国呢？所以，今天别的事情都好商量，但是，这批文物要交给国家，有我罗琳一口气在，任何人也不要企图染指！”

这个小畜生，竟敢用这种口吻跟我说话？我从七岁把他带大，给了他经验和武艺，给了他权力和地位，今天他竟然私通共党，与我为敌！反了，反了！王司令一口气从心底冲上来，按捺不住，状如疯狂地大喝：“你！你敢再违抗我的命令，我毙了你！！”

罗琳一拍胸膛：“来吧，你可以要我的命，但谁也不准夺走这批国宝！”

王司令气得全身发颤，疯狂地吼了起来：“你浑蛋！”想也不想，一枪打去。

王望梅和吕静怡同时发现，一起扑上去：“哥！”

“砰！”枪声响起，王望梅刚好用身子护住了罗琳，这一枪，恰恰打中了她的胸口。

“啊！”她小声地叫了一声，两眼恐怖而怨恨地盯着她的父亲，颓然地倒了下去。

“梅妹，梅妹！”罗琳大恸，搂着她，声泪俱下，大声呼喊。

王立威呆了，木雕泥塑般站着。

王望梅中枪了！他打死了梅儿！打死了自己唯一的女儿！打死了自己赖以生存的希望！这一个陌生的意识迅猛而唐突地袭向他的神经，使他茫然无措，好半天才凄厉地喊出一声：“梅儿……我的梅儿……”

他不要命地扑了上去，所有的士兵都被吓蒙了，一起无声地围了上来。

罗琳怀里的王望梅一动不动了，像死人一样。胸口的血汩汩地流下来，手脚都在迅速地变冷。

王司令摇了她几摇，失望了。

她死了！他忽然觉得彻骨的寒冷，犹如一棵老树，他光秃秃的感情的枝头原先剩下的唯一的一片绿叶，在寒风中无声无息地凋落了，他，这棵老树，失去了生命残烛的希望之光，眼前不会再有光明了！

他感到一阵眩晕，跌跌撞撞地倒退了好几步。

“司令！”钱副官赶快上前扶住他，“司令，你要镇定！”

镇定？镇定什么？王望梅死了！他的女儿死了！罗琳！还有该死的周文杰！所有的人都该死！！是他们害了她，是他们！！！

他一阵寒冷之后，体内的血液喧嚣起来，有一种嗜血的情感在陡然间暴涨。

他抬起血红的眼睛，疯狂地四面扫视，突然狂喊起来：“杀！统统给我枪毙！！”

“打！”

周文杰一拉吕静怡，同时出手，拳脚交挥，打倒了几人。

“杀！”

罗琳也状如疯狂，跳了起来，如猛虎出笼，杀进了重围。

一场白刃战惨烈而混乱。

士兵们聚在一起，近距离，无法开枪，三人武艺高强，拳打掌劈，刀刺枪砸，如入无人之境。

只听得一片鬼哭狼嚎，惨叫不绝，一时倒下了十几个。

“砰、砰、砰！”

王司令手枪乱射，一来气花了眼，二来人又太乱，加上对方三人身法极快，不但没被打中一枪，而且不时用士兵做了挡弹的肉屏。

王立威清醒了，大声喊叫：“往回跑，拉开距离！”

所有的士兵都飞快向后撤，周文杰一拉罗琳：“快，贴上去！”

但罗琳却毫不理会，又趴在了王望梅的身边。

这一耽搁，距离已经拉开。周文杰一看要糟，一手抱起王望梅，一手拉着痴痴呆呆的罗琳，向吕静怡喝一声："退！"一起滚到了巨石之后。

与此同时，比雨还密集的枪弹，飞蝗般扫来。

"砰砰砰！""嘟嘟嘟！"

"哒哒哒！""啾啾啾！"

硝烟弥漫，石子弹头横飞，扫得他们头都抬不起来。

王司令疯狂的声音一声高过一声："打！给我打！统统杀死他们！"

吕静怡偏着头，发现周文杰两只晶亮晶亮的眼睛正在看着她，她内心百感交集："鲁大哥，想不到我们就要死在这里！唉，真可惜，我还有很多很多话要问你，文杰的事，你还没有告诉我！今天上午，你说：明天吧！可想不到，我们已经没有明天了！"

周文杰心中一酸，但又生出无限的豪气："杏妹，我告诉你文杰说过的一句话。他说，死不可怕，只要死得无愧，死得值得。'头经刀断身方贵，尸不泥封骨始香！'"

"真是他说的？"吕静怡两眼水汪汪的。

"嗯！"

"那我一定要学他的样，做一个不怕死的人！"

"不，还未必会死，因为我已经通知了我们的人，相信他们一定会赶来的！"周文杰说得很自信。

他的话永远十分灵验。

陡然间，洞口处传来更为密集的枪声。

子弹曳着千百条光的轨迹撒落进阴暗的山洞，把洞里照得五彩缤纷。

"游击队！共产党的游击队！"

一片仓皇的叫嚷过后是一片哀鸣，不断有人影晃动，不断有人影倒下，不多久，一切就又都归于平静，静得只听见嘈杂的脚步声。

罗琳抬起了通红的眼睛，他见到许多提着枪的人。

领头的那人四方大脸，下巴上长满了黑黑的胡楂，啊，好熟悉的脸，不正是那张照片上的铁匠店老板吗？

“小罗，还认识我吗？我说过，我们还会见面的！”

“啊，你是……余政委！”他想起来了，他眼前又浮起了自己病床前那头戴军帽慈祥而威严的国字脸。

他激动得想站起来，但怀中的王望梅沉沉的，他感到脚发软，竟然站不起来。

“余政委！”周文杰高兴得跳起来，“同志们好！”

“小周，你好！”余政委笑嘻嘻地一把将周文杰搂在怀里。

小周？他姓周？……难道他是……吕静怡一颗心差点儿要蹦出来，不，他不像。她又疑惑自己这个惊心动魄的猜想。

“余政委，你还认得出我？”罗琳声音很轻，但很清晰。

余政委蹲下身来：“忘不了！小罗，我记得你说过，我们永远是朋友！”

罗琳感动地点点头，他想说什么，但突然觉得怀中的王望梅动了一下，他的心一阵颤悸，急忙俯下身子，又摇又叫：“望梅、望梅！你醒醒，你醒醒！”那令人心碎的声音敲打着吕静怡的心，她完全被哥哥的悲哀淹没了，不再想自己的心事，跪在了哥哥的身边。王望梅缓缓地睁开了眼，看看罗琳，又看看吕静怡，眼中恢复了光泽。

她挣扎着，努力将手腕上的八音镯褪下，拉过吕静怡的手，把八音镯交到她手里，将眼光移到吕静怡的脸上，无力地说：“怡姐……你要……好好……照顾……琳哥。”每说出两个字，嘴角的鲜血就涌出一些。

吕静怡呜咽起来，她将玉镯贴在胸前，拼命想笑一笑，但没笑出来，而泪水却更急地溢出：“嗯，我会的。”她只有对王望梅使劲地点头。

王望梅的目光艰难地移动着，终于重新移到了罗琳的脸上。

她看见了罗琳湿润润的充满了无限爱意和痛苦的眼睛。

王望梅觉得冰冷的身子内，有一点热力游上来，游到眼眶，游了出去，她的眼睛模糊了。

“哥，你长大了会给我买戒指吗？”

“当然，我要买一只好漂亮好漂亮的戒指送给你。”

“哥，你真好！嘻嘻！”

这幼稚的对话如今又在她耳边响起来，她觉得心口一阵绞痛，轻咳了几声，每咳一下，嘴角的血便大股大股涌出。

罗琳给她小心地擦着嘴边的血，眼睛越来越湿润，他咬着牙忍着。

王望梅含泪的眼中光泽越来越强烈，她嘴唇翕动着，声音轻得几乎听不见："哥……给我……戴上……戒指。"

罗琳全身抖动起来，泪珠"啪"地一声掉了下来。

他颤颤巍巍地从胸口的小袋中掏出了一小块红绸，小心地打开，一颗嵌着红心形宝石的金戒指在红绸中闪着光。

他拿了起来，给王望梅看。

王望梅笑了，笑得很凄婉，也笑得很灿然，她的手动了动："给我……戴在……无名指上。"

那是丈夫给妻子戴戒指的地方！

罗琳的心热辣辣地乱跳着，他挟起了她苍白冰冷的小手，给她戴上了戒指，白皙的小手抓住了他的手，接着，一拖，掉了下去，不再动了……

洞里的空气霎时重得像一盘石磨，压得人们心头发麻。

"望梅！梅妹！"

好半天，才听到一声撕心裂肺的号啕，罗琳伏尸恸哭！

大家都垂着头，一动不动，伫立原地就像一棵棵冬眠的大树。

洞口传来哀怨的风声，显得那么单调、孤独，显得那么凄婉、悱恻，是痛哭和啜泣都无法取代的悱恻。

这时，谁也没注意，一条黑影从洞的深处鼹鼠般溜了出来，匍匐着向前蠕动，终于悄然伏在了藏宝箱后石笋的阴影中。他蛰伏着，头套中一双凶光四射的眼睛恶毒地注视着麇集的人群，悄然举起了一颗手榴弹——手榴弹导火索上的钢环，早已扣在左手的小指上。

周文杰警觉的耳朵听到了异响，手随眼到，抬臂一枪，击中了黑影的肩膀，黑影沉哼一声，全身匿进了石后。

众人一惊，迅速散开，所有的枪口都指着这株石笋。

"元善大师，请出来吧，你天狼胆再大，也大不过这十几支枪的枪口，该放下屠刀，立地成佛了！否则，十八层地狱也不够你下的！”周文杰气势逼人地喊着话。

黑衣人心中一震，不由得脱口而出：“你怎么知道我的身份？”

“你那点花花肠子骗得了谁？昨天晚上，你杀了董盛昌，夺去了兰芳的所谓天狼爪。今天早上，开始你想叫悟仁暗杀我们。后来，悟仁受伤逃到你的劝善堂，匿身帏后，当我发现他时，你打出一串念珠，企图杀人灭口，被我飞刀所阻。于是你用话威胁他，让他承认就是天狼胆。用什么‘渡过苦海、同登彼岸’之类的鬼话暗示他，你会救他出来，可是你，佛面狼心，半道上派人利用一名可怜的乞丐，用装上弹簧的毒粉毒杀了悟仁，自以为做得天衣无逢，但善有善报、恶有恶报，天网恢恢、疏而不漏。你的贪婪、残忍，终于把你送到了地狱的门口。这些罪恶，是你口吐莲花的所谓佛法遮掩不了的，现在你只有一条出路，放下武器，乞求人民的宽恕！”周文杰愤怒斥责、义正词严。

“这珍宝是我天狼帮的，谁也不要想！”元善恨火焚心，大吼一声，疯狂地举着手榴弹跳了出来。

“砰、砰！”

周文杰不动神色地射出了两颗正义的子弹。

“啊！”天狼胆抬起充满怨毒的眼睛盯牢了周文杰，他在倒下之前，突然将手榴弹丢进了身旁的藏宝箱中。

手榴弹“哧哧”地响着，恶毒地喷出一股白烟。

众人大惊，所有的枪口都喷出了火舌，一起射在天狼胆的身上。

“闪开！”

周文杰大喝一声，推开众人，猛扑上去，他敏捷地拾起手榴弹，向前跨出两步，准备将它丢向黑洞的深处。

可是，手榴弹才一出手，“轰”的一声巨响，炸了开来。

一片火光烟幕中，响起了所有的人撕心裂肺的惊呼：“啊！”

“小周——”

“鲁兄——”

“鲁大哥——”

呼声拽开了挽联般浓稠厚重的硝烟，使它慢慢消失在黑黢黢的山洞里。

周围一下子变得如此的死寂！

人们眼前出现了一幅惊心动魄的图画。

周文杰倒在宝箱上，一只手血肉摸糊地垂着，只有一点皮和筋把它吊在断臂上。裂开的胸口，鲜红的血液咕嘟咕嘟地往外冒。他的头，枕着珍宝，珠光宝气蒸蒸地映着他苍白的脸，散发出神圣的光泽。

“文杰！”大胡子余政委哑着嗓子长吼一声，首先扑了上去，紧紧地抱住了他。

“鲁大哥！”罗琳同时惨呼一声扑了上去。

“文杰？他是文杰？”

吕静怡给余政委一声吼，吼得发昏。她全身震得像一张纸，踉踉跄跄地跌过去，跪在他的身边。

周文杰睁开了眼，眼睛仍然很晶亮。

“你……你……是文杰？”吕静怡的声音又沙又哑，又低又慢，像在唱一支单调而凄楚的童谣。

“我是。杏妹。”

周文杰努力地笑了笑，笑容里充满了挚爱的歉意。

“你为什么不早说？你为什么不早说！”吕静怡胸膛里灌满了铅，压得她声音都破碎了！

“对不起……”周文杰嘴唇动了动，仿佛没发出声音，但吕静怡听见了。

她不忍再说什么，只是静静地伏下身去，庄严地在他的唇上轻轻地吻了一下，泪珠儿“啪”地一声落在了他的脸上。

周文杰的眼睛陡地射出了异样的光，那光，好像穿透烟幕，穿透山岩，穿透岁月的尘埃，击中了企望的归宿。

他突然颤动了一下，眼光转向余政委，嘴唇急促地抖动着。

余政委将耳贴近，听见他断断继继地说：“右脚……靴里……‘ＰＭ计划’。”

余政委急忙解开他的靴子，找到一只打火机，他将它举到周文杰眼前，双目含泪激动不已：“好样的！文杰，你像你爹！”

周文杰脸上露出了自豪的微笑。

罗琳听余政委提到周大叔，心中一动，摸出那只烟盒，递到周文杰面前：“鲁大哥，不，文杰哥，这只烟盒，是你爹的！”

周文杰艰难地抬起唯一的一只手，深情地摩挲着烟盒，然后重新放到罗琳手中：“老罗……给你……做个……纪念！……你要……带着杏妹……紧跟……共……产党！”他喉头嘘嘘响着，每说一两个字，胸部就剧烈地抽搐一下。

罗琳坚定地点着头：“你放心，我会的！”

周文杰的目光又极力地移到吕静怡脸上，像在期待什么，吕静怡也忍住啜泣，使劲地点点头：“文杰哥，我一定紧跟共产党！”

周文杰的嘴唇又翕动了一下，还像在期待什么。

吕静怡突然想起什么，从怀中掏出那只长命锁，轻轻地给他戴上。

他眼神愈发地亮了，嘴唇仍在翕动着。

吕静怡把耳朵紧贴在他嘴唇上，终于听清了一句话：“杏妹，……捏一捏……我的……鼻子！”

吕静怡心头有电流飞窜，窜得她全身哆嗦，那尘封的记忆中令人珍念的光晕来到了眼前，有如箱中的珍宝，闪射着无比美丽而永恒的光芒。

她想放声大哭，但她没有，颤抖得很厉害的手伸了出去，轻轻地捏着那冰冷的鼻子很轻地“擤”了一下，不动了，而周文杰却留下了一张无比灿烂的笑脸！笑得那么旷达，笑得那么豁然，笑得那么纯真，笑得那么满足，仿佛在说，那林莽，那山峦，那广袤无垠的北方的天空，那琤琤琮琮的山泉，那美好幸福的时光，都还记得我呢！这笑容，仿佛与生命浑然一体，留给了大地，留给了永恒！

珍宝都已装进了马背上的麻袋。

两座新坟也在青山坡上堆起。

草木葱茏，晚霞燎照，野火般地燃烧着。峡谷里偶尔传来两声鹿鸣，异常苍凉。远处炊烟淡薄，残存的丝丝缕缕还在林上缭绕。万籁俱寂，只有细涧琤琮，证明世上生命的顽强。

坟前，余政委默默地吸着烟，凝睇着远山，开始讲述周文杰的一生：“一九三五年，他的父亲，我们老虎团的周军医，做地下工作的妻子牺牲了，他把十岁的儿子文杰，寄养在山里一个老乡凤姑家里，自己和我们一起转战。一九三八年，国民党探听到他是共产党人的儿子，前往山里抓他，凤姑得到消息，送文杰逃走了，可是凤姑却因此而牺牲。文杰孤身一人，在外漂泊，他不知从什么地方打听到父亲可能在上海，于是在青岛爬上了一艘轮船，结果被这艘轮船拉到了英国伦敦。异国他乡，他艰难地挣扎，遇到了一个青年，名叫鲁平，结为异姓兄弟。鲁平给了他很大的帮助，他们共同投师学艺，师傅就是英国大名鼎鼎的神探默福利警长。同时，他也结识了一批进步青年，也有我们共产党的同志，这样，通过我们的同志，组织找到了他。一九四二年，我和他爹同时由于组织需要，转到地方做地下工作，我们联名给他用密写药水写了一封信，托伦敦地下党的同志转给他，并介绍他加入共产党，可他那时太幼稚，犯了一个不可饶恕的错误，没有及时烧去那封信，在一次与鲁平假日野餐时，被鲁平看到了。他不知道，鲁平的父亲鲁又燃，是中统巨子，而且，鲁平少年时起，就因其父而加入了中统。他受的是法西斯教育，对组织十分忠诚，读到这封信后，他不顾朋友的情谊，要将我们以及伦敦地下党同志的地址交给中统特务组织，这引起了两个好朋友因政见不同在悬崖上进行的殊死搏斗。结果，他们双双坠崖。鲁平摔得血肉模糊，文杰也摔得面目全非。他的老师默福利暗中是英国皇家谍报部门的秘密间谍，趁着文杰昏迷时，有意将他整容为鲁平。因为他是鲁又燃的好友，不愿看到鲁又燃的丧子之痛，同时，又希望派文杰打入中统内部给他们搞对他们有用的中国情报。文杰的父亲周医生在这不久被叛徒张立出卖，死于军统狱中。文杰父母都死在国民党警特手中，怀着深仇大恨，他担起了这份重担，成为中统、英国、我党的三重间谍，以他特殊的身份，为我党探获了许多重要情报。但他，忍辱负重，认贼作父，受尽了精神上的折磨。为了党，为了人民，他做到了卧薪尝胆、文身吞炭，牺牲了个人的一切！复杂而艰难的斗争锻炼了他，使他成熟起来，即使面对亲人他也做到了守口如瓶，他是英雄！真正的英雄！！”

晚霞越烧越红，烧得山岚匆匆逃离峡谷，走得仓促，气喘吁吁，涨得面红，山上裸露的岩石也是红得一副醉意可掬的样子，一动不动。

吕静怡凝睇着眼前的两座铺着晚霞的新坟，肃穆地沉思。她原谅了他，理解了他。她的文杰哥，将在她心头立起一座不朽的丰碑！

罗琳肃然地站着，对着两座新坟，他举起了右手，庄严地行了一个标准的军礼。这里埋葬了他的爱情，埋葬了他的友谊，也埋葬了他的愚蠢的过去。他从今以后，将有如一个呱呱坠地的新生儿，神圣地走向新的生活！

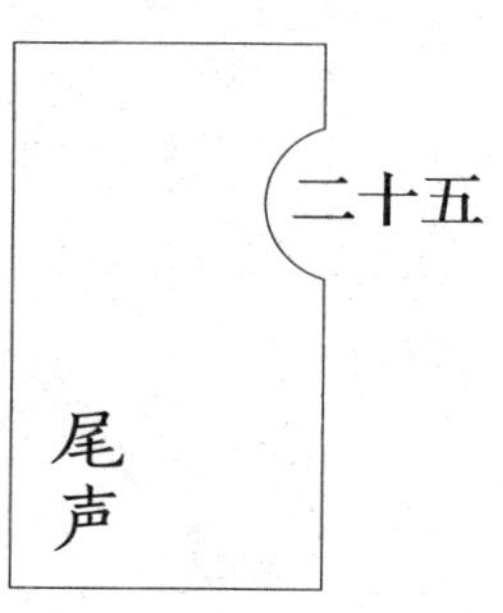

二十五 尾声

由于“ＰＭ”计划的泄密，使国府手足无措，轰炸延安的计划也延续到一年以后才实施。而且美国一怒之下，撤消了用“Ｂ 17”支援这群无用奴才的诺言。这一切，当然都是后话了。

不到四年，解放大军百万雄师横渡长江，南京总统府被一举攻克。

当国民党的青天白日旗如破布坠地，鲜艳的红旗在总统府冉冉上升之时，解放军的一名师级指挥官，站在总统府的门前，凝睇着庄严的红旗。

这时一名女军官，从远处跑来，她双手抱在前胸，拼命地叫喊：“哥哥，小鹤哥！”

“杏妹！”

那军官张开双臂，把阿妹紧紧地拥进怀里。

半晌他从怀中摸出了一只烟盒，烟盒上的后羿，仍然开弓如满月，搭着长箭，对准了那颗苍白而又不圆的太阳。

他们四目对视了一下，一起沉入回忆中。

中华民族那些射日的英雄，永远像北斗星一样，有色无声地活在他们的心中。

“哥，如果文杰哥能看到今天红旗在国民党的总统府升起来，那该多好啊！”

“他会看到的，一定看到了！”